Klarant Verlag

Elke Nansen ist das Pseudonym einer Autorin, die den Norden und Ostfriesland liebt. Die Nordsee, die unendliche friesische Weite, das platte Land mit seinen ganz speziellen Charakteren – diese Region hat ihren eigenen rauen Charme, hier kann Elke Nansen ihrer Fantasie freien Lauf lassen. Und so schreiben sich die spannendsten Geschichten manchmal wie von selbst … Besonders angetan haben es der Autorin die Ostfriesischen Inseln, die sie alle schon besucht hat. Als leidenschaftliche Taucherin liebt Elke Nansen die See und das Wasser. 8 Jahre hat sie im niedersächsischen Städtchen Verden an der Aller gelebt.

Elke Nansen

Tödliche Ostfriesengeister

Ostfrieslandkrimi

Klarant Verlag

Klarant Verlag, www.klarant.de – www.ostfrieslandkrimi.de
ISBN: 978-3-96586-894-6
1. Auflage 2023
Umschlagabbildung: Klarant Verlag

Alle den Roman betreffenden Figuren sind rein fiktiv und frei erfunden. Ähnlichkeiten mit lebenden oder toten Personen wären nur zufällig und nicht beabsichtigt.
Klein Hauen ist ein fiktives Dorf in Ostfriesland. Es liegt in der Nähe von Greetsiel und ist dem Ort Neu Hauen nachempfunden. Bis auf Klein Hauen sind alle anderen im Roman beschriebenen Orte real, und genau dort, im echten und wirklichen Ostfriesland, spielt auch die Handlung.

Printed in the EU.

Prolog

Der September war ganz plötzlich kalt geworden. Nebel sammelte sich am Morgen auf den von Tau nassen Wiesen, er war am Abend jedoch wesentlich tückischer. Der Bodennebel versteckte Straßen und Wege gleichermaßen. Er waberte manchmal so unheimlich im Mondlicht, dass man meinen konnte, der Dunst versuchte, mit seinen kühlen Händen nach allem zu greifen, was sich erwischen ließ. Das Rotwild fing bereits an, auf Wanderschaft zu gehen. Manch verliebter Hirsch rannte dann unerwartet über Straßen und Autobahnen, um einer Hirschkuh zu folgen. Aber auch andere Tiere wechselten ihre Standorte, weil mit der Kälte das Futter knapper wurde. Die Frau war mit dem Fahrrad zur Kräuterhexe, wie sie genannt wurde, gefahren. Für die knappen elf Kilometer vom Gulfhof ihrer Familie, der in der Nähe von Greetsiel lag, bis nach Groothusen zu der Alten hatte sie fast fünfundvierzig Minuten gebraucht. Es war gruselig, in der Dunkelheit und bei dem Nebel unterwegs zu sein. Vor allem aber waren die alten Feldwege verwaist. Dabei half es nicht, die wilden Fantasien von Wiedergängern und Moorleichen zu beruhigen, wenn auch noch Käuzchen riefen und die eine oder andere Fledermaus durch den Nebel zischte. Ihr grauste jetzt schon vor der Heimfahrt. Als sie endlich an die Steinhütte mit dem rauchenden Schornstein kam, wurde es nicht besser. Es war Mitternacht, genau auf die Zeit hatte die Alte bestanden. »Komm zur Geisterstunde!«, hatte sie gesagt.

Das alte Haus gehörte der Kirchengemeinde, und man hatte Hertha erzählt, dass die Kräuterhexe einfach eines Tages in Groothusen gestanden hatte. Der Pfarrer, ein moderner Mann, der sich wenig um die dunklen Legenden über Moorhexen scherte, hatte für die alte Frau schnell eine Bleibe gefunden. Die kleine Steinhütte, die auf dem bewaldeten Geländer der Kirchengemeinde stand, war mit Elektrizität und Wasser ausgestattet. Er hatte für die Frau eine Spendensammlung gemacht, und bald wurden von den Bauern und Anwohnern des Dörfchens alte Möbel, Geschirr und Kleidung gespendet. So war sie mit nichts vor ein paar Jahren hier angekommen und hatte dank der Großzügigkeit der Menschen jetzt ein Zuhause. Ob der tolerante Kirchenmann es jedoch gutheißen würde, wüsste er über alles Bescheid, was sie mittlerweile für die Frauen im Dorf und der

Umgebung tat, stand Gott sei Dank nicht zur Debatte. Zu ihr kamen sie, die Frauen mit Liebeskummer oder wenn sie in Situationen geraten waren oder bei Krankheiten, die Ärzte nicht heilen konnten. Erstaunlicherweise erfuhren viele von ihnen Hilfe. Vielleicht waren es die Kräuter, vielleicht war es der starke Glaube an eine Heilung, oder aber es war etwas, das nur die alte Hexe bewirken konnte.

Die junge Frau hatte mutig an die massive Holztür geklopft, während sich eine Krähe im Nest des Nachbarbaums über die späte nächtliche Störung beschwerte. Die kleine dünne Alte mit dem bunten Kopftuch und den abenteuerlich geblümten Röcken öffnete ihr und bat sie herein. Es war das erste Mal, dass Hertha hier war. Ihre Cousine hatte ihr von der Alten erzählt. Davon, dass sie auch Liebestinkturen braute. Normalerweise nahm die Hexe kaum etwas, wenn man sie um Hilfe bei Krankheiten bat oder in Not geraten war. Bei belanglosen, irrelevanten Dingen, wie sie eine unerfüllte Liebe nannte, ließ sie sich ihre Dienste jedoch einiges kosten.

»Bitte helfen Sie mir, ich liebe ihn so sehr. Er hingegen will mich einfach nicht. Dabei wäre es perfekt. Unser Hof und die Baumschule seiner Familie, wir wären auf einen Schlag die größten Landwirte im Umland«, sagte das Mädchen, nachdem es am Tisch Platz genommen hatte. Sie betrachtete die Alte für einen Moment. Es war schwer, ihr wahres Alter zu schätzen. Das faltige Gesicht erschien im Schein der Kerzen leicht gelblich und warf unheimliche Schatten. Ihre kleinen schwarzen Augen glitzerten, als sie sagte: »Ist das vielleicht das Problem, dass du Gier mit Liebe verwechselst und er es durchschaut?«

»Aber nein«, jammerte die Frau, konnte die Hexe jedoch nicht überzeugen. »Gib mir einfach diesen Liebestrank. Meiner Cousine hat er geholfen. Sie ist mittlerweile mit ihrem Liebsten verheiratet und sie erwarten ein Kind«, bettelte Hertha weiter. Sie dachte in dem Moment jedoch etwas ganz anderes. *Jetzt mach schon, Alte, zier dich nicht so! Es sind immerhin einhundert Euro, das ist kein Pappenstiel*, ging es ihr durch den Kopf.

Die Alte schüttelte ihren Kopf vehement. »Nein, deine Liebe ist nicht echt, dann wird der Trank dir nur Unglück bringen. Geh jetzt, ich kann dir nicht helfen.«

»Nein, nein. Lass mich entscheiden, ob er Unglück bringt. Hier ist das Geld«, versuchte sie es weiter und hielt ihr den grünen Schein hin. Die Alte schob ihre Hand weg, sie wollte das Geld partout nicht nehmen. »Jetzt hör mal, es ist meine Sache, wenn der Trank Unglück bringt. Mein Risiko!«

»Nein, es wird das Risiko für den Mann, den du unbedingt willst. Du musst jetzt gehen, denn ich habe Besuch bekommen und du störst ihn«, erwiderte die Hexe. Sie sah zur Tür, als wäre gerade jemand eingetreten.

Die jüngere Frau ließ ihren Blick schweifen. Die Hütte der Alten war wie eine Kulisse in einem Märchenfilm. Überall standen Tiegel und Ballonflaschen mit Tinkturen. Getrocknete Kräuter hingen in der kleinen Küchenzeile und in der Nähe des brennenden Kamins und verbreiteten einen würzigen Duft. Neben dem alten Sofa stapelten sich Bücher in den Regalen. Wenn die Alte die Lampen wie jetzt ausgeschaltet hatte und es nur den Schein des Feuers und der Kerzen gab, tanzten unheimliche, unruhige Schatten an der Wand. Wäre in dem Moment noch eine Katze auf die Schulter der Hexe gesprungen, hätte es Hertha nicht überrascht. Als sie hinter sich die Tür in Augenschein nahm, sah sie niemanden. Auch war die Tür weder aufgegangen noch wieder geschlossen worden.

Nichtsdestotrotz sah die Hexe dorthin und schien etwas zu fixieren. »Trete nur näher, wärme dich am Feuer, sie wird jetzt gehen«, sagte die Alte. *Mit wem auch immer sie da quatscht*, dachte Hertha sauer.

»Da ist keiner«, murmelte sie abschätzig und stand genervt auf. Doch als sie sich gerade zur Tür drehte, fröstelte sie, als ob ein kalter Hauch an ihr vorbeigezogen wäre. Sie zog die Strickjacke fest um sich. »Dann behalte deinen blöden Trank. Ich weiß Besseres mit meinem Geld anzustellen«, warf sie pampig in den Raum. Jedoch stellten sich ihre Härchen an den Armen auf und eine Gänsehaut rannte ihr über den Rücken. *Hier stimmt was nicht!*, warnten ihre Gefühle sie. Schnell verließ Hertha die Hütte. Zwanzig Minuten hatte sie umsonst dort rumgesessen. Und weil sie jetzt erst recht wütend war, knallte sie hinter sich die Tür zu.

Sofort wendete sich die alte Frau ihm zu. Er sah die alte Kräuterhexe an, seine Schläfe war blutverschmiert. Es war eine üble Wunde zu sehen. Das Feuer des Kamins tauchte seine Gestalt in eine Art Zwielicht, und seine Konturen schienen sich zu verflüchtigen. »Hilf mir«, sagte er.

»Aber wie kann ich das?«, fragte die Alte ihn völlig ruhig, als wäre es die normalste Situation auf der Welt. »Was soll ich tun?«

»Finde mich. Bitte bring mich heim, ich kann nicht bleiben, wo ich jetzt bin«, sagte er leise.

Kapitel 1

Als Hauptkommissar Richard Faber mit seiner Frau Rike Waatstedt, die auch seine Mitarbeiterin war, an diesem Montag aufs Revier kam, brummte es dort wie in einem Bienenhaus. Es war zu erwarten gewesen, denn die letzte Nacht war von Regenschauern dominiert worden und heute Morgen war die gesamte Krummhörn eine Waschküche. Für die Fahrt von ihrem Zuhause in Klein Hauen bei Greetsiel, die sie normalerweise in fünfundzwanzig Minuten absolvierten, hatten sie eineinhalb Stunden gebraucht. Sie hatten auf der Fahrt etliche ihrer Streifenkollegen gesehen, die dabei waren, Unfälle aufzunehmen, und trotzdem versuchten, den Verkehr am Laufen zu halten. Auch unten beim Wachhabenden saßen Menschen und warteten darauf, eine Anzeige zu erstatten oder einen Schaden zu melden. Selbst im Großraumbüro der Kripo saß bereits ein junger Mann mit seinem Vater. Die familiäre Ähnlichkeit war an Gesicht und Statur klar zu erkennen. Tamme und Sonja nahmen die beiden gerade mit in einen Verhörraum, um deren Anliegen aufzunehmen. Wenn die Einsatzpolizei so überlastet war wie heute Morgen, war es selbstverständlich, dass Fabers Team von der Kripo unten mit anfasste. Außerdem hatte Faber keinen akuten Fall, der ihn im Moment beschäftigte.

»Moin, Laurien«, begrüßte der Chef seine mittlerweile offizielle Stellvertreterin, Kommissarin Heiligenstadt. »Ist ganz Emden und Umgebung ein Auffahrunfall?«, fragte er scherzhaft.

Laurien seufzte und meinte: »Anscheinend. Unten kamen sie nicht mehr nach, darum habe ich Torben und Friedhelm ebenfalls rausgeschickt.« Die beiden Polizeimeister Torben Husmann und Friedhelm Steiner waren die ostfriesischen Urgesteine bei der Kriminalpolizei in Emden. Sie waren gebürtige Ostfriesen, mächtig stolz auf ihre Heimat und sehr zufrieden, ihr Berufsleben als uniformierte Polizeimeister im Team der Kripo zu verbringen. Ihre Polizeiuniform war ein Muss für die beiden Ostfriesen, auch wenn der Rest des Teams in Zivilkleidung arbeitete. Daher hatten sie auch kein Problem, als Einsatzbeamte bei Unfällen auszuhelfen. Gerade im Außeneinsatz war es für sie immer noch eine Ehre, die Uniform zu tragen.

»Prima! Und was haben Tamme und Sonja am Wickel?«, fragte er und zog seine Jacke aus. Rike hatte für alle drei bereits einen

Espresso macchiato aufgebrüht und brachte das Tablett mit den Getränken an Lauriens Schreibtisch.

Kommissarin Laurien Heiligenstadt war vor ein paar Jahren zusammen mit Kommissarin Sonja Withuus vom Revier in Wilhelmshaven gekommen. Die beiden waren für das Team des Hauptkommissars eine echte Bereicherung. Die kleine Kripobeamtin, die immer wie eine Staatsanwältin gekleidet war, hatte unter ihrer braunen Lockenpracht ein brillantes Juristengehirn. Richter, Staatsanwälte, Verteidiger und selbst Verdächtige zollten ihr gehörigen Respekt, hatten sie die Kommissarin erst einmal in Aktion erlebt. Noch vor ein paar Monaten stand unter Diskussion, dass Laurien als Hauptkommissarin die Kripo in der Landeshauptstadt Hannover übernehmen sollte. Ihre Ehefrau, die als freie Journalistin für eine Zeitung und ein Magazin in Hamburg schrieb, wäre das sehr zupassgekommen. Die Anbindung nach Hamburg wäre einfacher gewesen, und eine Metropole wie Hannover hatte mehr zu bieten als Emden und besonders Pewsum, wo sie momentan wohnten. Doch Laurien hatte sich trotz der Auszeichnung und des Vertrauens, das man in sie setzte, mit dem Gedanken schwergetan, das Team und Ostfriesland zu verlassen.

»Tamme und Sonja nehmen einen Wildunfall von letzter Nacht auf. Der Fahrer ist der Meinung, er habe eine Rehkuh angefahren, die aber trotz der Verletzung weglief«, erklärte Laurien.

Sie persönlich war froh, jetzt hierbleiben zu können. Denn Kommissarin Rike Waatstedt war schwanger geworden und wollte nicht mehr die Vertretung des Hauptkommissars werden. Sie und auch Faber planten, nach der Geburt eine Auszeit zu nehmen, um für ihre Kinder da zu sein. Rikes Schwangerschaft war für beide eine Überraschung gewesen. Vor allem für Richard Faber, denn seine Frau hatte ihm erklärt, dass sie eigentlich keine eigenen Kinder wollte. Der Fakt hatte ihre Ehe auf einen harten Prüfstand gestellt. Doch als dann Benny, Fabers Kind von seiner Ex, zu ihnen kam, weil seine ehemalige Verlobte gestorben war, war Rike nach und nach in die Rolle hineingewachsen. Jetzt liebte sie Benny wie ihren eigenen Sohn und hatte sich trotz Bedenken, was die Schwangerschaft und Geburt anging, für eigene Kinder entschlossen. So sah man mittlerweile einen kleinen Bauchansatz. Die Gynäkologin hatte den Geburtstermin auf Ende Februar nächsten Jahres berechnet.

»Gut, die beiden sollen das Landesforstamt benachrichtigen, den Wagen fotografieren und Spuren sicherstellen. Falls nach dem Regen letzte Nacht noch was zu finden ist«, sagte der Hauptkommissar. Er kippte seinen Espresso runter und wollte bereits in Richtung seines kleinen Einzelbüros gehen, als Laurien ihn aufhielt.

»Moment noch, Chef«, flötete sie leicht ironisch. »Ich habe Arbeit für dich und Rike. Wenn ich hier das Team schon koordiniere, müsst auch ihr ran.«

Rikes Gesicht hellte sich auf. »Gut«, meinte sie, »endlich was zu tun. Wenn ich heute noch mehr Berichte hätte schreiben müssen, wäre ich eingegangen. Wenigstens einen Tag etwas Interessantes. Was hast du?«

Laurien lachte laut auf. »Immerhin eine Person, die sich freut, arbeiten zu dürfen. Oder soll ich sagen zwei, die sich freuen?«, dabei sah sie Rikes kleinen Bauch an. Faber bekam wie immer, wenn sein Baby erwähnt wurde, einen dümmlichen Gesichtsausdruck, der in einem glücklichen Lächeln endete. »Dann geht mal in Verhörraum eins, dort sitzt leider eine sehr unglückliche Frau, die ihren Teenagersohn vermisst.«

»Oh je«, rutschte es Faber raus. Erst seit er selbst ein richtiger Vater für Benny war, konnte er solch Schreckensszenarien nachvollziehen. »Wie lange schon?«

»Sie war sehr geduldig für eine Mutter. Ihr Sohn ist siebzehn und war Samstag in einer Diskothek. Von da kam er nicht zurück nach Hause. Sie wohnen in Manslagt. Die Mutter hat bis heute Morgen gewartet. Sie sieht aus, als hätte sie seit zwei Tagen nicht mehr geschlafen, dafür aber viel geweint. Seid sanft zu ihr!«, fügte Laurien noch an. Faber legte ihr eine Hand auf die Schulter als Zeichen, dass er verstand.

Richard Faber war ursprünglich aus Frankfurt nach Ostfriesland versetzt worden. Lange hatte er in der Mainmetropole im Rauschgiftdezernat und bei der Kripo gearbeitet. Frankfurt galt, was die Anzahl der Straftaten anging, schon lange als gefährlichste Stadt Deutschlands. Dementsprechend hartgesotten kam er in Emden an. Denn in Frankfurt hatte eine andere Tonart geherrscht, wenn man auf dem Revier in der Innenstadt arbeitete. Hier im hohen Norden hatten nicht nur seine Kollegin Rike Waatstedt und die beiden Polizeimeister, mit denen er anfangs ausschließlich gearbeitet hatte, ihn eines Besseren belehrt. An der Küste war man zwar direkt, wenn es sein musste, hart, aber Menschen in Not begegnete man mit mehr Gefühl. Die Fehler anderer waren schneller verziehen, weil man in Ostfriesland anscheinend die Fehler der menschlichen Seele besser kannte und tolerierte.

Rikes Großvater zum Beispiel war ein ostfriesischer Dinosaurier und das beste Beispiel. Mit seiner klugen und lieben Art hatte er Faber herzlichst willkommen geheißen, als sich rausstellte, dass der Hauptkommissar ein Haus genau neben dem der Waatstedts gekauft hatte. Als Rike und er sich dann ineinander verliebten, war Opa Knut so glücklich, dass er Faber wie einen Sohn aufnahm. Und der kleine Benny, Fabers Sohn, wurde Knuts Ein und Alles. Seit Rike schwanger war, hatten sich alle drei Männer ihrer Familie zusammengetan und sorgten dafür, dass die angehende Mami und das werdende Baby glücklich und zufrieden waren. Manchmal machte sich Rike Sorgen darüber, was die drei wohl anstellen würden, wenn das Kind erst einmal auf der Welt wäre. Benny mit seinen vier Jahren war schon jetzt der beste Bruder im Universum. Jeden Abend bekamen Opa, Rike und Faber einen Gutenachtkuss, und anschließend wurde Rikes Bauch ausgiebig von Benny gebusselt.

Die Frau, die im Verhörraum auf die beiden Kommissare wartete, blickte erschöpft auf. Vor ihr stand eine Tasse Kaffee, die anscheinend kalt geworden war. Faber schätzte sie auf Mitte/Ende vierzig, doch das war schwer zu sagen, denn ihre Augen waren verquollen und gerötet. Auch schien ihr Gesicht vor lauter Sorgen irgendwie aufgedunsen. Manchmal war das ein Zeichen von Alkoholmissbrauch, daher wollte der Hauptkommissar das seiner Nase überlassen. In nur sehr seltenen Fällen roch man eine Alkoholisierung nicht. Zwar wurden Wodka und Korn nachgesagt, dass man davon keine Fahne hatte, dennoch war in der Atemluft der gleiche Ethanol-Gehalt wie bei anderen harten Getränken. Lediglich war der Schnaps reiner, weil er weniger Begleitstoffe enthielt. Fast jeder Polizist hatte im Laufe seiner Karriere mal ausführliche Alkoholkontrollen bei Autofahrern durchführen müssen. Man bekam ein Auge und eine Nase für die Sünder, bevor sie ins Röhrchen pusten mussten. Da halfen weder Pfefferminzbonbons noch Kaugummis oder Kaffeebohnen.

Der Hauptkommissar stellte sich und Rike erst einmal vor und fragte, ob die Frau vielleicht noch etwas trinken wolle. Doch sie schüttelte den Kopf. »Dann erzählen Sie erst einmal, wir nehmen anschließend die Daten auf. Was ist passiert?«, fragte er.

»Mein Name ist Friederike Euken, und mein Sohn ist verschwunden«, fasste sie es in einem Satz zusammen. Die Art, wie sie sprach, und ihr gesamter Habitus zeugten nicht von Alkohol. Sie war eine zierliche Frau, die Wert auf gute Kleidung legte. Unter anderen Umständen wäre sie wahrscheinlich geschminkt und nett frisiert hergekommen. Jetzt hatte sie ihr halblanges Haar nur zu einem Pferdeschwanz zurückgebunden, und für Lippenstift hatte es auch nicht gereicht. Kaum hatte sie angefangen zu sprechen, schossen ihr schon Tränen in die Augen.

»Bitte versuchen Sie, sich zu beruhigen. Es ist wichtig, dass Sie von Anfang an erzählen und so genau wie möglich«, bemühte sich Rike mit einem ruhigen und mitfühlenden Ton, um den Fokus der Frau wiederzuerlangen.

»Verzeihung«, sagte sie und tupfte ihre Augen mit einem Taschentuch ab. »Samstagabend ist mein Sohn ausgegangen. Uwe ist schon siebzehn und wollte ins *Haven.*«

»Sie meinen die Diskothek in Pewsum in der Handelsstraße?«, fragte Faber, denn er kannte den Club wie die meisten Diskotheken in der Krummhörn. Routinemäßig wurden solche Jugendtreffs geprüft, um den Drogenhandel einzudämmen. Leider griff die organisierte Kriminalität immer mehr auf die Dörfer und Kleinstädte über.

Die Frau nickte sofort. »Ja, Samstag sollte im *Haven* eine Achtzigerjahreparty stattfinden. Normalerweise hat die Disco nicht lange auf, wenn jedoch ein DJ kommt, wird die Party dort ziemlich lang. Aber Uwe ist ein feiner Kerl, er trinkt höchstens ein Bier, wenn er mit dem Fahrrad unterwegs ist. Es sind nur sieben Kilometer, nicht mehr als eine zwanzigminütige Strecke, und überall sind Fahrradwege«, erzählte sie bereits wieder sehr aufgeregt.

»Wo in Manslagt wohnen Sie?«, lenkte Faber sie daher ab und öffnete seinen Laptop, um gleich die ersten Daten aufzunehmen.

»Wir haben ein kleines Häuschen in der Manslagter Dörpstraat. Die meiste Zeit wohnen mein Sohn und ich dort allein. Mein Mann ist Ingenieur auf der Bohrinsel Troll A in Norwegen. Er kommt alle paar Monate nach Hause, ist aber die meiste Zeit des Jahres am Arbeiten«, beantwortete sie die Frage viel ausführlicher. Die Erfahrung riet Faber zu warten und sie reden zu lassen. So bekam er normalerweise mehr Details, die später noch hilfreich werden konnten. »Wissen Sie, daher ist die Beziehung zu meinem Sohn sehr intensiv. Wir stehen uns nahe. Er ist nicht wie seine pubertierenden Freunde. Uwe ist viel verantwortungsvoller, er würde nie lange wegbleiben, ohne sich zu melden. Wir beide wissen, was es bedeutet, auf ein Lebenszeichen zu warten, wenn mal wieder ein Sturm zwischen Norwegen und Schottland über die Nordsee zieht. Es kann Stunden dauern, bis wir dann von meinem Mann hören.«

»Uwe ist also sehr verlässlich. Er würde sich nie bei einem Freund derart betrinken, dass er für mehrere Tage außer Gefecht gesetzt wäre? Oder vielleicht ein Mädchen kennenlernen und vor lauter Verliebtheit die Zeit vergessen?«, hakte Faber nach. Gerade vermisste Jugendliche tauchten nach ein paar Tagen oft wieder auf. Die Hormone ließen die jungen Leute manchmal einfach alles vergessen.

»Nein, nie. Wissen Sie, er ist gar nicht der Typ dafür. Er ist nicht spontan, und für meinen Geschmack könnte er etwas egoistischer sein. Manchmal ist er zu großzügig, vor allem zu seinen Freunden, und niemals würde er mich im Unklaren lassen!« Sie seufzte laut. »Es muss was passiert sein, er geht nicht an sein Handy, immer nur die Mailbox. Und ich bin gestern noch bei der Diskothek vorbeigefahren, sein Fahrrad war nicht dort. Am Nachmittag bin ich dann die Strecke mit meinem Fahrrad abgefahren, weil ich dachte, vielleicht ist er gestürzt und liegt irgendwo hilflos. Ich konnte jedoch nichts entdecken.«

Faber nickte ernst. »Sie überlassen das jetzt uns. Wir brauchen die Namen der Freunde, mit denen er sich Samstag treffen wollte, und vor allem seine Handynummer. Wissen Sie, welches Handy er hat?«

»Natürlich. Eigentlich wollte ein Freund von Uwe heute vorbeikommen und versuchen das Handy irgendwie zu orten«, sagte sie.

»Nein, nein, lassen Sie das besser erst einmal. Wir versuchen das von hier aus. Wir haben einen Experten, der sich sofort darum kümmert«, erwiderte Faber. »Sie haben nicht zufällig die IMEI-Nummer des Handys Ihres Sohnes?« Frau Euken runzelte die Stirn, wahrscheinlich wusste sie noch nicht einmal, was das war. Darum ließ Faber sich nur die Telefonnummer geben. Die legte er Tamme auf den Schreibtisch mit einer Notiz, dass er sich sofort darum kümmern solle, wenn er zurück sei. In der Zwischenzeit notierte Rike die Namen von Uwes Freunden und die genaue Uhrzeit, an der er das Haus verlassen hatte. Sie nahm auf, wie er Samstag gekleidet gewesen war, und ließ sich ein aktuelles Foto von dem Jungen geben.

Als Faber zurückkam, sagte er: »Frau Euken, ich weiß, es ist nicht einfach, aber fahren Sie heim. Warten Sie auf ihn, lassen Sie Ihr Handy an, vielleicht ruft er ja an. Wir kümmern uns jetzt darum. Wir kommen heute etwas später bei Ihnen vorbei. Keine Sorge, wir telefonieren in der Zwischenzeit die Krankenhäuser der Umgebung durch für den Fall, dass er einen Unfall hatte. Uwe wird schon wieder auftauchen!«

***

Als Faber die Frau persönlich herunterbrachte und verabschiedete, kamen Sonja und Tamme gerade vom Fuhrpark. »Habt ihr gerade was zu tun, was sehr eilt?«

»Lieber Chef«, erwiderte Kommissar Tamme Hehler, den alle Wikinger nannten, wobei sein lauter Bariton durchs ganze Treppenhaus hallte. »Bei uns ist immer alles eilig und wir haben viel zu tun. Ich wollte jetzt gerade zur Bäckerei *Musswessels* im Bahnhof und Gebäck kaufen. Das ist ja wohl eilig! Was wäre denn dein und Rikes Wunsch?«

Faber lachte über den großen Mann und schüttelte den Kopf. Der Wikinger war über einen Meter neunzig groß, hatte dabei einhundertzwanzig Kilo an Muskelmasse und trug seine erdbeerroten längeren Haare zu einem Zopf gebunden. Wenn man ihn so ansah, kam einem der legendäre Pirat Klaus Störtebeker in den Sinn. Auch wenn es in den geschichtlichen Aufzeichnungen kein richtiges Porträt von ihm gab. Er war ein Freibeuter gewesen, der für Freiheit kämpfte und seine Beute auch an die armen Leute verteilte. So jedenfalls sahen die Küstenbewohner ihren Störtebeker am liebsten, als ihren eigenen Robin Hood der Nordsee. Den Mann, der die Patrizier, Pfeffersäcke genannt, um Gold erleichtert hatte, um es dem Volk zu geben. Und Tamme kam vom Äußeren her und mit der lauten Stimme, die Fensterscheiben klirren ließ, der Vorstellung dieses Idols sehr nah.

»Ich merke schon, du hast wichtige Aufgaben zu tun. Daher nehmen Rike und ich eine Holländische Kirschschnitte, die wir uns teilen. Bitte nicht mehr, da Rike ein bisschen auf ihren Zucker aufpassen muss. Mir wäre es lieber, Sonja würde zum Bäcker in den Bahnhof, weil ich von dir unbedingt eine Handyortung brauche«, erwiderte Faber und zückte sein Portemonnaie, um ihr zwanzig Euro in die Hand zu drücken. »Ich gebe einen aus!«

Sonja nickte und gab Tamme zwei Beweismittelbeutel in die Hand, bevor sie zum Ausgang lief. Das Emder Polizeipräsidium lag direkt gegenüber dem Hauptbahnhof der Seehafenstadt. Und da die Bäckerei im Bahnhof bereits morgens um sechs aufmachte, war die Polizei Emden ein guter Kunde. Faber und Tamme gingen sofort die Treppe hoch, um sich um die Ortung zu kümmern. Nachdem Tamme sich mit der Handynummer beschäftigt hatte und sein Computer heiß lief, nahm Faber die Asservatenbeutel neugierig in die Hand. »Was ist das denn für ein Zeug?«, fragte er und sah sich die borstigen Haare und das abgerissene kleine Stück Fell darin an.

»Rotwildfell, Haare und Blutproben von einem Auto. Ein junger Mann hat einen Wildschaden gemeldet. Er war gerade mit seinem Vater da. Und bevor die den Wagen morgen zur Reparatur in eine Werkstatt bringen, sind sie hier vorbeigefahren«, antwortete Tamme ganz entspannt, während sein Laptop weiterhin arbeitete. »Ich habe dennoch Proben genommen. Nachher rufe ich bei der Landesforstverwaltung an, damit die sich die Unfallstelle mal ansehen. Obwohl das ein ziemlicher Zusammenprall war, so sieht das Auto wenigstens aus, ist das verletzte Tier geflüchtet.«

Faber nickte, denn anscheinend hatten Tamme und Sonja bereits alles erledigt, was er eigentlich erst bei Laurien in Auftrag gegeben hatte. *Man muss einfach gute Leute haben*, dachte er in dem Moment. »Das Landesforstamt schickt bestimmt Jäger hinterher, damit das Tier nicht leiden muss. Na, wenigstens hat der Fahrer sich nicht verletzt«, fügte er noch an, denn er hatte die beiden putzmunter bei Tamme und Sonja sitzen sehen.

»Nein, aber einen gehörigen Schreck hat er bekommen. Er ist ein Führerscheinneuling. Dementsprechend nervös war er, als er mir und Sonja die Sache erzählte. Vor allem, als wir die Proben nahmen und Fotos machten. War nur gut, dass sein Vater mitgekommen war, der konnte ihn dann heimfahren. Der Junge war derart blass, als würde er gleich umkippen«, meinte Tamme und lachte laut. In dem Moment kam auch Sonja wieder und hatte eine große Tortenschachtel in der Hand.

Sie schoben die Tische, die an der Wand standen, zusammen und alle freuten sich auf ein zweites spätes Frühstück. Nur Rike zog eine Schnute, als Faber die Holländische Kirschschnitte in der Mitte durchschnitt und ihr den Teller mit der Hälfte zuschob. Aber in dem Moment teilte Sonja ihr Stück Käsekuchen ebenfalls und hob eine Hälfte auf Rikes Teller. »Das ist ausschließlich Quark und andere gute Zutaten«, meinte die Kommissarin, als sie die tadelnde Miene ihres Chefs sah.

»Da wir so illuster zusammensitzen, können wir gleich eine kleine Besprechung abhalten«, meinte Faber und merkte jetzt ebenfalls, dass eine halbe Kirschschnitte nicht gerade befriedigend war. Kaum hatte man angefangen den Geschmack zu genießen, war das halbe Stück schon weg. Daher schielte er auf die letzten beiden Stücke Apfelkuchen, die für Torben und Friedhelm dort lagen. Sie sollten nicht zu kurz kommen, wenn sie später wieder auf dem Revier waren. Und Sonja gab ihm mit einem Blick auch zu verstehen, dass der Kuchen tabu für ihn war. »Laurien, wie wäre es, wenn du uns auf den neusten Stand bringst?«, sagte Faber enttäuscht und hielt sich an seinem Espresso macchiato fest. Nicht, dass der Hauptkommissar Probleme mit seiner Fitness oder Erscheinung hatte oder abnehmen musste. Noch war er neununddreißig, im Oktober gab es bei ihm einen runden Geburtstag. Auch zog sich noch keine silberne Strähne durch das dunkle volle Haar. Mit der schwarzen Jeans, seinen weißen Hemden und dem Jackett trat er seriös und gleichzeitig jugendlich auf. Aber er wollte auch so bleiben, vor allem, weil er bald zusammen mit Rike einen Säugling großzuziehen hatte. Zwar hatte er es nie am eigenen Leib erfahren, doch jeder sagte ihm, das erste Jahr war kein Zuckerschlecken. Vor allen Dingen der Schlafmangel zerrte am Körper und den Nerven. Nur gut, dass sie Opa Knut hatten. Diese Versicherung war Gold wert, er würde ihnen wenigstens mit Benny den Rücken freihalten.

Kommissarin Heiligenstadt riss ihn aus seinen Gedanken. »Also, eine Stellvertreterin ist eine Person, die jemanden meist für kurze Zeit ersetzen und dessen Rolle übernehmen kann. Das habe ich kürzlich mal gegoogelt. Meinst du nicht, Chef, dass du momentan sehr anwesend bist?«, konterte Laurien, weil es sich Faber in letzter Zeit recht einfach damit machte.

»Übung macht den Meister«, gab er süffisant zurück.

Laurien rollte ganz offensichtlich die Augen, bevor sie anfing zu reden. »Also, wir haben zur Abwechslung mal keinen Mord und Totschlag. Aber wenn der Nebel in den nächsten Tagen so anhält, müssen wir unsere Kollegen unten weiterhin unterstützen. Daher habe ich mir gedacht«, meinte sie und sah Faber an, »wenn ich schon den Laden schmeißen muss, dass wir die Kollegen bei Raub und Diebstahl entlasten. Dann brauchen wir nicht das ganze Zeug aus den Streifenwagen umzuräumen, das man braucht, um einen Unfall aufzunehmen. Friedhelm und Torben sollten Sachbeschädigungen, Diebstahl und auch Körperverletzungen übernehmen. Unsere Einsatzpolizei kann sich auf die Verkehrsunfälle konzentrieren.«

Faber breitete die Arme aus. »Da hast du es, besser könnte ich es nicht machen!«, lobte er sie.

»Du und Rike, ihr kümmert euch um den vermissten Jungen. Tamme und Sonja stoßen zu eurem Team dazu, wenn der Junge in den nächsten Stunden nicht auftaucht. So lange hätte ich gerne, dass ihr beide, Sonja und Tamme, trotz allem einmal zu der Unfallstelle mit dem Reh fahrt und euch das anseht. Nur um sicherzustellen, dass nicht in nächster Umgebung ein verletztes Reh liegt, das sich dann doch wieder auf die Straße schleppt.« Laurien war die geborene Chefin und hatte ein Händchen fürs Organisieren. »Ich bleibe hier und koordiniere alles mit unten und recherchiere, wenn ihr meine Hilfe braucht.«

»Super, Chefin, ich bin einverstanden«, erwiderte Faber und sah dann Tamme an. »Sag mal, was ist denn jetzt mit der Ortung des Handys? Das geht doch sonst schneller!«

Tamme stand auch sofort auf und ging zurück an seinen Laptop. »Nichts zu machen, das Handy des Jungen ist nicht auffindbar. Also entweder ist es abgeschaltet oder die SIM-Karte ist raus. Um es dennoch zu orten, bräuchte ich die IMEI-Nummer. Vielleicht solltet ihr zu der Mutter fahren und das Zimmer nach PINs und der IMEI absuchen. Ohne die Nummer kann ich nichts machen.«

»Das gefällt mir gar nicht«, meinte Rike besorgt. »Ein ausgeschaltetes Handy bei einem Siebzehnjährigen ist kein gutes Zeichen. Selbst wenn er irgendwo bei einer Freundin ist, lädt er sein Handy auf. Die haben heutzutage jede Menge Ladekabel. Und wenn die SIM-Karte rausgenommen wurde, ist es noch kritischer.«

»Vielleicht wurde ihm das Telefon nur geklaut und er hat es nicht gemerkt. Bei Diebstahl wird so eine SIM-Karte schon mal rausgenommen. Wir fahren zur Mutter«, entschied Faber, »denn ich möchte mich mal umsehen, wie Uwe gelebt hat. Ein Zimmer erzählt viel von einem Jungen. Laurien, kannst du in der Zeit mal rausbekommen, wo die Freunde von Uwe Euken wohnen, von denen die Mutter die Adresse nicht aufschreiben konnte? Und bitte versuche den Besitzer der Disco *Haven* auszugraben, damit wir mit ihm telefonieren können.«

»Ihr wollt die Leute, die am Samstag dort gearbeitet haben, sprechen, richtig?«, hakte sie nach und Faber nickte. »Lass man, das mach ich und sortiere schon mal vor. Wenn jemand sich an Uwe Euken erinnern kann, gebe ich die Adresse an euch weiter und ihr könnt persönlich dorthin fahren.«

»Prima, bitte kümmere dich ebenfalls um die Krankenhäuser und gib die Information nach unten, dass wir ein Herrenrad der Marke …«, meinte Faber und suchte in den Unterlagen.

»*RAYMON Trekkingbike 28 Tourray 2.0*«, sagte Rike schneller, nachdem sie auf ihr iPad geblickt hatte. »Druck am besten ein Foto aus und schick es dem Einsatzleiter der Streifen. Genau wie ein Foto des Jungen. Wenn einer unserer Leute ihn durch Zufall sieht, umso besser.«

»Alles klar, ich kümmere mich auch um seine Schule und versuche, etwas über seine Lehrer zu erfahren. Vielleicht hatte er einen Vertrauenslehrer, der euch was sagen kann. Falls ja, dann schicke ich euch die Daten und ihr könnt auf dem Rückweg bei ihm vorbeischauen.«

Alle standen auf und machten sich fertig. Nur Laurien ging an ihren Schreibtisch zurück. Bevor Sonja mit Tamme wegen des Wildschadens losging, drückte sie Rike eine Tüte in die Hand. »Ich hab mir sagen lassen, dass schwangere Frauen nach Süßigkeiten immer was Deftiges möchten. Hab dir zusätzlich ein Leberwurstbrötchen mit Gürkchen mitgebracht«, sagte sie und blickte reichlich zufrieden in Fabers Gesicht. »Da mampft dir dein Pescetarier nicht die Hälfte weg«, meinte sie recht schadenfroh, denn Faber aß als Pescetarier weder Fleisch noch Wurst, liebte aber Fisch und Schalentiere sehr.

Rike, Knut und selbst sein Sohn Benny waren jedoch einer herzhaften Mahlzeit mit Würstchen und Fleisch sehr zugetan. Besonders grobe Leberwurst war einer von Rikes Lieblingsaufstrichen.

»Wenn ihr so weitermacht, wiegt Rike am Ende der Schwangerschaft mehr als ein Elefantenbaby und ich bin ein Strich in der Landschaft«, empörte er sich, und alle im Großraumbüro ließen einen mitleidigen Kommentar hören. Er schnappte seine Frau bei der Hand und zog sie hinter sich her, die Treppe runter.

***

Faber fuhr über die Landstraße erst nach Pewsum und von dort über Groothusen in Richtung Manslagt. Wenigstens waren bei dem immer noch anhaltenden Nebel nur vereinzelt Fahrzeuge unterwegs. So war die Neu-Etumer-Straße völlig verwaist. Wer nicht unbedingt raus musste, ließ seinen Wagen stehen. Aber auch Faber fuhr sehr langsam und brauchte für die neunzehn Kilometer die doppelte Zeit wie üblich.

»Wenn sich der Nebel zum Mittag hin lichtet, dann sehen wir uns den Abschnitt genauer an«, meinte Faber und Rike kräuselte die Stirn.

»Wie meinst du das?«, fragte sie überrascht.

»Wir fahren gerade auf der Strecke, die Uwe am Samstag auf dem Fahrrad zurückgelegt hat. Auf dem Fahrradweg neben der Straße. Auf der Rückfahrt halten wir die Augen auf und machen auch einen Abstecher zur Diskothek in Pewsum«, erklärte er.

Rike schüttelte den Kopf. »Ich glaube, damit müssen wir warten. Ich kenne dieses Wetter. Dat is ne lüttje Welt«, sagte sie auf Platt. Damit meinte sie den dichten Nebel, der von den Ostfriesen, auf Hochdeutsch übersetzt, als kleine Welt bezeichnet wurde. »Normalerweise hält dieser Nebel ein, zwei Tage an, bevor es wieder klar wird.«

»Hm«, machte Faber, denn er wusste, dass seine Frau das gute Gefühl für das ostfriesische Wetter von ihrem Opa geerbt hatte. Beziehungsweise hatte Knut ihr schon als kleines Mädchen die Naturphänomene genau erklärt. So, wie Opa es jetzt mit Benny tat. Bei dem Gedanken musste Faber grinsen, denn er sah Knut bereits mit seinem zweiten Kind das Gleiche tun. Unwillkürlich legte er seine Hand auf Rikes Bauch. »Hast du gehört, was Mama gesagt hat? Das nennt man eine lüttje Welt und bald kannst du dir das selbst anschauen.«

»Kindskopf«, zog ihn Rike auf, aber lächelte. »Nimm mal lieber deine Hand zurück ans Lenkrad bei dem Wetter. Wir müssen gleich rechts abbiegen, um nach Manslagt reinzukommen. Denn wir sind gerade bei *Folkerts Landhandel* vorbeigefahren. Fahr auf den Manslagter Ring bis fast zum Ende und dann links in die Dörpstraat.«

Faber setzte den Blinker. Er war froh, so langsam zu sein, denn die Straße ins Dorf war erst im letzten Moment zu sehen. »Hatten wir nicht mal einen Fall, der mit Manslagt zu tun hatte?«, grübelte er laut.

Rike nickte wissend. »Sogar unseren allerersten gemeinsamen Fall, nachdem du von Frankfurt hergekommen warst. Erinnerst du dich? Es ging um die verschwundene Frau des Bauunternehmers Enno Dahlke, Imke.«

»Meine Güte, das stimmt. Na, vielleicht ist das ein gutes Omen, denn das ging ja recht gut aus. In dem Fall sollten wir Uwe ebenfalls finden. Weißt du eigentlich, auch wenn du mich damals fast nur beschimpft hast, war ich für meinen Teil schon schwer verliebt in dich!«, bemerkte Faber so nebenbei.

»Ach ja?«, fragte Rike skeptisch. »Und warum hast du dich dann noch monatelang geziert, bis du endlich eingesehen hast, dass ich die einzige Frau auf der Welt für dich bin?«

»Wir sind da«, wechselte er das Thema, denn Rike hatte recht. Er war damals sehr zögerlich an eine neue Beziehung rangegangen. Seine Ex-Freundin hatte ihm in Frankfurt ordentlich Hörner aufgesetzt und er war verletzt worden. So gerne redete er nicht darüber. Benny war das einzig Gute, was aus seiner ehemaligen Beziehung entstanden war. Faber parkte den Wagen auf der Straße vor dem Grundstück. Das alte Backsteinhäuschen mit dem kleinen Garten war von einer Buchsbaumhecke umgeben. Der Garten selbst war vom Nebel verschluckt, nur eine rote Holzbank unter dem Lindenbaum vor dem Hauseingang war zu erkennen.

Sie brauchten gar nicht erst zu klingeln oder zu klopfen. Als sie an der Tür angekommen waren, wurde diese aufgerissen. »Haben Sie Uwe gefunden?«, fragte Frau Euken hoffnungsvoll.

»Tut uns leid, noch nicht. Wir konnten sein Handy auf einfachem Weg nicht orten, darum sind wir gekommen. Wenn es Ihnen recht ist, würden wir uns gerne sein Zimmer ansehen, vielleicht hat er irgendwo die IMEI-Nummer vermerkt. Dann könnten wir ihn orten, auch wenn das Handy ausgeschaltet ist«, sagte Faber. Er schwieg jedoch dazu, dass Tamme glaubte, dass eventuell sogar die SIM-Karte entnommen worden war. Er wollte der Frau nicht jegliche Hoffnung nehmen.

»Ja, bitte kommen Sie rein. Aber ehrlich gesagt, glaube ich nicht, dass er sein Handy ausschalten würde. Das macht er niemals!«, sagte sie überzeugt.

»Na, vielleicht ist einfach der Akku kaputt oder er konnte es nicht laden«, versuchte Rike sie sofort zu beruhigen. Frau Euken nickte und zwang sich zu einem Lächeln. Sie ging vor und nahm die Treppe, die direkt unters Dach führte. Das alte Haus hatte ein Giebel- beziehungsweise Satteldach, wie es von Fachleuten genannt wurde. Die Dachschräge war jedoch nicht ganz so steil, sodass man in der Mitte bequem aufrecht stehen konnte. Es gingen zwei Räume rechts und links ab, die durch jeweils eine große Gaube die Räume bewohnbar machten. Sonst hätte man in der Dachschräge gebückt laufen müssen. Beide Türen standen offen, und Faber konnte ein Schlafzimmer mit Doppelbett, wohl das Elternschlafzimmer, sehen. Der andere Raum gehörte definitiv einem Teenager.

»Ich habe das Haus von meinen Eltern geerbt, aber es ist alt. Darum ist mein Mann auf die Bohrinsel gegangen, um für ein paar Jahre richtig Geld zu verdienen. Sobald die Grundstückspreise nachgeben, werden wir versuchen in der Nähe von Rostock etwas zu kaufen oder zu bauen. Dann kann Uwe nach dem Abitur dort studieren. Er will unbedingt Meeresbiologe werden, und das kann man nur in Rostock oder Bremen. Mein Mann wird dort wieder einen Job auf dem Festland annehmen. Dort gibt es noch viele Werften. Deshalb investieren wir in dieses Haus nicht mehr!«, entschuldigte sie sich fast für das altbackene Schlafzimmer, das man einsehen konnte.

»Meeresbiologie, das ist spannend. Hätte mir auch gefallen können«, munterte Faber Frau Euken auf. Sie nickte und lächelte. In Uwes Zimmer angekommen sahen sie Poster an den Wänden. Auf den ersten Blick hielt der Hauptkommissar es für große Cover von Alben einer Musikband oder irgendwelche Kinoplakate von Horrorfilmen. Sie erwiesen sich auf den zweiten Blick jedoch als Unterwasserszenen. Uwe hatte einige der besonders hässlichen Tiefseefische dort aufgehängt. Ein riesiger Tiefsee-Anglerfisch starrte sie mit Glupschaugen an und hatte sein Maul aufgerissen, in dem die Zähne wie gefährliche Glassplitter funkelten. Am Kopfende von Uwes Bett hing ein Poster von einem Urzeit-Riesenhai, der hinter zwei Walen herjagte. Die Proportionen dieses Urzeit-Hais waren enorm, sodass die beiden Wale im Vergleich nicht größer als Delfine wirkten. Obwohl alles, was die beiden Polizisten im Haus gesehen hatten, sauber und penibel aufgeräumt war, Uwes Teenagerzimmer war es nicht.

»Tut mir leid, aber es ist sein Zimmer. Wenn er da ist, besteht er darauf, die Tür zu schließen. Ich darf einfach nicht bei ihm aufräumen«, entschuldigte sich Frau Euken schon wieder.

»Wissen Sie, wir sehen viele Teenagerzimmer. Schlimmer geht immer«, meinte Rike und dachte dabei eher an ihr eigenes Zimmer, das sie bei Opa bewohnt hatte. Auch er hatte ihr Teenagerreich respektiert und toleriert. Genauso wollte sie es bei ihren Kindern machen.

»Sagen Sie, Frau Euken, könnten Sie, während wir uns hier mal umsehen, vielleicht einen Tee kochen?«, fragte Faber, um die Frau loszuwerden. Es war wichtig, ungestört einen Eindruck zu bekommen. Außerdem wusste er aus Erfahrung, dass es den Angehörigen nicht guttat zu sehen, wie Fremde in den Sachen ihrer Lieben wühlten.

»Entschuldigen Sie, ich bin so durcheinander wegen Uwe. Wo bleiben bloß meine Manieren? Ich gehe sofort runter und mache Tee. Sehen Sie sich in der Zeit ruhig um«, erwiderte sie und wandte sich in Richtung Treppe.

Die beiden Kriminalbeamten zögerten nicht lange und fingen an Schubladen aufzuziehen und sich den Inhalt anzusehen. Auch legte sich Faber auf den Fußboden und sah unter dem Bett nach. Doch bis auf ein paar gebrauchte Socken war darunter nichts zu sehen. »Ich habe etwas«, meinte Rike und hielt Faber ein kleines Notizbuch hin. »Erstaunlich, dass ein Teenager noch etwas auf Papier notiert«, bemerkte sie.

»Wahrscheinlich für den Fall, dass sein Handy geklaut wird oder er es verliert«, meinte Faber nachdenklich und blätterte durch die Seiten. »Hier ist keine IMEI-Nummer verzeichnet.«

»Und das weißt du, weil?«, wollte Rike wissen.

»Weil er keine fünfzehnstellige Zahlenkombination notiert hat. Tamme hat mir anhand meines iPhones gezeigt, wie so eine IMEI-Nummer aussieht. Du gibst in die Tastatur nur *#06# ein und dann bekommst du die Daten. Sogar die IMEI2 und die EID, die vierunddreißigstellige eSIM-Nummer, um die SIM-Karte auf ein neues Smartphone zu übertragen. Dann muss man den Mobilfunkanbieter gar nicht erst kontaktieren. Aber tröste dich, da ich Tamme immer alles einrichten lasse, wusste ich es bis zu unserem Gespräch heute Morgen auch nicht.« Faber blätterte weiter durch das Büchlein. »Seine PIN für Amazon, diverse Streamingdienste, sogar fürs E-Banking und keine IMEI. Hier ist zwar eine ziemlich große PIN, aber die ist sogar zu groß für unseren Zweck. Vielleicht haben wir hier was. Das Passwort für seinen E-Mail-Account. Rike, hast du einen Laptop gesehen?«

»Nicht am oder im Schreibtisch, doch wo nutzen Teenager ihren Laptop am liebsten?«, fragte sie rhetorisch und ging zu seinem ungemachten Bett. Sie hob das Kopfkissen an und darunter lag der Laptop.

»Woher weißt du das?«, fragte Faber erstaunt.

»Weil man in dem Alter fast alles im Bett macht, einschließlich Hausaufgaben, fernsehen, lesen, essen und Computerspiele. Das weiß doch jeder!«

Faber kräuselte die Stirn. »Werden unsere Kinder das ebenfalls mal machen?«, fragte er irritiert, denn er konnte sich nicht daran erinnern, wie er das als Teenager gehandhabt hatte. Aber seine Kindheit war eine ganz andere Nummer gewesen als bei Rike mit Knut. Grübelnd zog er die Nachttischschublade auf. Außer ein paar Aspirin und einem Schokoladenriegel fand er eine Kondompackung. »Na, anscheinend plante Uwe noch andere Sachen, die ich persönlich auch lieber im Bett erledige. Wir müssen nach einer Freundin fragen. Auf jeden Fall ist das Päckchen angebrochen.« In dem Moment rief Frau Euken von unten, dass der Tee fertig wäre und sie erst einmal runterkommen sollten. Faber bat um eine Minute. Bevor sie sich mit dem Laptop und dem Notizbuch auf den Weg machten, fragte er an Rike gewandt: »Was hältst du von dem Zimmer? Was sagt es für dich aus?«

Rike sah sich noch einmal um, dann meinte sie: »Ganz normaler Jugendlicher. Keine Zwänge von zu Hause, die ihn weglaufen lassen würden. Ich meine, er darf diese grässlichen Poster aufhängen, hat Kondome in einer frei zugänglichen Schublade, überall liegen Klamotten rum, sogar alte Socken unter dem Bett. Die Mutter respektiert seine Freiheit und sein Zimmer. Und da in dem Regal ein Foto seines Vaters steht, scheint er ihn zu vermissen. Ich denke, der Junge wird geliebt, das ist kein Teenager, der abgehauen ist«, schlussfolgerte sie. Faber nickte bestätigend und anschließend gingen sie runter.

Frau Euken hatte nicht nur eine Kanne guten Ostfriesentee mit Kandis und Sahne hingestellt, sondern ebenfalls einen Teller mit ein paar leckeren Schnittchen. Rikes Magen meldete sich sogleich, als sie die mit Frischkäse und Lachs belegten Leckereien sah. Außerdem stand ein Teller mit halbierten Kirschtomaten und Gurkenstücken auf dem Tisch. Der Tee roch verführerisch. »Bitte greifen Sie beide zu, vor allem Sie, Frau Kommissarin. Ich erinnere mich, als wäre es gestern gewesen, als ich in den ersten Monaten mit Uwe schwanger war. Ich hatte ständig Hunger. Daher hoffe ich, dass Sie Lachs mögen, es sind leicht bekömmliche Dinge. Ich kenne mich damit aus, da ich eine ausgebildete Ernährungsberaterin oder Ernährungscoach, wie man das heutzutage nennt, bin. Ich arbeite immer noch ein bisschen in dem Beruf und fahre manchmal über die Dörfer, um übergewichtige Menschen und Schwangere zu betreuen.«

»Danke, Frau Euken, das ist lieb. Sie haben recht, wenn ich das Essen bloß ansehe, knurrt mir der Magen«, meinte Rike und langte sofort zu. Faber freute sich über ihren Appetit, wunderte sich nur, wo sie das alles ließ. Er jedoch rührte nur ein paar Kluntjes in seinen Tee und verzichtete. Denn mit seinem besten Freund Philipp Schorlau, der der Chef der Kriminalforensik in Oldenburg war, hatte er eine Wette am Laufen. Das war der zweite Grund für die halbe Kirschschnitte. Wenn Richard Faber es schaffen sollte, bei der Geburt seines Kindes nicht ein Gramm zugenommen zu haben, bekam er Philipps Sportwagen. Ein ganzes Wochenende seiner Wahl mit dem Porsche 911 GT2 RS MR mit siebenhundert PS, vollgetankt und vollkaskoversichert. Verlor er, hatte Philipp sich ausgebeten, einmal im halben Jahr bei einem Fall seiner Wahl in Emden mitzuarbeiten. Als Forensiker tat er das immer, aber Philipp hielt sich auch für einen unglaublich kompetenten Kripobeamten. Aufgrund seiner Intelligenz hatte er manchmal ziemlich passende Ideen. Auf der anderen Seite konnte er einem mit seinen eher abstruseren Vorschlägen richtig auf die Nerven gehen. Daher setzte der Hauptkommissar alles daran, nicht zuzunehmen, was nicht einfach war, wenn man der eigenen Frau und beruflichen Partnerin andauernd beim Essen zusah.

»Bitte greifen Sie auch zu«, animierte Frau Euken ihn. Er griff sich eine kleine Tomatenhälfte und aß sie.

»Sagen Sie«, fing er an, nachdem er den Mund leer und einen Schluck Tee getrunken hatte. »Hat Uwe eine Freundin?«

Frau Euken lächelte und schüttelte den Kopf. »Er war lange mit einem Mädchen zusammen, doch sie haben sich vor einem Jahr getrennt. Aber ich glaube, er war mit Mia nicht intim. Mittlerweile ist er wieder auf der Suche, daher die häufigen Discobesuche. Fragen Sie wegen der Kondome in seiner Nachttischschublade? Die habe ich ihm gekauft. Er ist jetzt ein junger Mann und ich wollte, dass er Kondome dabeihat. Denn es gibt immer noch Aids in dieser Welt und die Geschlechtskrankheiten nehmen auch wieder zu.«

»Wow«, machte Faber. »Also wenn meine Mutter versucht hätte, in dem Alter mit mir über Sex und Verhütung zu reden oder Kondome zu kaufen, dann wäre ich schreiend davongelaufen. Aber die gute Frau auch«, merkte er noch an.

»Wir haben ein anderes Verhältnis, Uwe und ich. Deshalb bin ich mir so sicher, dass er nicht einfach weggelaufen ist und sich nicht meldet. Er ist sehr verantwortungsvoll«, bekräftigte die Mutter erneut.

»Wer von seinen Freunden lebt ebenfalls hier in Manslagt? Wir könnten versuchen einige seiner Freunde anzutreffen, wenn wir schon mal hier sind«, sagte Rike und stopfte sich anschließend das letzte Schnittchen in den Mund. Faber schluckte und hörte seinen eigenen Bauch brummen, daher nahm er die Gurkenscheibe, die Rike übrig gelassen hatte.

»Nur seine Ex-Freundin Mia wohnt hier. Bei ihr könnten Sie Glück haben, weil Mia krank ist und daher nicht in der Schule. Das Mädchen hat sich vor ein paar Tagen das Wadenbein gebrochen«, beantwortete Frau Euken die Frage.

»Sie wissen aber gut Bescheid, dafür, dass Mia eine Ex-Freundin ist«, stellte Faber fest.

»Erstens ist das hier ein Dorf, und zweitens war Sabine Willer, die Frau unseres Bäckers, schon in der Schule meine Freundin. Das hat sich nicht geändert, als unsere beiden Kinder ein Paar wurden, und ebenfalls nicht, als sie sich trennten«, erklärte sie. Frau Euken hatte wirklich eine gute Einstellung zu ihrem Leben und dem Umgang mit Menschen.

»Gut, danke Ihnen für die Informationen und vor allem für die fantastische Verpflegung«, sagte Rike und stand auf. »Dann fahren wir mal zu der Backstube, wo finden wir die denn?«

Faber trank seinen Tee aus. Er stand ebenfalls auf, genau wie Frau Euken. »Das ist ganz einfach, fahren Sie die Dörpstraat einfach weiter, bis zur nächsten Straße, die links abbiegt. Dort gegenüber finden Sie die Bäckerei.« Frau Euken sah die beiden Kommissare eindringlich an. »Bitte sagen Sie mir ehrlich, ob ich mir Sorgen machen muss.«

Faber blickte ernst. »Sehen Sie, Frau Euken, er ist gerade mal etwas mehr als dreißig Stunden weg, da ist noch alles offen. Natürlich kann ich Ihnen die Sorge nicht nehmen, denn ich weiß nicht, was geschehen ist. Aber aus Erfahrung kann ich Ihnen sagen, dass selbst sehr vernünftige und verantwortungsvolle Teenager manchmal Blödsinn machen. Seien Sie guten Mutes«, meinte er und schüttelte ihr die Hand, bevor sie die beiden zur Tür brachte. »Das Notizbuch und den Laptop bekommen Sie bald zurück.«

Kapitel 2

Die Stippvisite bei Uwes Ex-Freundin hatte nichts gebracht. Sie bestätigte, dass die Freundschaft jetzt fast ein Jahr beendet war. Man hatte zwar keinen Groll aufeinander, aber dennoch recht wenig miteinander zu tun. Was das Mädchen außerdem bestätigte, waren Frau Eukens Aussagen zu Uwes Charakter. Er würde nie, ohne sich zu melden, von zu Hause fernbleiben. Auch meinte sie, dass er ein verantwortungsvoller und hochanständiger Kerl sei, der von seinem Vater und besonders von seiner Mutter geliebt würde.

»Siehst du, ich habe es dir ja gesagt, es ist en lüttje Welt. Das klart heute auch nicht mehr auf«, meinte Rike, als sie das Haus über die Bäckerei wieder verließen. Faber sah auf die Uhr. *Wahrscheinlich hast du recht. Zwölf Uhr und es herrscht weiterhin eine dicke Waschküche*, dachte er in dem Moment.

»Wir fahren langsam nach Pewsum. Ruf doch mal Laurien an, ob sie jemanden von der Diskothek erreicht hat«, sagte er, als sie einstiegen. Obwohl er die Strecke eigentlich gut kannte, tippte er dennoch die Adresse ins Navi ein. Es schien, der Nebel war dicker geworden. Wo es mal lichter wurde, tanzten Schwaden wie Geister. Er wendete und fuhr Richtung Ring zurück. Als er erneut an Frau Eukens Haus vorbeikam, erkannte man nicht mal mehr die Haustür. Durch die Kastanienallee am Ring gab der Nebel plötzlich den Blick auf Wiesen und abgeerntete Felder frei. Die frei stehenden Nebelschwaden waren ein regelrechtes Spektakel. Sie waberten und nahmen alle Arten von unheimlichen Gestalten an, bevor sie sich wieder auflösten. »Gruselig, sieh mal, das sieht aus wie der Tanz der Gespenster«, meinte er und stoppte einen Moment, um sich das Schauspiel anzusehen.

»Oh, oh«, meinte Rike plötzlich ernst. Dann wurde ihre Stimme leise und geheimnisvoll, als sie sagte: »Du weißt, die ruhelosen Seelen von Mördern und Ermordeten tanzen als Wiedergänger im Irrlicht der Moore. Nur wenn eine geschlossene Nebelfront über das Land zieht, verlassen sie das Moor und suchen die Nähe der Menschen. Um sich ein Leben zu stehlen.«

Faber drehte den Kopf zu ihr und sah sie entsetzt an. Er war nicht gerade der Mutigste, wenn es um Nebel, Vollmond und Geisterkram ging. Irgendwie konnte er dann nicht rational denken. Auf Hochdeutsch, er fürchtete sich nachts auf Friedhöfen und vermied jeden Horror- oder Geisterfilm. »Was redest du denn da?«

»Opa sagt das immer«, meinte sie mit Todesmiene, doch als sie seinen Gesichtsausdruck sah, hielt sie es nicht mehr aus und fing schallend an zu lachen. Sie konnte sich gar nicht mehr beruhigen und kicherte immer noch, als er auf die Neu-Etumer Straße nach links abbog. »Entschuldige«, sagte sie und streichelte seinen Unterarm, als sie bemerkte, wie sauer er war. »Du hast mir eine Steilvorlage geliefert, das konnte ich mir nicht entgehen lassen.«

Gerade wollte Faber etwas erwidern, als plötzlich mitten auf der Straße eine Gestalt auftauchte. Der Kommissar spürte, wie sein Herz einen Moment aussetzte, legte eine Vollbremsung hin und wich nach rechts aus. Dadurch, dass er sehr langsam unterwegs gewesen war, stoppte der Wagen, ohne auszubrechen. Außerdem waren sie glücklicherweise genau an einer Abbiegung zu einem Feldweg, sodass ihr Auto nicht in den Straßengraben rutschte und so auf dem Fahrradweg zum Stehen kam. Aus dem Augenwinkel konnte er die Gestalt sehen und es stellten sich alle Nackenhaare auf. Selbst Rike hatte einen Schrei losgelassen.

»Verdori, jetzt hast du mit deinem Gerede eine Hexe aus dem Nebel beschworen«, sagte er mit angespannter Stimme, löste aber den Gurt und stieg aus. Keine fünf Meter entfernt, stand immer noch diese Gestalt im Nebel auf der Straße. Faber sah recht schnell, dass seine Moorhexe recht lebendig war, als er auf sie zuging. Selbst Rike war jetzt bei ihm.

»Meine Güte«, meinte sie und trat an die Alte heran. »Ist Ihnen was passiert, sind Sie verletzt?«

Faber schluckte, als er die Frau in ihrer ganzen Pracht sah. Bunte Filzröcke übereinander. Eine alte Strickjacke, und über dem grauen, langen, geflochtenen Zopf trug sie ein buntes Kopftuch. Aus der Stoffumhängetasche, die sie geschultert hatte, lugten Kräuter und Halme heraus. Das Einzige, was Faber beruhigte, waren die Turnschuhe, die sie mit Wollsocken trug. Hätte sie jetzt noch eine Hakennase und Holzpantinen getragen, wäre er wahrscheinlich sofort wieder ins Auto gesprungen.

Rike nahm die Frau am Arm und führte sie erst einmal von der Straße zum Auto. »Ist alles in Ordnung? Wollen Sie sich ins Auto setzen?«, redete Rike weiter auf sie ein. Sie nahm eine kleine

Wasserflasche aus dem Handschuhfach und hielt sie ihr hin. Doch anstatt des Wassers griff die Alte erst an Rikes kleinen Babybauch und lächelte.

»Es wird ein schönes und sehr glückliches Kind«, sprach die alte Frau das erste Mal. Dann nahm sie das Wasser und setzte sich hinten in den Audi. Auch Rike und Faber stiegen wieder ein. Der Nebel war klamm und dadurch unangenehm kühl. Jetzt in dem geschlossenen Raum konnte Faber ein derbes Aroma von Kräutern riechen. Es war nicht unangenehm, ein eigenartiger Geruch kitzelte seine Nase.

»Es tut mir leid, ich hätte Sie fast überfahren«, sagte er und hatte sich wie Rike nach hinten gedreht.

Die Alte trank einen großen Schluck, drehte die Flasche zu und ließ sie ganz selbstverständlich in ihrer Tasche verschwinden. »Nein, mien Jung, hättest du nicht. Ich wusste, dass ihr kommt. Darum habe ich auf euch gewartet. So, jetzt fahr mich nach Haus, ich habe meine Kräuter, die man bei dieser Art von Nebel suchen muss. Dort brennt ein Feuer, ich mache deiner Frau einen guten Tee, der das Kind stark macht, und dabei müssen wir reden«, sagte die Alte.

»Woher wissen Sie, dass Rike meine Frau ist?«, fragte Faber ungläubig.

»Dumme Fragen bleiben ohne Antwort!«, brummte sie nur.

»Ich bin Hauptkommissar Faber, und das ist meine Frau und Kollegin Kommissarin Waatstedt. Wie heißen Sie denn und wo muss ich hin, um Sie nach Hause zu fahren?«

»Ich weiß«, meinte sie und seufzte. »Was ich euch zu erzählen habe, ist nicht für die Ohren eines Bäckers oder Bauern bestimmt. Dafür brauche ich einen Schandarm! Fahr nach Groothusen an der Kreuzung rechts und immer weiter. Ich sage dir dann schon, wo mein kleiner Wald ist!« Damit lehnte sich die Frau zurück und griff erstaunlicherweise nach dem Gurt, um sich anzuschnallen.

»Woher wussten Sie, dass wir hier sind? Haben Sie auf dem Revier angerufen?«, fragte Faber reichlich naiv.

Doch Rike winkte ab und meinte: »Komm, fahr schon, das klären wir bei der Grootmoder to Huus.«

Bevor die Van-Wingene-Straße in die Hamswester Straße überging, die nach Hamswehrum führte, lotste die Alte ihn rechts rein. Sie holperten über einen Feldweg, und die Nebelschwaden wurden dicker, weil sie hier zwischen den Bäumen hängen blieben. Die Alte führte ihn wirklich in ein Wäldchen. »Ist das hier nicht das alte Kirchengelände mit dem Besucherhäuschen des Pfarrers?«, fragte Rike, die sich in der Gegend besser auskannte. Als Kind hatte sie alle Dörfer auf ihrem Fahrrad erkundet und abenteuerliche Plätze entdeckt.

»Pah«, machte die Alte von hinten. »Von wegen Besucher, das ist jetzt mein Häuschen. Du kannst hier anhalten, mien Jung«, wandte sie sich dann an Faber, der den Audi am Rand des Weges parkte. Aber falls wirklich noch ein Fahrzeug hier entlang wollte, würde es nicht durchkommen. Sofort schnallte sich die Frau ab und hüpfte behände aus dem Auto. Sie klopfte an Rikes Seitenfenster und winkte ihnen, ihr zu folgen.

»Rike, du trinkst bei der Kräuterhexe keinen Tee«, befahl Faber wie ein General.

»Mach dir bitte nicht ins Hemd, mein Liebster. Ich habe von der Alten schon gehört. Knut hat mir erzählt, dass seit mehr als einem Jahr in Groothusen eine Kräuterhexe lebt. Sie muss ganz ordentlich was auf dem Kasten haben, denn viele gehen zu ihr. So, und wir beeilen uns mal lieber, sonst verlieren wir sie im Nebel«, erwiderte Rike und ihr Mann konnte anhand der Stimme nicht beurteilen, ob sie es ernsthaft meinte.

Als sie ausstiegen, umgab sie sofort wieder der feuchtkalte Nebel. Sie gingen zwar in die Richtung, in der die Alte im weißen Dunst verschwunden war, sehen konnte man sie jedoch nicht mehr. Also folgten sie dem Weg durch die Bäume, bis sie einen Lichtschein sahen und auch Holzfeuerrauch in die Nase bekamen. Neben dem Häuschen, welches dann in Sicht kam, standen hohe Pappelbäume. Und als die Krähen in ihren Nestern oben anfingen, sich wegen der Störung zu beschweren, zuckte Faber zusammen. »Mann, das ist ja wie in dem Film *Blair Witch Project*. Jetzt sieh dir nur mal die Hütte an. Siehst du das Kaninchen, das da hängt? Das hat die bestimmt auf der Landstraße aufgesammelt und macht Ragout daraus«, plapperte Faber nervös. Irgendwie kam er sich vor wie Hänsel in dem Märchen der Gebrüder Grimm.

»Nu holl man dien Beck to blarren!«, forderte Rike ihn auf den Schnabel zu halten. »Du bist ja schlimmer als Alfred, der Assistent des Professors im Film *Tanz der Vampire*. Ich bin bei dir! Oder brauchst du Knoblauch?«

Er wollte gerade erwidern, dass Knoblauch nur bei Vampiren half, konnte aber gerade noch seinen Mund halten.

Rike klopfte an der Tür, doch die war bloß angelehnt. Leider sah es auch innen so aus, wie man sich die Hütte einer Kräuterhexe vorstellte. »Na, da seid ihr ja endlich. Setzt euch, das Wasser kocht schon, es gibt gleich Tee. Für dich einen schönen Fencheltee, frisch gekämmt, dann ist er am besten«, sagte die Alte, die am Herd stand. »Das ist gut für deinen Magen und beruhigt dich und das Baby.« Sie sah auf Faber und meinte: »Du bekommst einen Melissentee mit Baldrian gegen deine Angst. Ist ja schlimm. Deine Aura ist geradezu von Grau überschattet!«

»Ja, kein Wunder. Ich war noch nie bei einer Hexe und mich gruselt es hier«, schoss es aus dem Hauptkommissar, als wäre er ein kleiner Junge. Ohne dass er auch nur eine Sekunde über die Worte hatte nachdenken können, waren sie über seine Lippen gekommen. Erst als er seine Worte bereits selbst gehört hatte, merkte er, was er gesagt hatte. »Tut mir leid, ich bin etwas angespannt. Ich wollte Sie nicht als Hexe bezeichnen.«

Jetzt lachte die Alte laut auf. »Ach, lass man, mien Jung. Ich bin, was ich bin, und jetzt, da du es ausgesprochen hast, ist es schon gar nicht mehr beängstigend, nicht wahr?«, fragte sie und Faber horchte in sich hinein. Es stimmte, was sie sagte. Plötzlich waren die Hütte und der Duft der Kräuter wesentlich angenehmer, sogar gemütlich. »Siehst du, jetzt wird deine Aura wieder rosarot, wie es sich für einen fürsorglichen Menschen wie dich gehört. Jetzt setz dich und ihr trinkt euren Tee, denn ich muss euch von dem Jungen erzählen.«

Sie servierte ihnen zwei Humpen mit dampfendem Wasser, in dem sich die Kräuter langsam absetzten. Rike hatte nicht den geringsten Argwohn und nippte an dem köstlich duftenden Fencheltee. Faber roch erst ein wenig skeptisch an seiner Tasse, doch die intensive Zitrusnote wirkte derart einladend, dass er ebenfalls daran nippte. Der Geschmack war eine Wucht. *So kann also ein Melissentee auch schmecken*, kam Faber nicht umhin zu denken.

Die Alte nickte zufrieden, als wäre es ein Test gewesen, dass beide ihren Tee tranken. Sie zog ihr Tuch vom Kopf und legte es wie eine Stola um ihre Schultern. Auch sie hatte einen Humpen in der Hand, es roch nach Pfefferminze. »Die Pfefferminze gibt Kraft, stärkt die

Nerven und die Seele. Der Holunder schützt vor den Dämonen«, sagte sie und sah in ihre Tasse. Dann nippte sie ebenfalls daran.

»Sie sagen, Sie haben auf uns gewartet?«, fragte Faber ruhig, als er sich wirklich wieder entspannt fühlte und ganz Polizist war. »Worüber wollen Sie mit uns reden?«

Die alte Frau nickte und zündete eine Kerze auf dem Tisch an. *Der dicke Stumpen sieht aus, als hätte sie den in der Kirche mitgehen lassen. Was auch sehr wahrscheinlich ist*, dachte Faber, bevor er sich wieder auf die Situation konzentrierte. Die Flammen warfen Schatten im Gesicht der Frau, was sie noch unheimlicher aussehen ließ. Aber Faber fühlte sich durch seinen Melissentee ruhig und wohl, sodass erst gar kein weiterer Grusel aufkam.

»Er kam in der Nacht am letzten Wochenende zu mir. Ich hatte gerade eine Kundin, sie wollte einen Trank kaufen. Die Menschen kommen und wollen Hilfe, ich gebe sie ihnen oder nicht. Das entscheide ich, wenn ich sie kennenlerne, und das tue ich immer nach Mitternacht. Denn die ersten Stunden des neuen Tags zeigen am besten das wahre Gesicht eines Menschen«, fabulierte die Alte, sodass Faber der Situation jetzt sogar etwas Humoristisches abgewinnen konnte.

»Was war mit ihm, wer war er?«, fragte Rike richtig interessiert, als ob es sich um eine Zeugenbefragung handelte.

»Das weiß ich nicht, ich vergaß, ihn nach seinem Namen zu fragen. Er war verletzt und sehr traurig. Ein junger Mann, fast noch ein Junge.«

»Moment, Sie sagen, er war verletzt? Was für Verletzungen?«, fragte Faber hellhörig geworden. Denn plötzlich bekam diese Scharade eine ganz andere Wendung.

»Nicht nur verletzt, es war schlimm. Er sagte, er braucht Hilfe. Wörtlich sagte er zu mir: ›Finde mich. Bitte bring mich heim. Ich kann nicht bleiben, wo ich jetzt bin.‹« Sie sah Faber derart ernst an, dass er ihr jedes Wort glaubte.

»Was haben Sie getan? Ihn verbunden, Hilfe gerufen, einen Krankenwagen?«, überfiel er sie mit seinen Fragen.

Die Kräuterhexe schüttelte nur den Kopf. »Du verstehst nicht, mien Jung«, sagte sie und seufzte. »Ihm war nicht mehr zu helfen!«

»Weil er tot war?«, kam es leise von Rike. »Hat sein Geist Sie aufgesucht?«, fragte die Kommissarin so ernsthaft, dass Faber die Augen aufriss.

»Ja, mien Deern. Er ist schnell, viel zu schnell und gewaltsam aus der Welt gegangen. Sein Geist versteht es derzeit nicht richtig, aber anscheinend will er woandershin. Er ist nicht da, wo er sein sollte«, antwortete die Alte.

»Und die Frau, die bei Ihnen war in der Nacht, die auch Ihre Hilfe wollte, lebte die wenigstens?«, fragte der Hauptkommissar nicht gerade einfühlsam.

Die Alte schnaufte und erwiderte: »Natürlich, Tote brauchen meine Tränke nicht und schon gar keinen Liebestrank!«

»Und hat die Dame mit dem Liebestrank ihn ebenfalls gesehen?«, hakte er nach, obwohl er sich mittlerweile fragte, was er hier eigentlich tat. Die ganze Situation war absurd.

»Natürlich nicht«, echauffierte sich die Alte. »Oder kannst du Tote sehen? Dafür braucht man Kräfte, die ich habe, aber ihr nicht.«

Rike hob die Hände. »Jetzt mal langsam, alle beide. Sie behaupten also, Samstagnacht wurde ein junger Mann gewaltsam aus dem Leben gerissen, also getötet, richtig?« Die Alte nickte sofort. »Sein Geist kam zu Ihnen und bat Sie um Hilfe, während Sie eine Kundin bei sich hatten.« Auch das bestätigte die Frau. »Jetzt beschreiben Sie mal, wie der Junge aussah und wie Ihre Kundin hieß.«

»Das ist nicht dein Ernst, Rike«, brachte Faber geradeso heraus. Doch sie gab ihm mit ihrer Hand ein Zeichen, ruhig zu sein. Also hörte er sich den Blödsinn weiter an.

»Die Tochter vom Gulfhof in Greetsiel, den Namen kenne ich nicht«, fing die Kräuterhexe an.

»Gulfhof? Meinen Sie die Hertha Kohler? Eine blonde Deern, etwas stämmig. Sie kann ein bisschen derb werden, wenn sie nicht kriegt, was sie will. Außerdem hat sie einen recht großen Blutschwamm am Hals«, versuchte es Rike weiter und hatte mittlerweile ihr Tablet aus der Jacke genommen, um Notizen zu machen. Sie kannte Hertha recht gut. Das Aas war mit ihr in die Schule gegangen, und so manche Prügelei mit ihr hatte Rike ihr noch nicht verziehen.

»Das ist sie, sie hat ein Muttermal am Hals, kein gutes Zeichen«, sagte die Frau und tat so, als spuckte sie dreimal über ihre linke Schulter. *Wohl um den Teufel, der normalerweise dort sitzt, zu vertreiben*, dachte Faber und hätte sich fast selbst geohrfeigt wegen dieses Gedankens.

»Gut, dann haben wir schon mal den Namen. Wie sah Ihr Toter denn aus?«, bohrte Rike hoch konzentriert weiter. Der Hauptkommissar wusste mittlerweile nicht mehr, wer eigentlich der Abergläubische in der Familie war. Es stimmte schon, dass er sich vor solchen eigenartigen Dingen wie Nebel und Vollmond ein bisschen fürchtete, doch was Rike gerade tat, war völlig daneben. Es gab nur eine Erklärung. Vielleicht wollte sie der alten Frau ihren Respekt zeigen und hielt sie eigentlich für ein bisschen schrullig oder im schlimmsten Fall etwas dement. *Oder sind das die Schwangerschaftshormone?*, fragte er sich in Gedanken.

»Er war sehr groß, konnte seinen Arm locker auf dem Kaminsims ablegen. Seine braunen Haare fielen ihm ins Gesicht. Ein hübscher Junge, er war schlank und nett anzusehen. Aber vor allem war er überaus höflich. Nicht alle Geister, die so plötzlich aus dem Leben gerissen wurden, sind nett wie er. Die werden manchmal ganz schön böse und toben rum. Da habe ich mal was erlebt, ich sage es dir, mien Deern«, plapperte die Alte.

»Was hatte er denn an?«, fragte Rike weiter. Sie tippte zwar nicht auf ihrem Tablet, Faber hatte jedoch gesehen, dass sie die Sprachaufnahme aktiviert hatte und damit die Unterhaltung speicherte.

»Eine Jeans, das tragen die heute ja alle. Er hatte eine Jacke, die aussah, als wäre sie aus Luftpolstern, und darunter eine Kapuzenjacke, denn die Kapuze hing über der Jacke. Und er hatte so dunkle Turnschuhe an, aber mit einer gelben Sohle. Das sah eigenartig aus!«

In dem Moment fiel Faber fast die Kinnlade runter. Rike suchte bereits auf ihrem Tablet, und dann hatte sie das Foto von Uwe Euken gefunden, auf dem er genau diese Sachen trug. Seine Mutter hatte ihnen erzählt, dass die schwarze leichte Daunenjacke und die teuren *Asics Novablast* sein Ein und Alles waren. Daher trug er sie fast täglich und das Foto war erst kurz vor seinem Verschwinden aufgenommen worden. Sie hielt der Kräuterhexe das Tablet hin.

Sie strich liebevoll mit ihrem knorrigen Finger über den Bildschirm. »Ja, das ist der arme Kerl, dem ich helfen muss. Er war in der Nacht bei mir!«

***

Der Hauptkommissar trottete zehn Minuten später neben seiner Frau durch den weißen Dunst zurück zum Auto. Rike hatte sich noch eine Weile mit der Alten unterhalten, wobei sie ihren Vornamen erfahren hatte und auch, dass sie angeblich wusste, wo Uwe zu finden war. Faber war ganz schön mitgenommen und wusste nicht im Geringsten, wie er das Erlebte jetzt einschätzen sollte. Daher gab er die Autoschlüssel Rike, die sich ganz normal verhielt. Irgendwie hing immer noch ein Geruch von Kräutern in der Luft, der sich mit dem Rauch aus dem Kamin des Häuschens gemischt hatte. Wahrscheinlich warf die Alte immer mal wieder getrocknete Kräuterhalme ins Feuer.

»Rike«, meinte Faber, als sie im Auto saßen und seine Frau langsam Richtung Pewsum fuhr. »Habe ich geträumt oder ist das wirklich gerade geschehen? Hat diese Hexe einen Toten gesehen?«, fragte er völlig verunsichert.

Seine Frau sah ihn kurz verblüfft von der Seite an. »Das ist jetzt nicht dein Ernst, Liebling!«, erwiderte sie. »So etwas wie Hexen und Wiedergänger gibt es nicht. Mensch, wir Ostfriesen treiben unsere derben Scherze damit, aber weder Opa noch ich glauben an Derartiges!«

»Und wie konnte sie Uwe so genau beschreiben?«, fragte er naiv, während Rike wieder auf der Hauptstraße von Groothusen ankam.

»Faber, du bist ja völlig neben der Spur!«, meinte Rike, als sie sein aschfahles Gesicht sah. »Sie ist eine Kräuterheilerin mit lebhafter Fantasie. Sie stellt Tees und Tinkturen her, lebt verschroben in dem Haus und wird wahrscheinlich durch die Großzügigkeit des Pfarrers unterstützt. Sie sieht keine Toten und kann keine Vorhersagen machen!«

»Aber …«, fing er erneut an, doch seine Frau unterbrach ihn sofort.

»Kein Aber! Wahrscheinlich hat sie Uwe gesehen in der Nacht. Die Alte sammelt Kräuter bei Nebel, wahrscheinlich auch bei Vollmond, und letzten Samstag hatten wir Vollmond und Bodennebel. Wenn sie an der Stelle unterwegs war, wo wir sie fast überfahren haben, dann war sie dort, wo Uwe mit seinem Fahrrad entlang geradelt ist. Sie hat ihn gesehen, Faber, der Rest ist Fantasie!«

»Und dass sie wusste, dass du meine Frau bist und wir von der Polizei?«, hielt er weiterhin dagegen.

Rike rollte die Augen und verließ langsam Groothusen in Richtung Pewsum. »Ein Paar hält in einem Auto, da geht man davon aus, dass es ein Ehepaar ist. Und dass wir Polizisten sind, hast du ihr gesagt, denn du hast uns vorgestellt. Erst danach sagte sie etwas von Schandarmen.«

»Wieso hast du sie dann bestärkt, als sie andeutete zu wissen, wo er angeblich abgeblieben ist, wenn du ihr nicht glaubst?«, fragte er trotzig weiter.

»Wie ich es schon sagte, die Frau ist eine Mischung aus Heilerin und leicht verrückter Oma. Sie kann alles Mögliche gesehen haben, und in ihrem Kopf wird daraus ein wandelnder Toter, der behauptet, nach Hause zu wollen«, redete Rike geduldig auf ihn ein. »Mein Liebster, es kostet uns doch nichts, mal zu der Stelle zu fahren, von der sie am Schluss geredet hat. Wenn morgen früh die lüttje Welt ein bisschen besser wird und es vielleicht etwas aufklart, holen wir sie ab und fahren mit ihr zu dem Ort.«

»In der Zwischenzeit überprüfe ich die Alte. Heutzutage kann es nicht mehr sein, dass jemand ohne Papiere oder Krankenversicherung existiert und von sich selbst behauptet, nur Viola zu heißen. Der Pfarrer von Groothusen weiß bestimmt etwas«, meinte Faber abschließend zu dem Thema Identität. »Also, wenn sie wirklich keine übernatürlichen Fähigkeiten hat, würde mich nicht wundern, wenn sie mal irgendwo eingewiesen war«, brummte er, und Rike musste plötzlich abrupt bremsen, denn in dem Moment lief eine schwarze Katze über die Fahrbahn.

»Pass lieber auf, was du sagst«, meinte sie und betrachtete die Katze, die beide vorwurfsvoll ansah, bevor sie im Nebel auf der anderen Straßenseite verschwand.

Faber lag ein Fluch auf der Zunge, doch in dem Moment klingelte sein Handy. Es war Laurien und er stellte auf Lautsprecher. »Moin, Chef, ich wollte euch nur sagen, ich habe den Inhaber der Disco erreicht. Er ist im Moment im *Haven* und zwei seiner Mitarbeiter sind auch dort, denn heute werden die Getränke für die Woche angeliefert. Und bevor du weiter fragst, beide Mitarbeiter hatten Samstagabend Dienst hinter der Bar«, wusste sie zu berichten.

»Danke, wir sind gerade auf dem Weg dorthin. Ach, Laurien, kannst du mal eine Viola, eine uralte Frau, recherchieren, die momentan im Gebäude der Kirchengemeinde Groothusen wohnt? Es ist das Steingebäude im Wäldchen«, sagte er. *So viel zu ›ich überprüfe die Alte‹*, dachte Rike in dem Moment ein wenig boshaft.

»Viola und weiter?«, fragte Laurien erstaunt.

»Keine Ahnung, wie sie weiter heißt. Ich schätze sie auf Anfang achtzig, vielleicht älter, und Papiere hat sie auch nicht. Versuche mal dein Glück beim Pfarrer!«, erwiderte Faber. »Leider haben wir nichts anderes.«

»Und wie ist das relevant für den Fall?«, hinterfragte die Kommissarin im Ton eines Staatsanwalts.

»Das wissen wir noch nicht«, beantwortete Rike ihre Frage. »Aber es könnte sein, dass sie Uwe Euken gesehen hat. Versuche dein Bestes! Alles andere erzählen wir euch, wenn wir wieder da sind.«

»Okay«, meinte Laurien halbherzig. »Ihr könnt nach der Disco gleich bei der Schule vorbeifahren. Ich hab den Vertrauenslehrer ausgemacht. Er gibt in der letzten Stunde um vierzehn Uhr Deutschunterricht in Uwes Klasse. Der Mann schlug vor, ihr kommt vorbei, dann könnt ihr gleich mit der ganzen Klasse reden. Die meisten von Uwes Freunden sind in der Klasse. Es ist das Friedrich-Schiller-Gymnasium in Emden. Also, um vierzehn Uhr werdet ihr im Klassenraum der 12a erwartet. Aber fahrt langsam, denn es kommen bei dem Nebel immer weitere Unfälle rein«, ermahnte Laurien die beiden, bevor sie auflegte.

In der Zwischenzeit war Rike fast am Ende von Pewsum angekommen und bog rechts in die Handelsstraße ein. Der Name passte nur zu gut, denn es handelte sich um das Gewerbegebiet von Pewsum. Dort gab es einen *Combi-*, einen *Lidl-* und einen *Aldi*-Supermarkt, eine *Rossmann*-Drogerie, ein *Raiffeisenmarkt*-Gartencenter, ein Schuhgeschäft und einen Blumenladen. Ganz am Ende befand sich der Flachbau, der die Diskothek *Haven* beherbergte. Als Rike auf den großen Parkplatz fuhr, stand ein Getränkeauslieferer vor dem Gebäude und mehrere Leute schleppten Bierfässer, Getränkekästen mit Softdrinks und Wein in die Diskothek.

Kaum hatte sie geparkt, gab Faber ihr ein Zeichen, noch zu warten, und drückte eine Kurzwahl. Während sie den Klingelton hörten, meinte er: »Wenn du ernsthaft erwägst, die Alte könnte uns zu einem Tatort führen, machen wir es morgen richtig.«

Rike horchte auf, als sich eine ihr sehr vertraute Stimme meldete. »Na, Papa, was macht mein Patenkind, wächst und gedeiht es?«, fragte Philipp Schorlau, der Chef der Forensik Oldenburg. Er war promovierter Doktor der Chemie und Medizin, dabei spezialisiert auf Kriminalforensik und Pathologie. Sein Ruf war bundesweit bekannt und seinen Rat suchte sogar von Zeit zu Zeit das Landes- und Bundeskriminalamt. Philipp hatte seine Frau Silvia, die ebenfalls als Forensikerin arbeitete, gerade erst geheiratet und wurde genau wie sein Freund Richard Faber Vater. Es war Philipps erstes Kind, und dementsprechend aufgeregt war er. Aber Doktor Philipp Schorlau hatte seine eigene Art, mit allem umzugehen. Er war besonders in seinem Beruf ein elitärer Nörgler, ein arrogantes Genie, und wer ihn nicht kannte, mochte ihn ganz und gar nicht. Wer jedoch Philipp zum Freund hatte, wusste, der Mann hatte ein Herz aus Gold. Seine Großzügigkeit war so manches Mal fast peinlich. Nicht nur sein Herz war aus Gold, er war auch mit einem goldenen Löffel im Mund geboren. Sprich, er war stinkreich wegen pharmazeutischer Patente seines Vaters. Rike und der Hauptkommissar genau wie Benny und Opa Knut waren schon oft in den Genuss seiner Großzügigkeit gekommen. Am besten, man sagte nichts weiter dazu, denn abhalten konnte man Philipp eigentlich von nichts, was er sich einmal in den Kopf gesetzt hatte.

»Aus dem Bauch meiner Frau wird langsam eine Kugel, und allem Anschein nach ist dein Patenkind ein fröhliches, gesundes Menschlein«, antworte Faber und schmunzelte. »Und was macht mein Patenkind?«, fragte er.

»Oh, mein Sohn entwickelt sich wunderbar. Er ist jetzt schon das schönste, klügste und mutigste ungeborene Baby, das je von einem Ultraschall erfasst wurde. Danke der Nachfrage!«, meinte Philipp und lachte. Doch dann wurde er wie erwartet ganz er selbst und schickte hinterher: »Und mit welcher Nichtigkeit störst du meine überaus wichtige Arbeit?«

»Du und arbeiten, dass ich nicht lache«, konterte Faber, denn das war eher ihr normaler Umgangston. »Aber ich habe etwas, was dir gefallen wird! Kannst du morgen früh bei uns sein und uns zu einem Geistertatort begleiten? Eine alte Hexe hat behauptet, von einem Wiedergänger besucht worden zu sein, und will uns zu dem Tatort des Verbrechens oder vielleicht seinem Grab führen!«

»Was hast du denn geraucht?«, meinte Philipp lakonisch.

»Ich nichts, eher meine Frau, denn die glaubt der Hexe und will sich das unbedingt ansehen!«

Rike strafte ihn mit ihrem Blick. »Philipp, ich bin es. Es geht um eine alte Frau, die vielleicht eine Zeugin ist. Es wäre gut, wenn wir dich als Kriminalwissenschaftler dabei hätten, falls etwas an der Sache dran ist«, erläuterte sie.

»Für dich doch immer, Rike. Aber wenn es euch nichts ausmacht, komme ich heute Abend schon. Silvia besucht ihre Schwester in Kiel, ich bin die Woche also allein hier und im Labor steht nur langweiliger Kram an. Außerdem haben wir hier morgens immer schlimmen Nebel. Wenn ich am späten Nachmittag fahre, ist es klarer, dann komme ich besser durch«, sagte der Doktor.

»Aber natürlich«, erwiderte Rike. »Ich sag Opa Bescheid, dass er was Gutes für uns alle kocht. Aber pass auf, wir haben eine lüttje Welt, die wird sich heute Abend noch nicht verzogen haben. Mit Glück sehen wir morgen mehr. Also bring deinen Zauberkoffer mit für den Fall, dass wir einen Fundort haben. Worum es genau geht, erzählen wir dir beim Abendessen«, meinte sie.

Faber wollte sich ebenfalls gerade verabschieden, als Schorlau sagte: »Faber, jetzt mal ehrlich, haben wir wirklich etwas wie eine Hexe, einen Untoten, und das bei dickem Nebel?« Philipp war zwar genauso ein Angsthase wie Faber – wenn es um Mystisches ging, verpasste er jedoch keine Gelegenheit, sich mit Wonne zu gruseln. Er hatte, obwohl er ein genialer Wissenschaftler war, bereits an einer Séance teilgenommen und hörte sich Opa Knuts Horrorgeschichten über Moorleichen und Untote leidenschaftlich gerne an.

»Du wirst es lieben«, meinte Faber. »Mir lief es kalt den Rücken runter, eine Hexe, ein Zombie, Krähen, schwarze Katzen und jede Menge Nebel!«

»Prima! Ich bin spätestens um sechs am Abend bei euch. Na, dann wird das entgegen allen gestrigen Erwartungen noch eine tolle Woche«, meinte der Doktor glücklich und legte ohne ein weiteres Wort auf.

Rike schüttelte den Kopf. »Ich weiß nicht, mit euch zwei Bangbüxen wird das für mich höchstwahrscheinlich kein Spaß!«

***

Der Inhaber der Disco und seine zwei Angestellten hatten Uwe Euken zwar auf dem Foto erkannt, konnten aber nicht beschwören, ihn am Samstagabend gesehen zu haben. Es war an dem Abend einfach zu viel los gewesen. Immerhin wiesen sie die Kommissare darauf hin, dass er, falls er Samstag in der Disco war, einen Stempel vom *Haven* auf dem Handrücken haben müsse, der bei Schwarzlicht das Logo zeigte. Es war ein Emoji von zwei Händen, die zu einem Herz geformt waren. Mit dem Herz-Emoji sollte wohl die Bedeutung von ›Haven‹, was auf Deutsch so viel wie Zuflucht, Asyl oder Oase bedeutete, unterstrichen werden. Der Stempel ließ sich nicht schnell abwaschen und wäre noch Tage später zu erkennen. Es war ein Hinweis, der jedoch nicht half, den lebenden Uwe zu finden. Erst wenn seine Leiche auftauchen würde, könnte man eventuell anhand des Logos noch erkennen, ob er vor oder nach dem Discobesuch gestorben war. Kurz streifte Faber der Gedanke, doch dann wischte er ihn wieder weg. Auch wenn die alte Frau behauptete, Uwe wäre tot, gab der Hauptkommissar die Hoffnung nicht auf. Er wünschte sich in solchen Situationen immer ein Happy End. So sah er in seinem Kopf immer noch die Szene, wie Uwe zu seiner Mutter zurückkehrte und die beiden sich in die Arme fielen.

Es war erst halb eins, als sie unterwegs Richtung Emden waren. Trotz des anhaltenden Nebels waren sie fünfundvierzig Minuten später bereits am Gymnasium und parkten den Wagen. »Komm, lass uns kurz in die Bäckerei *Sikken* gehen«, schlug Rike vor.

»Du hast doch nicht schon wieder Hunger. Rike, Frühstück, eine halbe Kirschschnitte, Lachsschnittchen und vorhin das Leberwurstbrötchen – wo schaffst du das alles hin?«, fragte ihr Mann überrascht.

»Keine Ahnung, aber ich habe kein Gramm Übergewicht, sagt jedenfalls meine Frauenärztin. Außerdem muss ich eigentlich eher aufs Klo und ich hab einen Jieper auf einen Kaffee. Und ich brauche Wasser, meine letzte Flasche habe ich Viola gegeben.«

Nachdem sie die einhundertfünfzig Meter bis zur Bäckerei gegangen waren, hatten sie Glück, dass gerade ein Tisch frei wurde. Zwei Schüler der Oberstufe gingen aus dem Café. Es war ein beliebter Ort für die Gymnasiasten, die anscheinend eine Freistunde hatten oder sich diese einfach nahmen. Rike verschwand erst nach achtern, ging an die Theke und kam mit einem Tablett zurück. Sie stellte Faber einen Cappuccino und ein Croissant hin. Für sich selbst hatte sie eine

Schokolade mit Espresso und Sahne gekauft. Natürlich hatte sie bei dem Buttercroissant, das mit Käse gefüllt war, auch für sich selbst zugeschlagen.

»Soso, nur einen Kaffee-Jieper«, bemerkte Faber, aber schmunzelte, mit wie viel Appetit Rike in ihr Croissant biss.

»Oh, das ist sensationell. Probiere dein Croissant, das ist mit Käse gebacken und du hast heute noch nicht so viel gegessen. Du wirst dein Porsche-Wochenende schon gewinnen!«, ermunterte sie ihn. Natürlich wusste sie Bescheid, denn Silvia, Philipps Frau, stand per Telefon in regem Kontakt mit ihr. »Du hast weiterhin ein Kilo weniger, seit Philipp darauf bestand, dich zu wiegen.«

Faber biss in das Käsecroissant, welches wirklich außergewöhnlich buttrig war und nach leckerem Käse schmeckte. »Was meinst du, wie sollen wir mit der Klasse sprechen?«, kam er auf ihre nächsten geplanten Schritte zurück.

Rike zuckte unwillkürlich die Schulter. »Weißt du«, meinte sie mit vollem Mund, »wenn irgendeiner seiner Freunde etwas weiß, zum Beispiel, dass er irgendwo für ein paar Tage abgehauen ist, wird er oder sie uns das nicht sagen. Daher sollten wir allgemeine Fragen stellen und beobachten, wie sie reagieren. Danach sprechen wir mit dem Vertrauenslehrer und hören mal, was er von Uwe so hält«, schlug sie vor. »Mehr können wir eigentlich nicht tun.«

»Na gut, mach du die Befragung. Ich denke, du wirkst von uns beiden als Polizistin weniger bedrohlich, vor allem mit dem Babybauch«, erwiderte er. »Ich setze mich irgendwo vor die Klasse, sage nichts und beobachte nur. Wenn mir was auffällt, dann können wir nachher noch Einzelgespräche führen.« Nachdem Faber das Tablett zurückgestellt hatte, waren sie auch schon auf dem Weg. Sie fanden den Klassenraum der 12a recht schnell und warteten zehn vor zwei im Flur. Nach und nach trudelten die Schüler ein und betrachteten die beiden Unbekannten mit unverhohlener Neugier und Interesse. Erst zwei Minuten vor zwei kam der Lehrer abgehetzt vor der Klasse an. Von drinnen waren angeregte Unterhaltungen und lautes Lachen zu hören.

»Entschuldigung, ich bin spät dran«, sagte er und hielt Rike und anschließend Faber die Hand hin. »Sie sind die angekündigten Polizisten, nicht wahr?«, fragte er und Faber stellte beide vor. »Ich bin der Deutsch- und Vertrauenslehrer der 12a, Martin Worlinger.

Kommen Sie, ich stelle Sie der Klasse vor, nach der Stunde können wir dann reden.«

»Herr Worlinger, überlassen Sie Kommissarin Waatstedt die Vorstellung. Wir beide halten uns einfach zurück. Es kann sein, dass ich anschließend noch mit einzelnen Schülern allein sprechen möchte. Sagen Sie, wer von der Klasse stand Uwe besonders nah?«, fragte Faber, als gerade der Schulgong ertönte.

»Mehrere, man kann sie als Clique bezeichnen. Da sind Timo Wöhler, Max Liebherr, Ihmke Wenne und Aysun Yilmaz. Die vier hingen immer mit Uwe zusammen. Früher war auch Mia Willer ein fester Bestandteil, doch seit Uwe und sie sich getrennt haben, hängt sie lieber mit anderen Leuten ab. Aber Mia ist nicht da, sie hat sich …«, wollte er gerade erklären.

»… das Wadenbein gebrochen«, beendete Faber seinen Satz. »Wir haben schon mit ihr geredet, danke! Wollen wir?«

Sie gingen in die Klasse und sofort wurde es leiser. Nur hier und da wurde noch geflüstert. Faber rückte sich einen freien Stuhl ans Fenster und setzte sich. Gerne hätte er das Fenster geöffnet, denn die Luft im Klassenzimmer war eine Mischung aus Teenagerschweiß und verschiedenen Parfums oder Shampoos.

Herr Worlinger klatschte in die Hände, sodass alle verstummten. Er machte Rike ein Zeichen mit der Hand. Sie trat vor die Klasse. »Mein Name ist Rike Waatstedt, ich bin Kommissarin bei der Kripo in Emden, das ist Hauptkommissar Faber. Wir sind hier, weil Uwe Euken Samstagnacht verschwunden ist. Seine Mutter macht sich große Sorgen und wir möchten mit Ihnen reden, ob Sie Informationen haben.« Rike siezte die Zwölftklässler absichtlich.

»Deshalb das Ghosting. Was heißt denn, er ist verschwunden?«, meldete sich ein recht gut aussehender junger Mann. Der Vertrauenslehrer stellte ihn als Timo Wöhler vor.

»Was ich damit sagen will, er kam Samstagnacht nicht mehr nach Hause. Aber meine Zeiten des Jugendjargons sind eine Weile her. Was bedeutet Ghosting?«, fragte Rike zurück.

»Na, dass er sich auf keine Message mehr meldet«, erwiderte der schlaksige junge Mann. »Sie hätten das wahrscheinlich als sich totstellen bezeichnet. Nur virtuell in dem Fall!« Seine Erklärung zog einige Lacher nach sich. »Aber mal im Ernst, Uwe ist nicht krank oder so? Er ist echt verschwunden?«

»Ja. Seine Mutter macht sich große Sorgen und hat ihn bei uns als vermisst gemeldet. Haben Sie ihn Samstagabend gesehen?«, führte Rike die Befragung weiter.

Sie sah ein paar der Schüler nicken. »Er war mit uns im *Haven*. Da gab es eine Party und es war verdammt viel los«, antwortete jetzt ein blondes Mädchen, das wesentlich jünger aussah. Der Lehrer berichtete der Kommissarin, dass es Ihmke Wenne war. Rike nickte und wartete. Daher fuhr Ihmke fort: »Wir haben uns um zehn im *Haven* getroffen, das ist eine Disco in Pewsum. Die hatten Samstagnacht eine Achtzigerjahreparty. War echt cool, wir hatten viel Spaß und zur Abwechslung haben unsere Jungs auch mal getanzt.« Als sie das sagte, verzog Timo die Schnute. »Aber Uwe war ganz scharf auf ein Mädchen und verschwand um Mitternacht mit ihr.«

»Dabei habe ich ihn noch gewarnt. Denn die Kleine, an die er sich rangeschmissen hat, war bis vor Kurzem mit einem älteren Typen zusammen. So ein Möchtegernrocker in Ledermontur und mit dickem Moped«, gab Timo wieder zum Besten.

»Wissen Sie, wie das Mädchen oder ihr Ex-Freund heißen?«, fragte Rike, während Faber sich auf dem Tablet Notizen machte.

»Ich glaube, die Barbie heißt Conny oder Cori, die geht in die Elfte. Sag mal, Ilka, kennst du nicht ihre Schwester?«, fragte Timo an eine seiner Klassenkameradinnen gewandt.

»Du meinst Cora Deter, ja, das ist die jüngere Schwester einer Freundin von mir. Stimmt, die war mal mit so einer Assel zusammen. Aber ich kenne den Namen nicht«, beantwortete sie die Frage.

»Assel?«, fragte Rike.

»Na, ein asozialer Typ, so ’n Macker eben!«, kam es von Ilka wie aus der Pistole geschossen. Faber verkniff sich ein Grinsen.

Rike nickte. »Uwe fing also etwas mit dem Mädchen an. Haben die sich geküsst oder nur getanzt?«

»Ein Kiss lief da schon, dann sind die abgehauen, das war gegen Mitternacht. Wir dachten, die gehen knispeln. Gegönnt hätte ich es dem Uwe, nach der Trennung von Mia«, meinte wieder Timo, der anscheinend der Wortführer der Clique war.

»Ich nehme an, knispeln bedeutet Sex haben, oder?«

Timo grinste von einem Ohr zum anderen und meinte mit der Stimme von Schlemihl, einer der Sesamstraßenfiguren: »Genaaauuu,

Frau Kommissar!«, was mit einer Lachsalve seiner Klassenkameraden quittiert wurde.

»Danke für die Aufklärung«, erwiderte sie. »Haben Sie danach noch etwas von Uwe gehört?« Vier der fünf Freunde schüttelten den Kopf, nur das dunkelhaarige Mädchen mit bräunlichem Teint schaute auf ihre Hände. Rike ging davon aus, dass es Aysun Yilmaz war. Sie blickte kurz zu Faber, der hatte das Mädchen ebenfalls im Visier. »Okay, Sie alle haben nichts mehr von Uwe gehört oder gesehen, seit er die Disco gegen Mitternacht mit dem Mädchen verließ. Wer ist denn Uwes bester Freund?«

»Unser Max hier«, meinte Timo wieder. Er legte den Arm um die Schulter seines Tischnachbarn und zog ihn am Hals zu sich. Max wirkte ein wenig wie ein Nerd mit seiner Brille und dem Hemd unter dem Sweatshirt, doch anscheinend mochte ihn Timo.

Der Junge befreite sich ein bisschen genervt von Timos Arm und sagte: »Ja, kann man sagen. Wir kennen uns bereits seit dem Kindergarten, ich wohne in Pilsum und das ist bloß zehn Minuten mit dem Fahrrad von Manslagt entfernt. Aber auch ich habe nichts mehr von ihm gehört!« Dabei konnte er der Kommissarin nicht in die Augen sehen.

»Danke Ihnen, Max, ich würde jetzt gerne etwas mit Ihnen allen probieren. Jeder denkt sich ein Attribut aus, das typisch ist für Uwe. Herr Worlinger wird es an die Tafel schreiben. Fangen wir hier vorne an, okay?«, fragte Rike. »Wenn es Wiederholungen gibt, ist das kein Problem. Aber bitte, bleiben Sie bei Uwes Charakter, denn wir müssen uns ein realistisches Bild machen. Daher möchte ich Sie bitten, weder zu übertreiben noch sich zurückzuhalten. Nichts wird gegen Sie verwendet werden«, fügte sie an und schmunzelte.

Und dann ging es los. Am Ende standen an der Tafel die Eigenschaften: ehrlich, treu, erwachsen, kritisch, verschwiegen, cool, ernst, verlässlich, hilfsbereit, großzügig, klug und lieb. Es waren nur zwölf Attribute, denn die knapp zwanzig Schüler hatten sich bei den Worten verlässlich, ehrlich, erwachsen und klug mehrfach wiederholt. Faber machte ein Foto von der Tafel, und als es in dem Moment klingelte, sprangen die Schüler ganz automatisch auf.

»Einen Moment bitte noch. Könnten Sie, Timo, Sie, Max, Ihmke Wenne und auch Sie, Aysun, bitte einen Moment länger hierbleiben?«, rief Faber über den Lärm hinweg. Die Angesprochenen setzten sich erneut hin, während der Rest der Klasse verschwand. »Danke, dass Sie sich noch Zeit nehmen. Timo Wöhler, fangen wir mit Ihnen an, während die vier anderen mit Herrn Worlinger vor der Tür warten.«

Als Rike mit Faber und Timo alleine im Klassenzimmer war, übernahm Faber. »Timo, darf ich Sie bitten, ganz ehrlich meine Fragen zu beantworten? Ich darf Sie doch Timo nennen, oder?«

»Sie dürfen mich sogar duzen, bin nicht mal achtzehn, fühlt sich sonst eigenartig an, wenn Sie mich siezen«, erwiderte der Jung.

»In Ordnung. Timo, bist du der Anführer eurer Fünfergruppe? Oder ziehst du nur gerne eine lustige Show vor den anderen ab?«, fragte Faber und Rike war erstaunt, dass er derart direkt wurde.

Timo grinste. »Ich bin so ein bisschen der Spaßvogel, den alle wegen seiner Witze liebhaben. Die Rolle reicht mir. Uwe ist slay!«

»Slay?«

»Er hat jeden mit seinem Auftreten und seiner Art richtig erschlagen, vereinnahmt. Das bedeutet slay. Wenn, dann ist Uwe der Babo«, sagte er und sah die unsicheren Mienen der Polizisten. »Das bedeutet, er ist unser Boss. Wir alle haben uns schon echte Sorgen gemacht, deshalb wollte Max heute nach der Schule auch zu Uwes Ma.«

»Sagt mal, habt ihr zufällig eure IMEI-Nummer ausgetauscht, um ein geklautes Handy orten zu lassen?«, fragte Rike.

»Da müssen Sie Max fragen, der ist unser ITler. Wenn, dann weiß er mehr darüber.«

Faber und Rike bedankten sich und baten Timo, bevor er verschwand, Max reinzuschicken. Max war das ganze Gegenteil von Timo. Er wirkte schüchtern und eher nachdenklich. Den Klassenclown zu geben, daran war Max nicht interessiert. »Denken Sie, Uwe ist was passiert?«, fragte er sofort, als er sich zu den Polizisten gesetzt hatte.

»Das wissen wir nicht. Denken Sie das denn?«, konterte Faber und sah sich Max' Reaktion genau an.

»Nein, wer sollte ihm was tun?«

»Was ist denn mit diesem Möchtegernrocker? Wenn Uwe die Ex von dem Typ angemacht hat, war der vielleicht sauer«, schlug Rike mit recht saloppen Worten vor.

Max winkte ab. »Quatsch. Cori und Uwe, das ist doch alles bloß Show, und das weiß ihr Ex. Er kannte die Abmachung, das lief schon, bevor sie sich trennten.«

»Wie bitte? Timo klang sehr überzeugt«, warf Faber ein.

»Timo kann seinen Mund nicht halten. Deshalb wissen nur Uwe, ich, Ihmke und Aysun davon«, erwiderte Max.

»Kommen Sie, Max, jetzt mal Butter bei die Fische. Worum geht es?«, drängte Rike ihn. »Sie wollen doch auch, dass Uwe unversehrt zurückkommt!«

Max druckste ein wenig herum und spielte mit dem Bändel seines Kapuzenshirts. Dann sagte er: »Uwe hat vor einem Jahr mit Mia Schluss gemacht, weil er total verliebt ist in Aysun. Und die genauso in ihn. Die beiden sind ein Paar. Aysuns Vater und Mutter sind echt okay und finden es toll, dass Aysun in unserer Clique ist. Herr Yilmaz sagte sogar zu uns Jungs, dass wir immer gut auf Aysun aufpassen sollen. Aber Aysuns älterer Bruder ist ein völliger Loser, der meint, er müsse die Ehre seiner kleinen Schwester verteidigen. Der Typ ist echt bodenlos«, erzählte Max und meinte mit bodenlos, dass er ein mieser oder schlechter Mensch war. Den Ausdruck hatte Faber schon einmal bei Hannes' Enkel gehört und hinterfragt.

»Deshalb hat Cori Uwe und Aysun geholfen, indem sie sich anmachen ließ, damit keiner auf die Idee kommt, dass Uwe und Aysun zusammen sind?«, schaltete Rike sofort.

»So isses! Timo kann seinen Schnabel nicht halten, darum sind ausschließlich Ihmke und ich eingeweiht. Cori spielte das Alibi für Uwe, und Ihmke ging an dem Abend eine halbe Stunde später zusammen mit Aysun, die angeblich in der Nacht bei Ihmke schlafen sollte. Ihmke hatte sturmfreie Bude. Geplant war, dass Uwe und Aysun bei Ihmke die Nacht verbringen, und Ihmke wollte bei mir bleiben. Wir sind zusammen, nicht ganz offiziell, aber wir mögen uns sehr«, ließ Max die Katze aus dem Sack.

Faber ging vor die Tür und holte Aysun und Ihmke herein. Auch sprach er kurz mit Herrn Worlinger, der nicht mehr viel Neues beitragen konnte. So saßen sie anschließend mit den drei Schülern alleine im Klassenraum.

»Aysun, was ist passiert? Wir wissen Bescheid. Max ist ein kluger Kopf und hat uns von deiner Beziehung mit Uwe erzählt. Was geschah an dem Samstagabend?«, meinte Rike sanft, denn das

Mädchen sah sie mit ihren großen braunen Rehaugen verängstigt an. »Niemand in deiner Familie muss erst einmal davon erfahren.«

Aysun nickte und Tränen traten in ihre Augen, sodass Ihmke die Hand des Mädchens nahm. »Ich weiß es doch auch nicht. Er wollte mit Cora vorgehen, dann mit seinem Fahrrad zu Ihmkes Haus fahren und dort auf uns warten. Ihmke und ich gingen etwa eine Stunde später, damit es nicht auffällt. Ihmke hat ein Mofa und wir fuhren zusammen nach Visquard. Eigentlich dachte ich, dass Uwe schon dort ist, als ich bei Ihmkes Haus ankam. Er war nicht da, weder er noch sein Fahrrad waren zu sehen. Ihmke gab mir den Schlüssel und fuhr weiter zu Max nach Pilsum. In dem Moment machten wir uns noch keine Sorgen.«

»Uwe tauchte nicht mehr auf?«, fragte Faber, als das Mädchen sich die Nase putzte.

»Ich habe mindestens zwanzig Messages geschickt und gefühlte hundert Mal angerufen, ich landete immer auf seiner Mailbox. Irgendwann bin ich trotz der Sorge um ihn eingeschlafen«, jammerte Aysun.

»Am anderen Morgen kamen Max und ich zu mir nach Hause«, übernahm Ihmke. »Aysun war alleine und sie sah echt verheult aus. Dann sind wir alle die Strecke zurück zur Disco abgefahren. Wir dachten, vielleicht ist er gestürzt und dabei ging sein Handy kaputt. Doch wir fanden nichts. Kein Uwe, kein Fahrrad und kein Handy. Er meldete sich weiterhin nicht und die Mailbox sprang an, genau wie bei Aysuns Anrufen.« Ihmke seufzte. »Max wollte erst einmal abwarten, wir brachten Aysun nach Hause, sobald sie nicht mehr verheult aussah. Es dauerte nicht lange, bis Uwes Mom bei Max anrief. Sie war ebenfalls ziemlich aufgebracht. Wir wollten jetzt nach der Schule eigentlich zu ihr, um ihr ein bisschen beizustehen.«

Rike nickte. »Ja, machen Sie das, das wird Frau Euken guttun.«

»Leute, könnte es einen Platz geben, wohin Uwe wollte, ohne dass er euch etwas davon sagte?«, hakte Faber erneut nach. »Was ist mit der Bohrinsel seines Vaters? Hätte Uwe irgendwelche Schwierigkeiten, über die er nicht mit euch geredet hat, würde er vielleicht versuchen, dahin zu kommen!«

»In dem Fall kennen Sie Uwe schlecht. So tickt der nicht. Irgendetwas muss passiert sein«, sagte Max. »Aysun und Uwe hatten die Nacht in Ihmkes Haus schon derart lange geplant, dass ihn nichts davon abgehalten hätte!« In dem Moment rannen Aysun Tränen wie kleine Bäche über ihre Wangen. Ihmke nahm sie in den Arm und streichelte ihr übers Haar.

»Max, Timo sagte, Sie sind der IT-Experte. Hat Uwe irgendwo seine IMEI-Nummer aufgeschrieben, damit wir sein Handy im Notfall orten können?«, fiel Faber ein zu fragen.

»Ja, in sein Notizbuch, wo er die ganzen PINs aufgeschrieben hat. Ist so ein blaues Buch«, erwiderte der Schüler sofort und Rike kramte es aus ihrem Rucksack.

»Das hier?«

Max nickte und nahm es ihr aus der Hand. Dann blätterte er ziemlich weit in die Mitte und dort stand die endlos lange Nummer, aber in drei Blöcken untereinander. Sie war eigentlich viel zu lang, deshalb hatte Faber sie auch nicht erkannt. »Aber Vorsicht, er hat sie von hinten nach vorne aufgeschrieben. Wenn Sie die eingeben, den ersten und letzten Block weglassen und dann bitte andersherum und ohne Leerzeichen!«

***

Die beiden Kommissare hatten sich bedankt und darauf hingewiesen, dass sie sich bestimmt erneut melden würden. Sie hatten Verständnis dafür, dass Aysuns Familie erst einmal nichts von der Freundschaft mit Uwe erfahren sollte. Daher baten sie Aysun darum, unauffällig rauszubekommen, wo ihr Bruder Kadir Samstagabend gewesen war. Andernfalls mussten sie offiziell bei ihren Eltern und dem Bruder nachfragen. Aysun versprach, behutsam mit ihrem Bruder zu reden und sich anschließend wieder bei den Polizisten zu melden. Max wollte heute mit Cora reden, um den Namen ihres Ex herauszubekommen. Zwar glaubten weder Aysun noch Max, einen der beiden Männer Samstag gesehen zu haben, und trauten ihnen auch nicht zu, Uwe zu schaden, doch es war wichtig, die Möglichkeit zu überprüfen.

So machten sich Rike und Faber auf den Weg zurück nach Emden. Da Rike fuhr, rief Faber Tamme an und gab ihm die IMEI-Nummer durch. Er und Sonja waren bereits zurück im Büro. Sie hatten sich die Rehunfallstelle angesehen. Jedoch war kaum noch etwas zu finden. Es befanden sich lediglich Bremsspuren an der Stelle. Jegliches Blut des Tieres war vom Regen weggewaschen und in der näheren Umgebung fand sich kein Tierkadaver. So hatte Tamme das Forstamt angerufen, das, sobald das Wetter sich besserte, nach dem verletzten Tier suchen wollte.

»Moin, Leute«, sagte Faber, als sie ins Großraumbüro kamen. Rike zog ihre Jacke aus, hängte sie über den Stuhl und war froh, sich setzen zu können. Die Schwangerschaft zehrte an ihr, und gegen Nachmittag wurde sie seit Neustem schlagartig müde. Ihr Körper stellte sich um und forderte seinen Tribut. Daher legte sie einfach ihre Füße auf den Schreibtisch, obwohl das so gar nicht ihre Art war.

»Moin, Chef«, erwiderte Laurien als Erste. »Ich bin mit allen Krankenhäusern durch, Uwe wurde nirgends eingeliefert. Ich habe alles abgedeckt von Bremen bis Papenburg und dann hoch zur Küste.«

Faber nickte. Er ging zu Tamme und drückte ihm Uwes Laptop in die Hand. »Versuch mal dein Glück. Das Passwort ist in dem Notizbuch zusammen mit anderen PINs, die du vielleicht gebrauchen kannst«, instruierte er den Kommissar und drückte ihm auch das Notizbuch in die Hand. »Wo ist Sonja?«, fragte er dann.

»Sie ist schon unterwegs, um das Handy des Jungen zu suchen. Mit der IMEI war es ein Klacks, es zu orten. Daher ist sie gleich losgefahren«, erwiderte Tamme.

»Die Ärmste, wahrscheinlich ist sie wieder auf dem Weg dorthin, von wo wir gerade gekommen sind«, meinte Rike. »Der Nebel hinter Pewsum ist noch dichter als hier in Emden.«

»Hinter Pewsum?«, fragte Tamme erstaunt. »Wie kommst du darauf?«

»Weil wir jetzt wissen, wohin Uwe unterwegs war nach der Disco. Er wollte mit dem Fahrrad von Pewsum nach Visquard. Wenn er unterwegs verschwunden ist oder einen Unfall hatte, liegt sein Handy bestimmt dort«, schlussfolgerte Rike und nahm die Beine wieder vom Schreibtisch.

»Hm«, machte Tamme und schüttelte den Kopf. »Irrtum, sein Smartphone liegt irgendwo im Ihlower Forst, in der entgegengesetzten Richtung eine gute Autostunde entfernt.«

»Wie bitte?«, hakte Faber nach. »Ihlower Forst, das ist doch ein paar Kilometer unterhalb von Aurich. Wie kam denn der Junge beziehungsweise sein Telefon da hin?«

Tamme zuckte mit den Schultern. »Sonja meldet sich, wenn sie das Handy hat. Dann kannst du entscheiden, ob wir eine Hundertschaft brauchen, um den Forst zu durchsuchen.«

Faber sah aus dem Fenster. »Bei der Waschküche wird das heute nichts mehr. Vor allem nicht, wenn es langsam auch noch dunkel wird. Da verirren sich womöglich unsere eigenen Leute im Forst. Wenn, dann gehen wir das morgen an. Außerdem würde es mich wundern, wenn Uwe irgendwo im Ihlower Forst ist«, fügte er murmelnd an.

Tamme sah fragend in seine Richtung. Als er nicht reagierte, blickte er zu Rike. »Faber meint, Uwe kann nicht so weit weg sein, weil wir eine Zeugin haben, die ihn Sonntag in den frühen Morgenstunden gesehen hat.«

»Wenigstens seinen Geist«, fügte Faber frustriert an. »Aber wir bringen euch besser mal auf den neusten Stand der Dinge. Für einen Tag ist in dem Fall eine Menge passiert.«

Kapitel 3

Als die Eheleute Waatstedt-Faber gegen Viertel nach sechs in Klein Hauen ankamen, stand Philipps roter Porsche schon unter dem Lindenbaum der Alten Schule. Für lange Zeit war das Gebäude einmal eine Grundschule gewesen und hatte über die Jahrzehnte viele Kinder aus der Umgebung gesehen. Der Hauptkommissar sagte immer, dass ein Teil des vielen Kinderlachens in den Mauern stecken geblieben war. Richard Faber hatte das leer stehende Gebäude nach seiner Versetzung in den hohen Norden gekauft und eigenhändig renoviert. Damals hatte er nicht gewusst, dass eine seiner Kolleginnen mit ihrem Großvater nebenan wohnte. Jetzt, als sie alle eine Familie waren, erwies es sich als überaus praktisch, Opa Knut direkt neben sich zu haben. Denn Knut ließ es sich nicht nehmen, jeden Morgen bei Wind und Wetter seinen kleinen Urenkel Benny nach Greetsiel in die Kita zu bringen. Er holte ihn auch jeden Tag gegen zwölf Uhr ab, und anschließend gab es für die beiden eine gute Suppe oder einen leckeren Gemüseeintopf. Abends kochte Opa fast täglich für die ganze Familie und jeder freute sich darauf, gemeinsam am Tisch zu sitzen.

Da Philipp der beste Freund des Ehepaars war, hatte er natürlich auch bei Knut einen Stein im Brett. Seit Philipp verheiratet war und ebenfalls Vater wurde, ließ er sich weniger als früher in Greetsiel sehen. Sobald jedoch Silvia, seine Frau, wegmusste, lud er sich nur zu gern bei seinen Freunden ein. Das hatte folgende Gründe: Erstens war Benny Philipps Ein und Alles, was von dem Kleinen, der ihn liebevoll Flip nannte, auch erwidert wurde. Zweitens wegen Knuts Kochkünsten, denn bei Philipp drehte sich vieles ums Essen. War er mal schlecht gelaunt, fütterte man ihn am besten, schon war die Welt wieder in Ordnung. Aber es gab noch einen dritten Grund: Bei Richard Faber gab es immer einen guten Tropfen Wein. Abgesehen davon liebte er Rike und Knut von Herzen. Faber fragte sich manchmal, wo er in der Gleichung blieb. Dennoch wusste er, dass sein Freund Philipp, wenn es darauf ankam, für ihn durchs Feuer gehen würde. Genau das hatten die beiden bereits füreinander getan.

Als sie ins Haus kamen, schlug ihnen ein köstlicher Duft entgegen. Benny rutschte von Philipps Schoß und rannte auf Rike und seinen

Papa zu. Nach einer stürmischen Begrüßung war der Kleine im Nu wieder auf Flips Schoß, um weiter Memory zu spielen.

»Wie schön, ihr seid angekommen. Dann gibt es bald was zu essen, denn der Duft kriecht Benny und mir bereits eine Stunde um die Nase«, begrüßte Philipp sie und drehte eines der Holzbilder um.

Während Faber Rikes Dienstwaffe nahm und erst einmal hochging, um die beiden Pistolen in den kleinen Tresor zu schließen, eilte Rike in die Küche.

»Moin Grootvader«, sagte Rike und drückte ihm einen Kuss auf die stoppelige Wange. Der kleine stämmige Mann trug wie fast jeden Tag seine braune Cordhose, ein Hemd mit der alten Strickjacke darüber und auf dem Kopf seine Kapitänsmütze. Faber hatte Bedenken, dass sie ihm irgendwann am Kopf festwuchs, weil er sie eigentlich nur zum Schlafen abnahm.

»Mien Deern, wo geiht di dat? Un uns Kindje?«, fragte er nach ihr und dem Baby. Dabei sah er liebevoll auf ihren kleinen Bauch.

»Wi hebben machtig Smacht!«, erwiderte Rike und sofort bestätigten Benny und Philipp, dass sie auch furchtbaren Hunger hätten. »Wat kookst du?«

Opa öffnete den großen Bräter. »Kohlklüütje full mit lecker Hack, so as du dat magst, un daarbi Moorkartuffels.«

»Oh, Opi«, geriet Rike ins Schwärmen, denn für Opas Wirsingrouladen mit Moorkartoffeln ließ sie alles stehen. Jedoch kochte Knut das nicht oft, weil es richtig viel Arbeit war. »Un uns Grööntüügfreter?«, fragte sie und bezeichnete damit scherzhaft ihren Mann, der Hackfleisch nicht anfassen würde, als Grünzeugfresser.

»Kohlklüütje mit Nöötfüllung«, erklärte Knut, dass er für Faber zwei Wirsingrouladen mit einer Nussfüllung vorbereitet hatte. Dem alten Mann wurde es nie zu viel, für seinen Jungen, wie er Faber nannte, eine Extrawurst zu braten. Wobei das in seinem Fall bedeutete, es gab Fisch, Tofu oder andere Gerichte, die zu einem Pescetarier passten. »Nu aver hannig, de Tafel decken, mien Deern.«

Zehn Minuten später saß Rike in ihrem gemütlichen Hausanzug im Kreis der Familie am Tisch. Faber zerschnitt eine halbe Wirsingroulade in mundgerechte Stücke und stampfte die Kartoffeln in der dunklen Soße für seinen Kleinen. Rike war ganz versunken in ihr Essen und seufzte ab und zu, derart gut schmeckte es ihr. Philipp war ebenso voll des Lobes und glücklich, noch einige der Wirsingrouladen oder Kohlklöße, wie die direkte Übersetzung aus dem Ostfriesischen sie bezeichnete, dort im Bräter zu sehen. Aber bei Opa Knut war das Essen nicht nur lecker, es gab immer reichlich. So konnte selbst ein Philipp Schorlau pappsatt werden, was nicht unbedingt ein leichtes Unterfangen war.

Es dauerte eine ganze Zeit, bis jeder von ihnen eine zweite Portion verschlungen hatte. Benny hatte seinen Teller brav aufgegessen und durfte im Wohnzimmer auf dem Boden spielen. Natürlich hatte ihm Philipp wieder etwas mitgebracht. Immerhin hielt er sich in letzter Zeit an Fabers Anweisung, die Mitbringsel kleiner zu gestalten. Dieses Mal hatte er ihm nur ein Polizeiauto von *Lego* geschenkt. Eigentlich gab es keinen Grund, immer mit Spielsachen zu kommen, auch wenn sich dieses Set preislich im Rahmen hielt. Philipp war schon mit einem motorisierten *John Deere*-Kindertraktor im Wert von mehreren Hundert Euro hier angekommen. Da war ein *Lego*-Set harmlos. Rike und Faber hofften, dass sich das legen würde, wenn er erst einmal selbst sein Baby hätte.

Nachdem Faber das Geschirr in der Spülmaschine verstaut hatte, Rike einen Kräutertee gekocht und Opa und Philipp sich selbst noch ein Glas Weißwein eingeschüttet hatten, meinte Opa: »Und, Kinners, habt ihr einen neuen Fall?«

Opa Knut war nicht nur ein sehr kluger und gebildeter Mann, er liebte es, sich als Hobbykriminologe zu betätigen. Und da es in der Familie keine Geheimnisse und damit auch keine Dienstgeheimnisse gab, redeten die Kommissare immer sehr offen über ihre Fälle. Sie konnten sich darauf verlassen, dass kein Sterbenswort über Knuts Lippen kam. Außerdem hatte Opa ihnen schon so einige Male neue Lösungen und Ansätze vorgeschlagen. Oft brachte das in einem Fall den ersehnten Durchbruch.

»Nun los«, drängte Philipp. »Ich will alles über die Hexe wissen!« Natürlich stand genau in diesem Moment Benny neben seinem Papa am Tisch. Sie hatten nicht gemerkt, dass er wieder zum Tisch rübergekommen war.

»Hexe?«, fragte der Kleine gleich, denn er bekam grundsätzlich alles mit, das er eigentlich nicht hören sollte. »Knusperknäuschen, Knusperhäuschen«, gab er auch gleich zum Besten. Dann zeigte er Faber die kleine *Lego*-Figur des Polizisten und meinte: »Papa!« Seine ganze Aktion wurde von einem großen Gähnen begleitet.

»Wir beide gehen jetzt ins Bett und ich lese dir noch die Geschichte mit dem Knusperhäuschen vor. Was meinst du?« Wenn man Benny versprach, ihm etwas vorzulesen, gab es nie Probleme mit dem Schlafen. Er liebte es, in seinem Schlafanzug mit seinen Hein-Blöd- und Kapitän-Blaubär-Stoffpuppen im Arm einem Märchen zuzuhören. Was das Märchen Hänsel und Gretel anging, so schaffte er es meistens nur bis zum Knusperhäuschen, wenn Hänsel sich den Bauch vollschlug. In dem Moment, in dem die Hexe rief: »Knusper, knusper, Knäuschen, wer knuspert an meinem Häuschen?«, schlief Benny meist selig und träumte von Lebkuchen.

Daher kam Faber auch schon nach einer Viertelstunde wieder unten bei der Familie und seinem Freund an. Rike war gerade beim Berichten mit ihrer Begegnung mit Viola fertig und fasste ebenfalls das Gespräch in der Schule zusammen. Philipp war fasziniert von der Geschichte, sodass er selbst aussah wie ein kleiner Junge, dem man ein Märchen erzählte. Opa hingegen hatte seine Kapitänsmütze in den Nacken geschoben und paffte konzentriert an seiner Pfeife. Der Geruch von Vanille verbreitete sich im Wohnzimmer, und Faber öffnete die Balkontür für einen Moment. Im Garten hingen die Nebelschwaden und wurden unheimlich vom Licht der Wohnzimmerlampe reflektiert.

»Das ist ja ’ne Wucht, die alte Hexe hatte Besuch von dem toten Jungen«, sagte Philipp und seine Augen glänzten, obwohl man ihm den Grusel ansah. Opa Knut zog skeptisch die Augenbrauen hoch.

»Jetzt fang du nicht auch noch an. Rike hat mich gerade davon überzeugt, dass diese Alte ihn wahrscheinlich bloß draußen gesehen hat und das alles durcheinanderschmeißt«, kommentierte Faber das Gesagte und trank einen Schluck Weißwein. Opa kratzte sich am Kopf, und als er nichts sagte, meinte Faber: »Knut, was hältst du von der Sache? Du kennst dich mit den Mythen hier oben an der Küste am besten aus. Außerdem bist du der Klügste von uns allen. Sag bitte etwas, um mein Weltbild richtigzustellen und damit ich den Nebel in den nächsten Tagen aushalte.«

Opa musste lächeln, als Faber das sagte, und tätschelte seinen Unterarm. »Ach, mien Jung«, begann er. »Von der Kräuterhexe in Groothusen habe ich gehört. Sogar Hannes’ Frau war schon bei der Hexe wegen ihres Rheumas. Sie hat wohl gute Hausmittelchen, die wirklich helfen. Aber Tote sehen, ich weiß nicht. Ich kann zwar nicht beschwören, dass es nicht mehr gibt zwischen Himmel und Erde, doch ehrlich gesagt, glaube ich nicht daran. Meiner Meinung nach gibt es weder Wiedergänger noch verirrte Seelen.«

»Jetzt enttäuschst du mich aber«, meinte Philipp, stand auf und schloss wieder die Terrassentür, weil der Nebel bis ins Wohnzimmer ziehen wollte. Ob Philipp das tat, weil Opas Pipe ausgegangen war oder weil er sich vielleicht davor gruselte, was mit dem Nebel ins Haus kam, wusste Philipp wohl selbst nicht recht.

Knut machte eine abwehrende Handbewegung. Mit der kalten Pipe im Mund nuschelte er. »Meine Philosophie ist: Der Schlaf ist nur des Todes kleiner Bruder. So wie es in der griechischen Mythologie mit den beiden Brüdern war. Hypnos war der Gott des Schlafes und Thanatos der Gott des Todes. Mich beruhigt es sehr, wenn ich mir vorstelle, dass der Tod ein ewiger traumloser und tiefer Schlaf ist.«

Philipp nickte. »Von Hypnos ist das Wort Hypnose abgeleitet, also der künstlich erzeugte partielle Schlaf in Verbindung mit einem veränderten Bewusstseinszustand«, referierte er. Warf man ihm solche Wortbrocken vor die Füße, freute er sich immer, seine Bildung zu demonstrieren. Doch Opa konnte, was Allgemeinbildung anging, recht gut mithalten.

»Und von Thanatos, dem Gott des Todes, rührt das Wort Thanatologie oder Thanatologe. Es ist ein Aufgabengebiet mit unterschiedlichen Forschungsbereichen«, meinte er deshalb, weil er regelmäßig seine Fachzeitschriften las.

»Ja, Thanatologen befassen sich unter anderem mit den medizinischen, biologischen, psychischen, sozialen, theologischen und philosophischen Aspekten des Todes«, steuerte Philipp bei. »Aber eigentlich sind es Bestatter mit einer gründlicheren Ausbildung in dem Bereich.«

»Also Leichenfledderer wie du!«, konnte sich Faber die Gelegenheit nicht entgehen lassen, seinem Freund einen Seitenhieb zu verpassen.

»Ja, ja, ein Leichenfledderer mit zwei Doktortiteln. Das ist ja wohl ein erheblicher Unterschied«, ließ sich Philipp gar nicht erst aus der Ruhe bringen. Er sah wieder Knut an. »Und was meinst du jetzt wirklich zu der Geschichte?«

Opa kratzte sich am Kopf. »Ich bin eher auf Rikes Seite. Die alte Frau ist eine Kräuterkundlerin, vielleicht etwas verwirrt. Man weiß eh nicht, woher sie kommt. Hannes' Frau behauptet, eines Tages stand sie in Groothusen und der Pfarrer hat sich um sie gekümmert. Nur dadurch, dass er die Verantwortung für sie übernimmt, fragen die Behörden anscheinend nicht weiter nach. Sprecht mal mit Pfarrer Büttken, er weiß mehr darüber«, sagte Knut.

Faber nickte und berichtete Knut, dass Laurien sich bereits um den Pfarrer kümmerte.

»Was ihre Erscheinung betrifft«, fuhr Knut fort, »ist sie wahrscheinlich eine Zeugin, die den Jungen gesehen hat. Ihr müsst unbedingt morgen die Strecke von der Disco bis nach Visquard absuchen. Vielleicht ist er mit dem Fahrrad dort gestürzt und die alte Frau hat es gesehen. Eventuell auch, wie er blutete, doch sie konnte das nicht in einen vernünftigen Zusammenhang bringen.«

»Die Freunde von Uwe hatten die Strecke Sonntagmorgen bereits abgefahren, aber nach dem Regen Samstagnacht zog am Morgen die lüttje Welt auf. Da kann man schnell mal was übersehen. Ich schicke Friedhelm und Torben erneut hin und bitte sie die Strecke abzulaufen. Auf der anderen Seite hat Tamme mich vorhin noch angerufen. Sonja fand Uwes Handy am Anfang des Ihlower Forsts, wo es in Richtung des Klosters geht. Also ganz woanders. Ob Nebel oder nicht, wir müssen eine Hundertschaft anfordern und den Forst durchsuchen. Denn die schlechte Nachricht ist, dem Handy fehlt die SIM-Karte. So langsam müssen wir davon ausgehen, dass Uwe etwas passiert ist. Denn die SIM-Karte nimmt man nur raus, wenn man denkt, die Polizei kann ein Handy dann nicht orten. Doch es gibt Möglichkeiten und Tamme hat es geschafft.«

»War das Handy beschädigt? Ich sollte untersuchen, ob Blut daran ist«, meldete sich Philipp sofort zu Wort.

Faber nickte. »Es wartet morgen auf dem Revier auf dich. Doch zuerst werden wir drei die alte Frau abholen. Sie will uns ja zeigen, wo Uwe ist. Danach kannst du dich um das Handy kümmern. Schaffst du das bei uns oder musst du es mit nach Oldenburg nehmen?«

»Nein, nein, ich habe alles bei mir«, erwiderte er und kräuselte die Stirn. »Diese Viola hat also gesagt, sie weiß, wo Uwe begraben ist?«, fragte der Doktor und schüttete sich, Knut und Faber noch etwas von dem Weißwein ein.

Rike seufzte. »Nicht so direkt. Sie sagte, dass der Geist ihre Hilfe wolle. Er will nach Hause, und sie wüsste, wo er sich befindet. Wahrscheinlich, lieber Philipp, fahren wir morgen zwei, drei Stunden durch den Nebel, nur um nichts zu finden. Daher freu dich nicht zu früh darauf.« Dann stand sie auf, gab ihm und Opa einen Kuss auf die Wange und einen satten Knutscher auf Fabers Mund. »Liebe Leute, wir beide«, meinte sie und streichelte ihren Bauch, »sind hundemüde. Slaapt good!« Faber drückte ihrem Bauch auch einen Kuss auf, bevor sie nach oben ging. Wie immer blickte Opa seiner Enkelin mit einem Lächeln hinterher. Manchmal wusste Faber nicht, wen Rike mit der Schwangerschaft glücklicher gemacht hatte, ihn selbst oder Opa Knut.

»Ihr solltet auf jeden Fall ein offenes Ohr für die alte Frau haben. Hört mal zwischen den Zeilen, was sie sagt, und macht keine Scherze mit dem Übersinnlichen. Damit meine ich vor allem dich, Doktorchen!«, ermahnte Opa die beiden.

Faber trank einen Schluck Wein und grübelte, während Philipp schuldbewusst nickte. »Sag mal, Knut«, fing Richard plötzlich an, weil ihm eine Idee gekommen war, »wie wäre es, wenn du mitkommst?«

»Wat?«

»Wir fahren morgen Benny gemeinsam in die Kita, und danach kommt du und Philipp mit zu Viola. Ich meine, erstens bist du in ihrem Alter und zweitens hast du einfach mehr Erfahrung, wie man mit solch einem Menschenkind umgeht. Vielleicht ist Viola froh, einen gestandenen, weisen Mann mit dabeizuhaben«, schlug Faber plötzlich vor. Irgendwie würde es ihn selbst beruhigen, wenn Opa Knut mitkäme. Denn trotz aller vernünftigen Aspekte, die sowohl Rike als auch Knut vorgebracht hatten, irritierte die Kräuterhexe ihn mit ihren Visionen.

Das war das erste Mal, dass der Hauptkommissar Opa vorschlug, vor Ort bei einer Ermittlung mitzuwirken. Wenn man mal davon absah, dass Knut bei einem Fall auf Wangerooge nicht nur Zeuge gewesen, sondern von den Kollegen kurzfristig als ein potenzieller Täter behandelt worden war. »Du schmeichelst mir, mien Jung. Gefallen könnte mir das schon. Aber ich muss um zwölf wieder in Greetsiel bei der Kita sein, um meinen Benny abzuholen. Wir wollen nämlich morgen Mittag einen roten Matjessalat ansetzen, damit der bis zum Abend gut durchgezogen ist. Den bekommt ihr dann mit Gurkensalat und Pellkartoffeln«, warf Knut ein und sah Philipp an. »Du bist doch morgen auch noch hier, oder?«

»Mein lieber Knut, roter Heringssalat, selbst wenn ich andere Pläne hätte, jetzt wäre ich unter allen Umständen hier. Aber keine Sorge, ich bin sogar die ganze Woche hier, wenn es genug Arbeit gibt. Daher wäre es schon wünschenswert, eine Leiche zu finden«, meinte Philipp reichlich morbid, ohne überhaupt zu realisieren, was er da vor sich her quasselte.

Opa und Faber quittierten das mit einem Seufzen. Jedes Wort wäre sowieso überflüssig gewesen, weil Philipp für solche Dinge kein Feingefühl hatte oder keines haben wollte.

***

Der dichte Nebel der lüttjen Welt hatte sich am anderen Morgen leicht gelichtet. Es waberte immer noch ein Dunst über die Landschaft und der Bodennebel hielt sich hartnäckiger. Doch mit etwas Glück würde gegen Mittag die Sicht besser. Rike fuhr den Audi und Opa saß neben ihr. Faber hing hinten am Telefon, während Schorlau per Handy Nachrichten an sein Team und besonders an Silvia verschickte. Nachdem sie Benny in der Kita abgegeben hatten, der es einfach supercool fand, von allen vieren dahingebracht zu werden, fuhren sie Richtung Groothusen. Rike unterhielt sich leise mit Opa, während Faber mit Kriminalrat Heuer über die Anforderung einer Hundertschaft sprach. Der KK tat sich erst einmal schwer, nur aufgrund eines aufgefundenen Handys ein dreihundertfünfzig Hektar großes Waldgebiet zu durchforsten. Da der Kriminalrat so zögerlich war, schlug der Hauptkommissar vor, Tamme und Sonja den Teil des Waldes durchsuchen zu lassen, an dessen Rand man das Handy geortet hatte. Aber erst, wenn der Nebel verschwunden war. Fanden sie nur einen kleinen zusätzlichen Hinweis, sollte eine Hundertschaft angefordert werden. Damit war KK Heuer einverstanden. Außerdem wollte Faber ihm sofort Bericht erstatten, wenn sich etwas mit der Zeugin ergab, zu der sie unterwegs waren.

»Was hast du ihm denn von Viola erzählt?«, fragte Rike nach hinten, als er aufgelegt hatte.

»Was glaubst du wohl?«, fragte er rhetorisch. »Jedenfalls nicht die Wahrheit. Ich habe sie als nicht sehr zuverlässige Zeugin bezeichnet, die aufgrund ihres Alters wohl eher vergesslich ist«, erwiderte ihr Mann. »Ich rufe jetzt noch Laurien an, damit sie jemand zu Uwes Fahrradstrecke schickt. Die muss abgegangen werden, das wird ein langer Spaziergang. Tamme kümmert sich in der Zeit um Uwes Laptop. Das gefundene Handy bleibt in der Spurensicherungstüte, bis wir mit Philipp zurück sind. Danach soll Tamme sehen, ob er trotz fehlender SIM-Karte noch was machen kann. Laurien wird sich so lange um diese Cora und ihren Ex kümmern. Und wenn Aysun sich bis Mittag nicht gemeldet hat, muss Sonja sie in der Schule aufsuchen. Denn wir müssen wissen, wo ihr Bruder Samstagnacht war.« Schon drückte er die Kurzwahl und fing an, mit Laurien zu reden.

Neben ihm sprach Philipp leise mit einem Kollegen seines Teams. Es ging wohl um eine andere Analyse, die sie für die Kollegen in Oldenburg vorbereiteten.

»Loopt ji alltied in Draff as vandaag?«, fragte Opa Rike, ob es bei ihnen immer derart hektisch zuging.

»Mitunner woll«, sagte Rike.

»Kinners, Kinners!«, meinte Knut und schüttelte den Kopf. Als Rike auf den Feldweg am Ende von Groothusen in Richtung des kleinen Wäldchens fuhr, waren Faber und Philipp endlich durch mit ihren Gesprächen. Sie parkte an der gleichen Stelle wie gestern, weil es nicht bis zum Häuschen weiterging.

»Ich gehe sie holen, ihr könnt hierbleiben, wenn ihr wollt«, meinte Faber mutig und stieg aus. Hier hing der Nebel weiterhin dicht in den alten Bäumen.

»Nee, nee«, meinte Philipp. »Dies lass ich mir nicht nehmen. Das Hexenhäuschen will ich sehen.« Sofort öffnete auch er seine Tür, und Rike und Opa folgten ihnen ebenfalls. »Is ja en Ding«, rutschte es dem Doktor raus, als er ihr Haus sah. Rauch stieg aus dem Kamin, und das übliche Krähengeschrei ging los, als sie näher herantraten. Immerhin war das Kaninchen, das gestern neben der Tür hing, verschwunden. Faber klopfte, doch es rührte sich nichts. Dann drückte er die Klinke herunter. Es war fest verschlossen.

»Mist«, fluchte der Hauptkommissar. »Wahrscheinlich hat sie vergessen, dass wir sie abholen kommen«, sagte er gerade, als es hinter ihnen knackte. Philipp erschrak so sehr, dass er hinter Opa sprang.

»Ich mag ja wunderlich sein, aber nicht vergesslich, mien Jung«, sagte die Alte. Sie war einfach aus dem Nebel aufgetaucht und blickte alle genau an. Knut machte einen Schritt auf sie zu, hielt ihr die Hand entgegen. Sie schlug ein.

»Ich bin Knut Waatstedt, es freut mich, Viola. Wenn ich Sie Viola nennen darf«, sagte er ausgesprochen höflich. Das erste Mal erschien ein Lächeln auf dem Gesicht der alten Frau.

»Schön, schön. Sie sind der Opa von der Deern und bald ein Uropa, nicht wahr?«, erwiderte sie. Der Hauptkommissar fragte sich, woher sie das wusste. Auf der anderen Seite konnten Fremde viel eher die familiäre Ähnlichkeit zwischen Rike und Knut erkennen, beruhigte er sich mit dem Gedanken.

Auch Philipp trat vor und wollte ihr die Hand reichen. Doch sie sah ihn an und meinte: »Nee, nee, lass man. Du packst mir zu viele Tote an. Wer weiß, was für Energien du so um dich hast«, meinte sie und spuckte wieder einmal über ihre linke Schulter. Bedröppelt zog der Forensiker seine Hand zurück.

»Philipp Schorlau, Doktor Schorlau. Ich bin Forensiker und hier vor Ort, um dabei zu sein, wenn Sie uns zu Uwe führen«, stotterte er, denn auch er fragte sich, woher sie das mit der Pathologie wusste.

»Weiß ich doch«, erwiderte sie unwirsch. Sie sah wieder aus wie die Hexe im Märchen, trug ihr Kopftuch und die bunten Filzröcke. Nur hatte sie heute keine Umhängetasche dabei. Dafür einen Stock, auf den sie sich stützte. Als sie Fabers Blick auf den Stock sah, meinte sie: »Nach drei Tagen Nebel zieht es mir in den Knochen, da brauche ich den Stock. Außerdem weiß man nie, wem oder was man begegnet. Besser man kann sich verteidigen.«

Rike musste an sich halten, um nicht zu kichern. Opa Knut hingegen trat neben Viola und reichte ihr den Arm. »Dann haken Sie sich ein, ich begleite Sie zum Wagen«, meinte er ganz Gentleman. Das Kräuterhexchen zögerte keine Sekunde und stützte sich auf Knut. Sofort wackelten die beiden los in Richtung des Audis.

»Das ist ja …«, fing Philipp an, Rikes Blick ließ ihn jedoch innehalten. »… ein Ding, wollte ich sagen. Also gut, fahren wir!«

Was folgte, war eine kleine Odyssee, auch wenn der erste Teil einfach war. Die Alte saß hinten zwischen Rike und Opa. Sie wollte nicht neben Philipp sitzen, wegen seiner negativen Energie. Sie wusste anfänglich noch, wohin sie wollte. Es ging in Richtung Wybelsum, was bei dem lichter gewordenen Nebel bloß zwanzig Minuten in Anspruch nahm. Doch dann begann die Irrfahrt. Viola wusste nur noch, dass es rechts abging. So fuhr Faber jede einzelne Straße in Wybelsum rechts ab, drehte und fuhr zurück, um die nächste rechts zu nehmen. Als sie nach sechs Versuchen und einer Stunde Suche am Ende von Wybelsum angekommen waren, kam Rike auf eine Idee.

»Grootmoder, was suchen Sie denn? Ein Haus, ein Feld, einen Deich«, schlug sie vor.

»Einen kleinen Wald, da drinnen ist das Haus und dahinter eine Lichtung«, erwiderte Viola, wobei ihre Stimme das erste Mal recht kleinlaut klang. Es hatte den Anschein, als wäre sie ängstlich. Rike nahm ihr Handy und ging auf Google Maps. Nachdem sie Wybelsum auf dem Bildschirm hatte, wechselte sie in Satellitenansicht. In Wybelsum selbst fand sie ein paar Höfe, die von Baumbestand umgeben waren, doch kein Waldstück. Dann scrollte sie etwas vor Wybelsum, in die Richtung, aus der sie gekommen waren.

»Vor Wybelsum geht die Knockster Straße Richtung Schweinebucht zur See. Dort ist ein kleiner Wald, der wie ein Dreieck aussieht. Vielleicht dreihundert Meter lang und an den Seiten zwei Mal zweihundert Meter, die zu einer Spitze zulaufen. Es ist zwar nicht sehr groß, aber immerhin ein Waldstück«, erklärte Rike und zeigte Viola die Satellitenaufnahme.

»Das könnte es sein. Von oben habe ich das nie gesehen. Fahren wir hin?«, fragte sie bedrückt, als wollte sie ein Nein hören.

»Das tun wir«, meinte Rike sofort und legte ihre Hand auf den Arm der alten Frau. »Keine Angst, Grootmoder, wir sind bei Ihnen. Es passiert nichts.«

»Ich weiß nicht, ob ihr mich vor dem beschützen könnt, was wir da finden«, sagte sie mit leiser Stimme, die eher wie die eines kleinen verschreckten Mädchens klang.

***

Faber hatte den Audi am Rande der kleinen Waldfläche, Ecke Knockster Straße und Burgelsweg, geparkt. Während Schorlau den

Spurensicherungskoffer aus dem Auto hievte, bat Knut Viola wieder seinen Arm an. Dieses Mal winkte die alte Frau ab. Sie hob den Stock, der mit seiner Wurzel als Handgriff wie selbst geschnitzt aussah. »Hier verlasse ich mich lieber auf den da«, sagte sie und schwenkte mutig den Stock, als wolle sie unliebsame Besucher vertreiben. Knut rückte seine Kapitänsmütze zurecht und folgte Viola, die den kleinen Trupp anführte.

Der Nebel hatte sich mehr und mehr gelichtet, und aus Richtung Nordsee konnte man Sonnenlicht erahnen. Sobald sie jedoch den kleinen Forst aus Laubbäumen betraten, hing wieder eine dicke Suppe von wabernden Schwaden zwischen den Bäumen. Faber gab die Nachhut und hatte permanent ein unangenehmes Gefühl im Rücken. Er konnte in der Hinsicht einfach nicht aus seiner Haut. Egal wie oft Rike darüber lachte, für ihn existierte mehr zwischen Himmel und Erde und nicht alles war für ihn zu erklären.

»Hier war mal ein Weg, denn er ist immer mit dem Wagen reingefahren«, murmelte die Alte.

Rike, die das gehört hatte, fragte: »Wer? Wen meinen Sie, Viola?« Doch sie gab keine Antwort, sondern stampfte mit übertrieben energischen Schritten weiter über den mit Sträuchern, Bäumen und Moos zugewachsenen ehemaligen Weg. Anscheinend musste Viola sich selbst Mut machen und wollte es schnell hinter sich bringen, so wie sie marschierte.

»Faber«, meinte Philipp leise an ihn gewandt, nachdem sie etwa zweihundert Meter hinter sich gebracht hatte, »denkst du, die Hexe weiß, wohin sie will? Oder ist die nicht ganz klar im Oberstübchen?«

Faber zuckte mit den Schultern. »Lass das nicht Rike hören, sie hält sie maximal für verwirrt oder ein bisschen altersvergesslich. Ich bin mir nicht so sicher, was mit ihr los ist!«

Schorlau riss die Augen auf und blieb weiterhin stehen. »Dann meinst du wirklich, sie ist übersinnlich?«

»Verdori, Philipp, jetzt geh weiter, ich sehe Opa schon nicht mehr«, raunzte der Hauptkommissar ihn an. Philipp beeilte sich aufzuschließen, bevor der Nebel sie ganz von den anderen getrennt hatte. Aber es waren nur noch wenige Meter. Sie kamen auf eine Lichtung, an deren Anfang ein Haus stand. Nicht so eine kleine Hütte wie die der Kräuterhexe. Es gab einen ersten Stock mit mehreren Zimmern, doch hatte das Haus wahrscheinlich seit vielen Jahrzehnten keine Bewohner mehr gesehen. Die Scheiben waren eingeschmissen, Efeu rankte wild an der Fassade hoch und die Tür hing nur halb in den Angeln.

»Und hier soll Uwe sein?«, fragte Faber eher sich selbst.

»Komm, wir schauen es uns von innen an«, schlug Rike vor, weil die Alte nicht antwortete. Sie war wie versteinert und blickte starr am Haus vorbei auf die Lichtung. Philipp trat neben sie und folgte ihrem Blick.

»Vörsicht, mien Deern«, rief Opa seiner Enkelin nach, als die beiden Polizisten das Haus betraten.

»Knut hat recht. Sei vorsichtig, das alles sieht recht morsch aus. Nach oben gehe ich alleine!«, stellte Faber ziemlich resolut klar. Rike nickte nur, denn sie würde ihr Baby nie gefährden. Ihnen schlug ein Geruch von Schimmel, Tierdreck und marodem Holz entgegen. Alte brüchige Möbelstücke standen und lagen herum. Die zerrissene Couch an der Wand hatte wohl schon mehreren Mäusegenerationen als Nistplatz gedient. Jedoch lagen auch Bierflaschen und eine aufgeschnittene Dose mit Zigarettenkippen hier rum.

»Mir scheint, Jugendliche kommen gelegentlich hierher«, meinte Rike und hatte mit einem Kuli eine leere Bierdose aufgehoben. »Das Ablaufdatum ist im November, wahrscheinlich waren Teenager oder Landstreicher im Sommer hier.«

»Den Eindruck habe ich auch. Geh du raus, ich versuche es oben. Falls die Balken unter mir nachgeben, wäre es mir lieber, du bist nicht hier unten«, meinte Faber und zwinkerte ihr zu. Ganz so baufällig war das Gebäude nicht, dennoch ging sie raus zu den anderen. Als sie zu Knut trat, blickte der auf Schorlau, der auf einer Schutzfolie im nassen Gras lag und seitlich auf die Lichtung starrte. Viola stand immer noch wie zur Salzsäule erstarrt neben ihm.

»Wat söcht denn uns Jung, Philipp?«, fragte Knut sie, der alles äußerst interessiert beobachtete.

»Hm«, machte Philipp, doch ließ sich zu keiner Antwort herab. Er drehte sich zu Viola um und fragte: »Wissen Sie, ob es hier eine Schaufel gibt?«

Viola schien wie aus einer Trance zu erwachen und ging auf den Schuppen zu, der ans Haus grenzte. Es war eher eine Scheune ohne Eingangstor. Sie rumpelte darin herum, es schepperte, als irgendetwas umfiel, dann kam sie mit einem verrosteten Spaten zurück. Philipp nahm ihn, prüfte, ob das Blatt fest im Stiel steckte, und ging auf die freie Lichtung zu. Diese war mittlerweile nur vereinzelt mit Bodennebelschwaden bedeckt. Philipp setzte den ersten Spatenstich. Durch den vielen Regen und Tau war die Erde weicher als erwartet. Dadurch musste der Forensiker nicht so viel Kraft aufbringen.

»Philipp, du solltest oben mal nachsehen, dort hat jemand geschlafen und ich habe auch Blut …«, sagte Faber, als er aus dem Haus trat, doch keiner war zu sehen. Er konnte Geräusche hinter dem Haus ausmachen. Sie standen alle dort auf der Lichtung. Mittlerweile hatte Philipp einen seiner weißen Spurensicherungsanzüge an und hantierte mit einem Spaten herum. Sofort ging Faber rüber zu ihnen und blickte skeptisch auf seinen Freund. Er war gerade dabei, eine kleine Erhebung auf der Lichtung aufzugraben. »Erwartest du, Uwe da zu finden? Das ist kein frisches Grab, Philipp, wahrscheinlich eine natürliche Erhebung«, sprach er Schorlau an.

»Erzählst du mir gerade, dass ich kein frisches Grab erkenne. Danke für den wertvollen Kommentar, Herr Hauptkommissar«, antwortete er pampig, wie immer, wenn er mitten in der Arbeit war. Er schaufelte weiter und meinte: »Jetzt zieh dir schon den zweiten Overall an und dann löse mich gefälligst ab!«

Faber verschränkte die Arme vor der Brust. »Vielleicht, wenn du mir mal erzählst, was du da gerade machst!«

Philipp stoppte und sah genervt auf seinen Freund. »So etwas habe ich schon mal gesehen, als ich die Body Farm des FBI in Knoxville, Tennessee, besuchte. Diese Erhebungen, wie du sie nennst, könnten eventuell alte Gräber sein. Nach vielen Jahren des Bewuchses sieht das so aus!«

Rike und Faber runzelten die Stirn. »Und du buddelst jede Bodenerhebung aus, die dir verdächtig ist?«, meinte Faber hämisch.

»Nur wenn es zwei Mal drei Stück in zwei Reihen nebeneinander sind«, antwortete Philipp erstaunlich ruhig und ernst. Dann zeigte er mit den Fingern darauf und zählte die sechs Erhebungen ab. In dem Moment sah Faber es auch. Für natürliche Erderhebungen waren diese Hügel zu akkurat und systematisch nebeneinander.

»Philipp, du glaubst doch nicht wirklich, dass dies hier Gräber sind?«, fragte der Hauptkommissar erschüttert und sah die Kräuterhexe an. Ihr liefen Tränen über die Wangen. »Viola, sind das hier Gräber?«, fragte er, wobei sein Ton härter ausfiel als gewollt. Die alte Frau fing an zu schluchzen und Opa nahm sie in den Arm, um sie zu beruhigen. Er sah seinen Jungen kurz an und schüttelte den Kopf, damit er nicht weiter fragte. In dem Moment wurde Richard Faber klar, dass er eventuell auf einem uralten Friedhof oder einem Ablageplatz eines Serienmörders stand. Sofort zog er sich den Spurensicherungsoverall über und löste Philipp beim Schaufeln ab. Der holte seinen kleinen Klappspaten und fing dort, wo die oberste Bodenschicht schon entfernt war, vorsichtiger an zu graben.

Rike drückte Opa den Autoschlüssel in die Hand und bat ihn, mit Viola zum Audi zu gehen. Plötzlich stieß Philipp mit der kleinen Handschaufel auf etwas Hartes. Sogleich grub er mit den Händen weiter, die natürlich in Latexhandschuhen steckten. Auch Faber stoppte einen Moment, um zu sehen, was er freilegte.

»Rike, ruf bitte in Oldenburg an. Mein Team soll mit zusätzlichen Leuten hierher fliegen. Wir brauchen das große Aufgebot und mindestens sechs Spurensicherungszelte«, meinte Philipp abgeklärt. Die beiden Kommissare sahen, wie ihr Freund ein letztes Mal über einen braunen Schädel wischte.

»Verflucht«, rutschte es Faber raus, er legte den Spaten zur Seite. Denn jetzt mussten die Experten ran, um das Skelett weiter auszugraben.

»Das kannst du wohl sagen. Es ist schlimm, denn ich muss mir den Schädel gar nicht erst lang ansehen, um zu wissen, dass es sich um einen männlichen Jugendlichen handelt. Was das Alter angeht, waren die Weisheitszähne gerade dabei, sich zu entwickeln, und das passiert zwischen zwölf und vierzehn Jahren. Und dieser Schädel hat noch zwei Backenzähne, die um den Todeszeitpunkt gerade am Durchbrechen waren, damit kann ich es genauer eingrenzen. Es bedeutet, der Junge war nicht älter als dreizehn Jahre!«

Kapitel 4

Als hätte es der Wettergott mit Fabers Team gut gemeint, verzog sich die lüttje Welt jede Minute mehr. Als eine Stunde später der Hubschrauber der Forensik Oldenburg schwer beladen auf einer Wiese neben dem Waldstück landete, waren schon etliche Streifenwagen vor Ort. Der Hauptkommissar hatte kurzerhand den ganzen Wald absperren lassen und Streifen positioniert, damit niemand die 2,4 Hektar betrat. Torben und Friedhelm holten Philipps Leute von der Wiese ab, die zwischen dem Rothe Vorwerkschloot und dem Burgelschloot lag. Die Wiese gehörte dem Landwirt, der seinen Hof unmittelbar am Burgelweg hatte. Faber hatte in der Zwischenzeit Rike mit Opa und Viola losgeschickt. Opa wurde in Greetsiel abgesetzt, um Benny von der Kita zu holen, und mit der alten Frau fuhr Rike erst einmal ins Krankenhaus nach Emden. Seit Philipp angefangen hatte dort zu graben, hatte sie sich in ein Wimmern hineingesteigert und weinte ununterbrochen. Man nahm die Frau erst einmal auf, und Rike stellte einen Streifenbeamten vor ihrem Zimmer ab, damit sie nicht aus allen möglichen Gründen plötzlich das Weite suchte. Immerhin hatte Viola sie zu sechs Gräbern geführt, wenn sich der Fund im ersten Grab auch in den anderen Erhebungen wiederholen sollte.

»Gut, endlich«, begrüßte Philipp seine Leute schroff. »Ich hoffe, es kommen noch mehr, denn mit vier Nasen ist es hier nicht getan.«

»Mannomann, Chef!«, erwiderte Doktor Moser, der mittlerweile Philipps rechte Hand war. »Sie müssen aber immer gleich übertreiben. Sind das hier etwa sechs Gräber?«, fragte er, als er die Erhebungen sah. Anscheinend wusste der Forensiker genauso gut wie Philipp, was Gräber von natürlichen Erhebungen unterschied.

»Das ist ein Kind, wahrscheinlich dreizehn Jahre. Besser Sie lassen Ihre Sprüche«, fuhr ihm Schorlau in die Parade.

»Leute, als Erstes stellen wir die sechs Zelte auf, anschließend öffnen wir im Zweierteam die ersten Gräber«, gab Moser sofort Anweisungen. Erst dann wandte er sich erneut an seinen Chef. »Zwei Busse der Forensik sind unterwegs, wir konnten nur vier Leute im Heli mitnehmen, weil wir so viel Ausrüstung dabeihaben«, stattete er Bericht ab. »Könnte uns jemand von Fabers Team helfen, den Rest aus dem Heli zu holen? Der Pilot muss los!«

Faber nickte Friedhelm und Torben zu. Die beiden gingen sofort wieder mit zwei der Assistenzärzte, um weitere Forensik-Koffer und Zelte zu holen. Philipp wandte sich Faber zu, der sich unweit der Gräber auf einen Findling gesetzt hatte. »Wenn sich das hier bestätigt, hast du sechs Morde, dazu kommt, dass es wahrscheinlich Kinder sind. Du weißt, was das bedeutet?«, fragte ihn Philipp.

»Natürlich, ein Serienmörder. Egal wie alt die Gräber sind, es wird eine Bundeskriminalamt-Ermittlung. Wenigstens wird man dich im Boot behalten, das BKA ist wahrscheinlich froh, wenn du mitmischst«, sagte Faber etwas frustriert. Es war sein Fall, und es tat immer weh, wenn das BKA oder LKA sich einmischte oder ihn ganz rausdrängte.

Philipp klopfte ihm freundschaftlich auf die Schulter. »Noch ist nicht aller Tage Abend, Richard. Ich weiß zufällig, dass das BKA momentan am Limit arbeitet und ungern neue Fälle mit aufnimmt. Daher denke ich, die Sache wird auf das LKA abgeschoben. Du erinnerst dich, dass mein neuster Zugang bei der Forensik Assistenzarzt Sebastian Wiegeler ist, der Sohn des Landeskriminalamtspräsidenten von Niedersachsen? Nun, ich denke, wenn wir ein paar Strippen ziehen, dann wird uns vielleicht der Erste Hauptkommissar Georg Mitschrei vom LKA für den Fall zugeteilt.«

»Mitschrei?«, fragte Faber. Er und dieser LKA-Kommissar hatten vor einer Weile bei einem Identitätsdiebstahl miteinander zu tun. Erst hatten sie versucht, sich gegenseitig die Köpfe abzureißen, bevor sie richtig gute Partner wurden. Außerdem schuldete Mitschrei ihm noch was. »Du meinst, wir könnten an dem Fall bleiben, wenn Mitschrei als offizieller LKA-Beamter mit dabei ist?«, fragte Faber und musste zugeben, dass Philipp ein Händchen für interne Polizeipolitik hatte.

Der Forensiker zuckte mit den Schultern. »Eventuell, ich an deiner Stelle würde mal mit Heuer sprechen, damit der beim BKA vorfühlt. Ich spreche mit meinem Assistenzarzt Wiegeler und mach ihm die Aussicht, an einem großen Fall mitzuarbeiten, schmackhaft. Der spricht vielleicht mit Papa und lässt Georg Mitschrei in den Ring«, schlug er vor. »Alles hängt natürlich davon ab, wie dringend irgendein Politiker einen medienwirksamen Fall braucht. Wenn wir da jemanden haben, der sich die Nase vor einer Kamera vergolden lassen will, nur um die nächsten Wahlen zu gewinnen, kann keiner von uns was machen. Dann gucken wir hier in Emden in die Röhre.«

»Weißt du, Philipp, du hättest genauso gut auch ein Ministerpräsident werden können. Du beherrschst das Ränkespiel wie ein Vollblutpolitiker!«, erwiderte Faber und zückte sein Handy.

»Ministerpräsident?«, fragte Philipp beleidigt. »Pah, wäre ich beizeiten in die Politik gegangen, wäre ich jetzt Kanzlerkandidat!«, erwiderte er, zog den Reißverschluss seines weißen Spurensicherungsanzugs wieder hoch und ging zurück zu dem ersten Grab.

***

Es war schon eine ganze Weile dunkel und die von starken Scheinwerfern beleuchteten Spurensicherungszelte wirkten durch das Licht von außen eher wie ein fröhliches Zeltlager. Philipp hatte gerade seine letzte Runde beendet und kam zu Faber. »Lass uns Schluss machen. Für heute hören meine Leute ebenfalls auf. Einen Teil der Skelette nehmen sie mit und kommen morgen wieder«, sagte er reichlich erschöpft für einen Mann, der normalerweise vor Energie strotzte.

»Ist gut, die Beamten der Nachtschicht sind gerade angekommen. Sie sichern die Fundstelle und auch den Wald. Friedhelm fährt uns jetzt nach Hause, wenn ich nicht bald was esse, wird mir schlecht«, erwiderte Faber. Er hatte keines der belegten Brötchen, die im Laufe des Tages besorgt worden waren, runtergebracht.

Innerhalb von zwanzig Minuten waren sie auf dem Hof der Alten Schule und sofort ging Licht an im Flur. Opa öffnete die Haustür und ließ die beiden ein. Faber hatte ihn von unterwegs angerufen. »Seid nicht so laut, Rike und Benny schlafen schon. Ich habe für euch gerade die Bratkartoffeln auf den Herd gebracht. Dann könnt ihr mit einem Spiegelei und Krabben euren Hunger stillen«, begrüßte Opa Knut sie leise. Denn nach der Aufregung von heute Morgen hatte er nicht die Nerven gehabt, den Matjessalat zu machen.

Faber klopfte ihm dankend auf die Schulter. »Wir sterben vor Hunger, aber wir müssen beide kurz duschen und uns umziehen. Geht das so lange mit dem Essen?«

»Klaar, mien Jung. Maakt maal, ik wacht up jo«, erklärte Knut, dass er mit dem Essen auf sie warten konnte.

Es wurde zehn Uhr, bis die beiden wieder etwas frischer und vor allem sauber am Tisch saßen. Die goldbraunen Bratkartoffeln, die frischen Krabben mit Spiegelei und Opas leckerer Gurkensalat taten ihr Übriges. »Hebbt ji villicht Lüst to vertellen, wat vandaag passeert is?«, fragte Knut vorsichtig an, ob die beiden ihm noch von ihrem Fundort erzählen wollten.

Faber seufzte zwar, doch nicht, weil er berichten sollte, sondern wegen der Funde. »Klar, Knut, aber dafür brauche ich was zu trinken. Ein Glas Wein können wir uns wohl genehmigen, bevor es morgen wieder losgeht. Ihr auch?« Als beide nickten, ging er runter in den Keller und kam zu Schorlaus Entzücken mit einer Flasche Chardonnay von 2021, einem Cloudy Bay, hoch. Der Weißwein war eine neuseeländische Köstlichkeit aus dem Marlborough-Weinanbaugebiet und genoss mittlerweile internationale Bekanntheit. Faber füllte den gut temperierten Wein in drei Chardonnay-Gläser.

»Prost, Kinners«, sagte Knut und stieß mit ihnen an. »Heute ist mir erst einmal klar geworden, was euer Job wirklich bedeutet. Es kann nicht einfach sein, plötzlich vor derart vielen Gräbern zu stehen und eine traumatisierte Zeugin zu haben. Darum auf euch!« Er fragte nicht nach Viola, da Rike ihm schon erzählt hatte, dass sie im Krankenhaus war.

Faber und Philipp lächelten und tranken einen Schluck. »Wir haben bis jetzt vier Skelette freilegen können«, fing Philipp an zu berichten. In dem Moment kam Rike in ihrem Schlafanzug die Treppe runter, küsste ihren Mann und setzte sich mit an den Tisch.

»Ihr habt mich nicht geweckt, keine Angst. Darum erzähl nur weiter, Philipp, so erfahre ich auch gleich alles«, forderte sie den Pathologen auf. Sie nahm sich ebenfalls ein Weinglas, füllte es jedoch mit stillem Wasser.

»Die vier Skelette sind alle von Jugendlichen zwischen dreizehn und vielleicht achtzehn Jahren. Außerdem liegen sie schon eine Ewigkeit dort, aber das kann ich erst mit einer Radiokarbonbestimmung der Knochen eingrenzen«, fuhr Philipp fort.

»Jugendliche? Manche noch Kinder?«, bemerkte Knut betroffen und schob seine Kapitänsmütze in den Nacken, wie er es immer machte, wenn er grübelte. »Weißt du denn, wie sie starben?«

Philipp kräuselte die Stirn. »Nach den Knochenbrüchen und den Schädelverletzungen, die ich auf den ersten Blick sah, schätze ich, sie wurden nach Strich und Faden verprügelt. So lange, bis es zu einer Hirnblutung kam.«

»Verdori«, fluchte Rike. »Aber es waren alle Skelette, keine Spur von Uwe, oder?«

»Nein, wir haben die letzten zwei zwar noch nicht ganz freigelegt, aber kurz geprüft, ob ein weniger verwestes Opfer dabei war«, beantwortete Philipp ihre Frage; was Uwe anging, schüttelte er nur den Kopf. Er trank einen großzügigen Schluck Wein.

»Die gute Nachricht ist, wenn es bei solch einem Fund überhaupt eine gute Nachricht gibt, dass wir zusammen mit dem LKA an der Sache bleiben. Morgen kommt Georg Mitschrei mit einer zusätzlichen Kommissarin, um unsere Truppe zu verstärken. Wir werden partnerschaftlich zusammenarbeiten, dennoch bleibt die Verantwortung der Ermittlung in meinen Händen«, erklärte Faber zu Rikes Überraschung. Als er ihr Gesicht sah, fügte er an: »Heuer hat das mit dem BKA geklärt. Die sind momentan sehr überlastet. Außerdem brauchen die keine weiteren Mordfälle, die Jahrzehnte alt und deren Spuren so kalt wie eine Kühlkammer sind. Philipp hat daraufhin seinen Assistenten Wiegeler, den Sohn des LKA-Präsidenten Niedersachsen, auf seinen Vater angesetzt, und der hat den Rest mit Georg Mitschrei und mir eingefädelt. Kriminalrat Heuer und auch Monika Altmann kommen morgen ebenfalls, um sich ein Bild zu machen. Monika wird die Öffentlichkeitsarbeit und die Pressekonferenz zusammen mit dem LKA übernehmen. Ich und Mitschrei müssen nur unsere Gesichter dabei zeigen.«

»Aber wenn das hier eine Serienmord-Ermittlung wird, was machen wir dann mit Uwe Euken? Der vermisste Junge hat in dem Fall keine Priorität mehr, oder?«, fragte Rike besorgt. Denn mit begrenzten Ressourcen und dem öffentlichen Druck würde Faber ins Jonglieren kommen.

»Na, ganz stimmt das ja nicht«, meinte überraschenderweise Opa. »Viola hat Uwe angeblich gesehen, aber anstatt zu Uwe brachte sie uns zu diesen Gräbern. Die Fälle hängen damit irgendwie zusammen.«

Faber wiegte den Kopf hin und her. »Ausnahmsweise kann ich dem nicht ganz zustimmen. Denn schau, Viola hat wahrscheinlich Uwe in der Nacht gesehen und das hat nichts mit den Gräbern zu tun. Viola hält Uwe für eine Geistererscheinung. Aber dass sie mehr über die

Jugendlichen weiß, die bei dem verfallenen Haus begraben sind, zeigen zwei Fakten. Erstens hat sie uns hingeführt, was sie sehr verstörte, und zweitens wusste sie genau, wo der Spaten ist. Philipp hat mir das erzählt. Sie ging in diesen Stall, oder wie man es nennen will, und suchte ganz gezielt nach dem Gerät. Leider haben wir nicht aufgepasst, denn jetzt wissen wir nicht, ob es daran noch Fingerabdrücke gab. Sowohl sie als auch Philipp und ich haben zu viel damit hantiert. Eventuell waren sogar Abdrücke der jungen Viola daran, weil sie etwas mit dem Begräbnis der Leichen zu tun hatte.«

»Wie bitte, Viola?«, fragte Knut. »Da bist du auf dem Holzweg. Philipp, mien Jung, ich weiß, du musst noch diese Radiokarbonmethode der Knochen machen, um sicher zu sein. Aber bitte schätz jetzt mal für mich. Wie lange, denkst du, liegen die Toten schon dort?«

Philipp rutschte unruhig auf seinem Stuhl rum. Er hasste Schätzungen, jedoch liebte er Opa Knut und konnte ihm schlecht einen Gefallen abschlagen. »Nur für dich und ohne Gewähr! Ich denke, so zwischen fünfzig und sechzig Jahre.«

Opa breitete die Arme aus. »Da hast du es«, sagte er bestimmt und sah Faber an. »Wenn die sechzig Jahre dort liegen, wäre Viola damals ein Kleinkind gewesen. Liegen die fünfzig Jahre dort, dann war sie selbst erst ein Teenager.«

Faber runzelte die Stirn. »Woher weißt du, wie alt die Frau ist?«

»Ich habe sie gefragt, als sie mich nach meinem Alter fragte«, beantwortete Knut die Frage.

Jetzt schauten Rike und Philipp ebenfalls verwundert. »Wenn sie vor sechzig Jahren ein Kleinkind war, dann wäre sie jetzt um einiges jünger als du, Knut«, sagte Philipp. »Im Vergleich zu der Kräuterhexe siehst aber du viel jünger aus!«

Knut schüttelte den Kopf. »Sie glaubt jedenfalls, um die sechzig zu sein, auf das Jahr genau weiß sie es nicht. Aber Kinners, ihr hättet mal meinen Opa sehen sollen, der zwei Kriege mitgemacht hat, oder meinen Vater, bei ihm reichte nur ein Krieg, weil er lange in Gefangenschaft war. Die beiden sahen zwanzig Jahre älter aus. Wenn man schlimme Dinge erlebt, ich meine richtig schlimme Dinge, zeichnet das einen Menschen! Bei manchen steht es auf der Seele geschrieben, bei anderen wiederum im Gesicht.«

»Darum ist es so wichtig rauszufinden, wer Viola ist. Sie behauptet, keine Papiere zu haben, darum wird Rike morgen mit Sonja ihre Hütte durchsuchen. Laurien hat den Durchsuchungsbefehl schon angefordert. Sie hat auch heute mit dem Pfarrer gesprochen, es stimmt, er weiß ihren Namen nicht. Außer Viola, wie sie von allen genannt wird, ergab sich nichts anderes.« Dann sah er Rike an. »Wie ging es ihr denn, als du sie im Krankenhaus gelassen hast?«

»Es ging ihr schlecht, sie wurde regelrecht katatonisch. Ich habe am Abend noch einmal mit dem Arzt gesprochen, er meinte, sie hat einen Schock. Vorsichtshalber wurde sie auf die geschlossene Abteilung verlegt, dann ist auch kein Beamter vor ihrer Tür mehr nötig. Vorerst wird sie wohl nicht reden und er bat uns, mit jeglichen Verhören ein paar Tage zu warten!«

»Das hilft uns nicht weiter, verdori!«, schimpfte der Hauptkommissar. »Ich habe gehofft, dass sie vielleicht mit dir spricht, Rike!«

»Erst mal nicht, Richard. Denn der Arzt bat mich morgen noch einmal vorbeizukommen«, fuhr Rike mit ihrem Bericht fort. »Dann gebe ich auch erst einmal die Kostenübernahme ab, da sie keine Papiere und keine Krankenkasse hat. Laurien hat das mit dem Kriminalrat abgestimmt. Der Arzt hat mir zusätzlich versprochen, sich auch an eine der Anlaufstellen zu wenden, die spendenbasiert existieren und für solche nicht versicherten Personen aufkommen.« Rike seufzte, anscheinend war ein Fall wie Violas nicht unbedingt selten. Gerade unter den Flüchtlingen, deren Status nicht geklärt war, kam es immer wieder zur medizinischen Unterversorgung, weil die Kostenübernahme nicht gesichert war. Doch sie wischte den Gedanken weg und fuhr fort: »Sie haben Viola wohl ausführlich untersucht und dabei Fotos gemacht. Die alten Verletzungen sehen aus, als wäre sie vor langer Zeit fürchterlich geschlagen worden.«

»Vielleicht war sie wie einer der Jugendlichen, die dort starben. Es gab einen gewalttätigen Vater?«, schaltete Philipp sofort.

»Es ist zu früh, um zu spekulieren, selbst wenn das ein sehr logischer Gedanke ist«, gab Faber zu. Er sah Opa an und hob die Augenbrauen, als ihm eine Idee kam. »Sag mal, Knut, wenn es Viola besser geht, würdest du vielleicht mal mit ihr reden? Sie scheint ja ein gewisses Vertrauen in dich zu haben. Ich muss das lediglich mit Georg Mitschrei abstimmen. Es ist nur gut, dass er die Vorschriften auch nicht zu genau nimmt«, sagte Faber und dachte für einen

Moment wieder an die Kapriolen, die sich der Erste Hauptkommissar im Fall des Identitätsschwindels erlaubt hatte.

»Dat versteiht sük van sülvst, mien Jung!«, stimmte Opa zu und trank sein Glas in einem Zug aus.

***

Rike hatte Faber und Schorlau zur Fundstelle gebracht. Auch hatten die Forensiker aus Oldenburg bereits im ersten Sonnenlicht wieder angefangen zu arbeiten. Während ihr Mann und Philipp zu den Gräbern gingen, wendete sie und fuhr nach Emden ins Klinikum. Der Arzt der Psychiatrie hatte sie gebeten gegen zehn Uhr bei ihm zu sein, sodass er kurz Zeit hatte, bevor die Visite losging. Die Kommissarin fuhr über Wybelsum auf der Larrelter Straße nach Emden rein. Erst als sie den Agterum erreichte, bog sie nach links ab über den Alten Graben, um bis zur Bolardusstraße zu kommen. Von dort konnte man direkt nach links in das Parkhaus des Klinikums fahren, ohne lange nach Parkplätzen zu suchen. Das Parkhaus war mit der Klinik verbunden. Da ihr der Arzt am Telefon gesagt hatte, dass er in der Psychiatrie auf sie warten würde, musste sie nur nach links. Als sie vor der verschlossenen Tür stand, kam eine SMS von Doktor Hennle, dass er sie in der Cafeteria neben der Psychiatrie abholen würde. Leider dauerte es etwas länger bei ihm.

Rike hatte sich ein Wasser geholt und wartete bis Viertel nach zehn, als der Arzt zu ihr kam und sie mitnahm. Mit seiner Ausweiskarte öffnete er die Abteilung der geschlossenen Psychiatrie und brachte sie in ein kleines Büro.

»Entschuldigen Sie, wir hatten noch einen Notfall, bei dem ich benötigt wurde«, sagte er endlich und bot ihr einen Platz an.

»Sie haben Viola auf die Geschlossene verlegt?«, fragte Rike. »Ist das denn nötig?«

Der Arzt sah sie eindringlich an. »Was wissen Sie von Viola, Frau Kommissarin?«

»So gut wie nichts«, erwiderte Rike ehrlich und fasste kurz zusammen, wie die ältere Frau lebte. Sie erwähnte, dass sie plötzlich aufgetaucht war in Groothusen und jetzt eine wichtige Zeugin in einem Mordfall war. Jedoch berichtete sie keine Einzelheiten. »Darum ist es auch so wichtig, dass sie mit uns spricht. Aber wir wissen nicht einmal, wie ihr Nachname ist und welches Alter sie genau hat.«

»Verstehe. Mit dem Alter kann ich Ihnen einen Annäherungswert geben. Sie ist nicht älter als Mitte sechzig, sie sieht zwar alt aus im Gesicht, doch ihr Körper und die Organe machen nicht den Eindruck, dass sie viel älter ist. Außerdem haben wir bei unseren Untersuchungen an ihrem Körper uralte Narben gefunden, die darauf hindeuten, dass sie als Kind viel geschlagen wurde. Ich habe mir erlaubt, ein paar Fotos von Violas Rücken zu machen, damit Sie sich ein Bild machen können, ohne dass wir sie erneut mit einer Untersuchung belästigen müssen. Denn jegliche Untersuchung ist mit großer Angst bei ihr verbunden«, erklärte Doktor Hennle.

Rike nahm sein Handy und sah sich die Fotos an. »Gotts verdori, das sieht ja aus, als hätte jemand sie mit einer Peitsche geschlagen«, entfuhr es Rike erschrocken.

»Ja, das oder ein Bambusstock. Gemäß der Schätzung meines Kollegen entstanden die Verletzungen etwa vom zehnten bis zum dreizehnten Lebensjahr«, sagte der Doktor. »Außerdem fehlen ihr zwei Zehen, wir nehmen stark an, es waren Erfrierungen. Das muss etwa zur gleichen Zeit passiert sein oder ein paar Jahre später. Ich schicke Ihnen die Fotos.« Rike gab ihm ihre Visitenkarte, damit er die Handynummer hatte.

Sie musste daran denken, was Opa gesagt hatte. Wenn die Leichen dort fünfzig Jahre lagen, dann war Viola damals zwischen dreizehn und sechzehn. *In was für einer Hölle warst du nur, Viola?*, dachte die Kommissarin. »Haben Sie noch mehr Erkenntnisse?«

»Vermutungen, darum ist sie vorübergehend auch in der Geschlossenen. Wir denken, sie hat ein tief sitzendes Trauma, das von Neuem belastet. Was ist passiert, bevor sie bei uns eingewiesen wurde?«, fragte der Arzt, während er Rikes Nummer in sein Handy tippte.

Rike dachte kurz nach, doch dann sagte sie: »Viola brachte uns zu einem vergrabenen Mordopfer. Verstehen Sie bitte, dass Sie darüber schweigen müssen. Es handelt sich um eine laufende Ermittlung, die noch nicht an die Presse rausgegeben wurde.«

»Ich verstehe, das fällt sowieso unter meine ärztliche Schweigepflicht. Dennoch danke, die Information hilft uns. Viola verschanzt sich hinter einer Mauer des Schweigens. Aber wir, das heißt das Team und die Ärzte der Psychiatrie, sind der Meinung, dass Viola schon einmal in einem Zentrum für seelische Gesundheit war«, umschrieb der Arzt die Institution sehr nett, die der Volksmund früher eher als Klapsmühle bezeichnet hätte. »Sie ist ruhiger geworden, seit sie in der Geschlossenen ist, weiß, wie sie sich zu verhalten hat, wenn man ihr Tabletten gibt oder auch Spritzen. Sie ist sogar alleine von ihrem Zimmer in den Gemeinschaftsraum gegangen. Viola hat sich die anderen Patienten und die Bastel- und Malsachen angesehen. Sie isst ihre Mahlzeit und trinkt, wenn man ihr was gibt.«

»Was schlussfolgern Sie daraus?«, fragte Rike, weil sie nicht ganz verstand.

»Sie kennt sich aus. Der Chefarzt der Psychiatrie denkt, sie war lange in einer Einrichtung, wahrscheinlich für Jahre, und fühlt sich gemäß ihres Verhaltens hier sicher. Sie weiß, was hier passiert. Wir sind der Meinung, sie war bereits einmal in einem katatonischen Zustand, einem wesentlich schlimmeren, und wurde jahrelang stationär therapiert«, erklärte er. Der Arzt blickte auf die Uhr. »Tut mir leid, ich muss los.«

Rike stand auf. »Kann ich sie sehen?«

Der Arzt nickte. »Bitte reden Sie nicht von Ihrem Fall oder fragen, was sie womöglich weiß oder gesehen hat. Sie ist noch nicht so weit, Viola wird anfangen zu reden, wenn sie es kann. Es wäre gut, wenn jemand, dem sie vertraut, Viola besuchen könnte. Hat sie Verwandte oder einen Menschen, der ihr nahesteht?«

»Ja, ich denke, ich weiß da jemand, der sie beruhigen könnte. Kann Viola, bis wir herausgefunden haben, wer sie überhaupt ist, hier bleiben?«

Der Arzt seufzte. »Wir sind eine psychiatrische Notfallstation. Ein paar Tage geht das, bis wir sie so weit beruhigt haben, aber dann brauchen wir die Betten. Bitte verstehen Sie das. Viola ist nicht suizidal, und wir haben Patienten im ambulanten psychiatrischen Dienst, die wir besser aufnehmen sollten. Uns fehlen wie in den meisten Kliniken überall Betten und Personal.« Damit lächelte er ihr kurz zu und verschwand aus der Tür.

Rike ging nachdenklich auf den Flur und suchte eine Schwester. Als man sie in den Gemeinschaftsraum führte, war sie überrascht von der farblichen Fröhlichkeit und der angenehmen Atmosphäre. Menschen, die noch nie in der geschlossenen Abteilung einer Psychiatrie gewesen waren, und dazu gehörte auch Rike, hatten andere Vorstellungen. Die Kommissarin hatte es beruflich nie in solch eine Einrichtung geführt. Und weil sie das Buch und den Kultfilm *Einer flog übers Kuckucksnest* mit Jack Nicholson gelesen und gesehen hatte, waren ganz andere Vorstellungen bei ihr hängen geblieben. Es hatte sich der Eindruck einer des Menschen unwürdigen Anstalt eingebrannt, in der sogar mit genug Inkompetenz aus sogenannten normalen Wesen früher oder später Geistesgestörte wurden. Doch dieser Ort hier war freundlich, sogar fröhlich. Dennoch war der Anblick der Patienten beängstigend. Entweder folgten ihr rastlose oder fast erloschene Augen, als sie an den Tisch ging, an dem Viola saß und malte.

»Hallo Viola«, sagte sie leise. »Darf ich mich zu Ihnen setzen?«, fragte sie.

Die alte Frau sah sie an und nickte. *Sie hat sich wirklich schon etwas erholt und scheint mich wahrzunehmen*, dachte Rike. Auch sah Viola nicht mehr wie die zum Teil gruselige Kräuterhexe aus. Sie trug Kleidung, die vom Krankenhaus gestellt wurde, eine graue Jogginghose und ein grünes Sweatshirt, das ihr ein bisschen zu groß war. Irgendwie wirkte sie verloren und furchtbar zierlich, richtig klein in den Sachen. Die Schwestern hatten ihr langes graues Haar gebürstet, geflochten und hinten zu einem Knoten gesteckt. Außerdem trug sie jetzt eine Lesebrille beim Malen.

»Ein schönes Bild«, merkte Rike an und betrachtete es. »Ist das ein Bus mit Schulkindern?«, fragte sie. Definitiv konnte sie einen blauen Bus oder Transit erkennen, der hinten drei Fensterreihen hatte. Die Zeichnung sah aus wie von einem Grundschüler gemalt, sehr naiv, doch detailliert. An jedem Fenster waren zwei Kinder zu sehen und keines lachte oder lächelte. Die Mundwinkel waren nach unten gezogen und sie wirkten traurig. Am Steuer saß ein Angst einflößender bärtiger Mann, der übergroß im Verhältnis zu den Kindern vorne am Steuer saß.

»Die Schulkinder sehen traurig aus«, merkte Rike an. Jetzt sah Viola sie böse an und schüttelte den Kopf, dann schrieb sie unter den bärtigen Mann ein Wort: *Papa*.

Rike verstand wenigstens so viel von verletzten Menschen, dass sie jetzt keine weiteren Fragen zu dem bedrohlichen Mann stellte. Im Gegenteil, sie zeigte auf eines der Kinder und meinte: »Wie heißt der Junge?«

Viola entspannte sich zusehend und schrieb jeweils einen Namen unter die sechs Kinderköpfe. Es waren ausnahmslos Jungennamen. Dann malte sie mit wenigen Strichen noch einen weiteren Kopf vorne auf den Beifahrersitz ans Fenster. Als sie fertig war, sah man ein Mädchen mit dicken Zöpfen. Viola zeigte auf das Mädchen und schlug sich gegen die Brust.

»Das bist du!«, bestätigte Rike. Viola nickte, nahm das Blatt und drückte es Rike in die Hand. »Ich nehme es mit. Soll ich rausfinden, wer die Jungen sind?« Wieder nickte Viola enthusiastisch. »Gut, Viola, ich wollte dich noch etwas fragen. Möchtest du gerne, dass Knut, der ältere Herr von gestern, dich morgen besucht?«

Sofort nickte Viola und ein kleines Lächeln zeigte sich auf ihrem faltigen Mund. Als Rike sie verließ, starrte sie aus dem Fenster, die Malsachen waren nicht mehr interessant, sie hatte gemalt, was sie malen musste. Rike ging mit der Zeichnung zu einer der Schwestern, bat um eine Farbkopie für die Polizei und bestand darauf, dass das Originalbild dem behandelnden Psychiater von Viola ausgehändigt wurde.

***

Es war bereits später Nachmittag, als Faber das Team, welches jetzt erst einmal aus zwei Personen mehr bestand, zusammenrief. Philipp war bereits mit den geborgenen Überresten der Toten zurück nach Oldenburg. Dort sollte als Erstes mit der Radiokarbonmethode bestimmt werden, wie lange die Jugendlichen dort vergraben gewesen waren. Außerdem wollte sich der Forensiker die genauen Merkmale der Knochen und Zähne ansehen, um das Alter der Toten genau zu datieren. Aus den Zähnen und dem Knochenmark war eventuell noch DNA zu gewinnen. Diese konnte wertvoll werden, wenn sie erst einmal anfingen, nach Vermissten um das Todesjahr herum zu suchen. Doktor Philipp Schorlau hatte damit alle Hände voll zu tun. Seine rechte Hand Doktor Moser war noch immer mit einem kleinen Team bei den Gräbern. Sie durchsuchten die Umgebung und stellten Beweise im Haus und auch im Stall sicher. Das würde bestimmt weitere zwei Tage in Anspruch nehmen. Trotz der vielen Arbeit mit den Gräbern hatte Philipp an Uwes Handy Blut gefunden. Er hatte etwas zwischen den Ritzen sicherstellen können, obwohl es abgewischt worden war. Mit der DNA-Probe, die Faber und Rike von der Haarbürste im Haus der Eukens mitgenommen hatten, wollte er einen Abgleich vornehmen.

Faber klatschte kurz in die Hände, damit er die Aufmerksamkeit der Mannschaft im Großraumbüro bekam. Kriminalrat Heuer, Pressesprecherin Monika Altmann, EKHK Georg Mitschrei und Kommissarin Marion Sieglund vom LKA waren mit dabei. Gegen drei Uhr hatte man unten im großen Saal des Polizeipräsidiums eine Pressekonferenz abgehalten. Monika hatte es übernommen, den Fund der sechs Gräber mit äußerst spärlichen und wohldurchdachten Worten zu übermitteln. Es wurde weder der Name von Viola genannt, noch dass es sich bei den Toten um Jugendliche handelte. Dabei wurde Faber als Ermittlungsleiter des Joint-Venture-Falls zwischen Emden und dem LKA genannt. Sie informierte die Presse, dass auch die Labore des BKA unterstützend zur Seite stehen würden, falls es notwendig wäre. So suggerierte sie den Medien eine dynamische und unbürokratische Zusammenarbeit der Polizeibehörden auf Bundes-, Länder- und lokaler Ebene. Dass dieses Arrangement bloß zustande kam, weil das BKA überlastet und man beim LKA Vitamin B angewandt hatte, sprich gute Verbindungen hatte spielen lassen, wurde nicht erwähnt.

»Ich würde gerne mit einer ersten Besprechung der offiziellen SOKO Knockster Forst beginnen«, meinte Faber eher förmlich. Er hatte sich mit Mitschrei auf den Namen für das Sonderkommando geeinigt. »Da wir uns alle kennen, bleibe ich bei den Vornamen im Team. Laurien hat für uns die Pinnwand vorbereitet und den jetzigen Informationsstand kenntlich gemacht.« Er ging an die Wand und zeigte auf ein Foto der sechs Gräber, das Schorlau gemacht hatte, bevor er angefangen hatte zu graben. »Wir wurden von einer unbekannten Frau um die sechzig Jahre, die sich Viola nennt und in Groothusen in einem Gemeindehaus lebt, dort hingeführt. Eigentlich hatten wir erwartet, dass sie uns zu Uwe Euken führt, der seit Samstag vermisst wird.« Er ging nicht darauf ein, dass sie seinen Geist gesehen hatte, sondern meinte: »Sie behauptet, den Vermissten gesehen zu haben. Wir vermuten, dass Viola schon einmal bei der Grabstätte und dem Haus war, denn sie hatte keine Probleme, in dem Schuppen einen Spaten zu finden. Die Rückkehr zu den verscharrten Leichen löste ein starkes Trauma bei ihr aus. Sie ist momentan in der

Psychiatrie und es wird noch dauern, bis sie reden kann, wenn überhaupt.« Faber sah Rike an und nickte.

Auch die Kommissarin erhob sich und ging an die Pinnwand. Sie heftete Violas Zeichnung daran. »Als ich sie heute in der geschlossenen Abteilung besuchte, zeichnete sie dieses Bild. Ich denke, es hat mit der Vergangenheit zu tun, und diese Kinder in dem Bus könnten die Toten sein, die wir fanden. Die Kleine auf dem Beifahrersitz ist Viola, das konnte sie mir andeuten. Wenn Philipp Schorlau mit der DNA Glück hat und wir mit der Identitätssuche der Toten anfangen, denke ich, die Namen, die Viola aufschrieb, sind relevant.« Sie ging zurück zu ihrem Schreibtisch und setzte sich.

»Daher ist unsere erste Priorität, herauszubekommen, wer Viola ist. Laurien hat bereits mit den Hintergrundrecherchen angefangen. Doch da wir davon ausgehen, dass Viola für lange Zeit nicht in der Krummhörn gelebt hat, möchte ich Georg und Marion bitten, die LKA-Ressourcen beziehungsweise das LKA-System zu nutzen«, übernahm der Hauptkommissar wieder. »Wo kam sie her, wie kam sie zurück in die Krummhörn? Wir müssen uns auch um die psychiatrischen Institute kümmern, denn die Ärzte in Emden vermuten, sie war bereits vorher in der Psychiatrie. Wir verschicken sowohl ein Foto von Viola, das Rike gemacht hat, bevor sie die Frau ins Krankenhaus brachte, und eines, das sie heute in der Krankenhauskleidung zeigt. Aufgrund der alten Verletzungen«, fügte er noch an und zeigte auf die Aufnahme mit den Narben auf ihrem Rücken, »ist anzunehmen, dass Viola ebenfalls zu den misshandelten Kindern gehörte. Sonja, du und Rike, ihr wart in Violas Hütte. Willst du kurz zusammenfassen, was ihr gefunden habt?«

Kommissarin Withuus nickte. »Vor allem Kräuter, Tinkturen und Cremes waren in der Hütte. So gut wie keine Papiere. Außer ein paar unausgefüllten Formularen zur Beantragung eines Personalausweises, die zum Feuermachen neben dem Kamin lagen, gab es nichts. Auch keine Fotografien, keine aktuellen und keine aus der Kindheit. Ihre Hütte macht den Eindruck, dass Viola keine Vergangenheit hat.«

»Das Einzige, was vielleicht schon viel länger in Violas Besitz ist, ist ein handgeschriebenes Kräuter- und Tinkturenbuch«, übernahm Rike die weitere Berichterstattung. »Darin gibt es Rezepte, getrocknete Blüten und Gedichte. Ich habe es sofort an Philipps Labor geschickt. Vielleicht finden sich dort Fingerabdrücke von jemand anderem als Viola. Ich denke nicht, dass sie ihren Kunden oder Patienten das Buch gezeigt, geschweige denn in die Hand gegeben hat. Philipps Team wird sich die Pflanzen darin ansehen, um bestimmen zu können, aus welcher Gegend sie stammen. Irgendwo, bei irgendwem hat sie das Handwerk der Kräuterheilkunde erlernt. Dort würde ich gerne ansetzen, denn sie ist darin keine Dilettantin, wie mir Doktor Moser bereits bestätigte. Er hat sich ebenfalls kurz in der Hütte umsehen.«

»Prima, das war eine gute Idee«, lobte Faber die beiden. »Laurien, bist du bereits weiter mit den Besitzverhältnissen des kleinen Forsts und des Hauses am Fundort?«

»Das ist gar nicht so einfach. Bis ich rausbekam, welches Flurstück es ist, war im Amtsgericht Emden niemand mehr anzutreffen. Gleich morgen früh kümmere ich mich darum«, erwiderte Laurien wie aus der Pistole geschossen.

»Okay, das ist wichtig, bitte rufe mich dann gleich an. Rike und ich kümmern uns um die sogenannten Kunden von Viola und werden sie aufsuchen. Friedhelm und Torben, auf euch kommt eine Menge Fußarbeit zu. Ihr befragt die Leute auf den Höfen in der Nähe der Fundorte. Es gibt sieben, acht landwirtschaftliche Betriebe in der Nähe. Sucht sie auf, fragt, ob sich jemand daran erinnert, wer einmal in dem Haus gewohnt hat. Vielleicht wissen die sogar, wem der Forst gehört. Dann geht ihr in Wybelsum von Haus zu Haus. Bei den älteren Bürgern haben wir vielleicht eine Chance, dass sie vor fünfzig Jahren schon hier lebten. Fragt auch ruhig nach Viola, ob sie bekannt ist. Nennt sie die Kräuterhexe aus Groothusen, nie bei ihrem Namen, und beantwortet keine Fragen. Aber das muss ich euch ja nicht sagen!«

»Maak wi, Chef«, meinte Friedhelm sofort.

Anschließend sah Faber Sonja und Tamme an. »Euch beide möchte ich in erster Linie bitten, weiterhin an Uwe Eukens Fall zu bleiben. Dass Sonja heute mit Rike die Durchsuchung machte, sollte nur eine Ausnahme sein, da Rike allein war. Jeden Abend, bevor wir Schluss machen, gibt es eine Besprechung. Morgen bitte um achtzehn Uhr. Danach melde ich mich bei Ihnen, Herr Heuer, und dir, Monika. Bevor wir jetzt kurz über den Fall Euken sprechen, gibt es noch Anmerkungen oder Überlegungen zum Fall Knockster Forst?«

»Nun, lassen Sie mich ein paar Worte sagen«, begann der Kriminalrat und trat an das Glasboard zu Faber. »Das ist die Ruhe vor dem Sturm. Wenn der Fund von sechs Skeletten in dem kleinen Forst morgen Schlagzeilen macht, geht es los. Die Presse und wahrscheinlich das Fernsehen werden das Revier belagern. Auch wenn ich weiß, dass Sie Ihren Job kennen und gut machen, lassen Sie mich dennoch eine Erinnerung aussprechen. Jedes Wort an die Presse steht im Nu auf den sozialen Medien und Nachrichtentickern. Jedes Wort wird interpretiert werden und kann uns Zeit kosten und Ärger bringen, jede unbedachte Handlung die Aufklärung vielleicht ganz verhindern. Mal abgesehen von Viola. Wir müssen die Frau schützen, selbst wenn wir sie nicht als Täterin ausschließen können. Daher überlegen Sie sich gut, wie wir mit ihr vorgehen, wo sie bleibt, wenn die Psychiatrie sie entlässt. Sie darf weder der Presse noch einem ungehaltenen Mob in die Hände fallen«, merkte er in ernstem Ton an. Dann blickte er jeden Einzelnen an. »Danke, ich bin mir sicher, dieser Fall ist in guten Händen. Faber, Sie halten mich und Monika täglich auf dem Laufenden. Am besten wie vorgeschlagen nach der Tagesbesprechung. Wir verabschieden uns jetzt nach Oldenburg, damit Sie Ihren Fall Euken besprechen können. Ich denke, darüber muss ich nichts weiter wissen«, sagte der Kriminalrat. Als Faber nickte, erhob sich Monika, verabschiedete sich und verließ mit KK Heuer das Großraumbüro.

Faber ergriff wieder das Wort. »Georg, ich hoffe, du bist mit allem einverstanden. Ich könnte verstehen, dass es dir lieber wäre, du würdest den Fall leiten«, bemerkte Faber erneut, bevor sie über Uwe Euken beraten wollten. Immerhin stand Mitschrei einen Rang über Faber und war beim Landeskriminalamt. Doch der Mann lächelte nur und schüttelte den Kopf.

»Lass man, Richard. Ich habe deine Art zu arbeiten und deine Ehrlichkeit zu schätzen gelernt. Wir stehen eurem Team zur Verfügung, wie ihr es braucht. So können wir gut machen, was ihr einmal für uns, speziell für mich, getan habt«, erwiderte der Mann vom LKA.

Seine Kollegin Marion Sieglund kannte die Geschichte genauso gut wie er und nickte deshalb. Damals hatte sich der Erste Hauptkommissar Mitschrei auf nicht ganz legale Dinge eingelassen, um seine Tochter zu schützen. Faber hatte das aufgedeckt und im Endeffekt an den richtigen Stellen geschwiegen, sodass kein Disziplinarverfahren gegen Mitschrei erhoben wurde. Der LKA-Beamte war Faber immer noch sehr dankbar. Vor allem, weil seine Tochter aufgrund der damaligen Zwangslage, in der sie sich befand, lediglich zu einer geringen Strafe verurteilt wurde. Sie hatte Bewährung erhalten und lebte nun ein geregeltes Leben in der Nähe ihrer beiden Eltern. Auch wenn Georg Mitschrei nur ihr Stiefvater war, nannte sie ihn mittlerweile Vater, und das machte den Mann stolzer als alle Fälle, die er in seinem Leben gelöst hatte.

»Danke, Georg. Dann lasst uns abschließend über den Fall Euken reden. Tamme, wie sieht es mit dem PC und dem Handy aus?«, wandte er sich an den Wikinger.

Tamme stand auf und ging an die Pinnwand. Die rechte Seite war für den Fall Euken vorgesehen. In der Mitte zwischen den beiden Fällen prangten die beiden Fotos von Viola, die das Glied zwischen den Fällen darstellte. Er pinnte ein DIN-A4-Blatt an die Glaswand. »Ich konnte aus dem kaputten Handy noch einiges rausholen. Denn die letzten Chats, die Uwe geführt hat, waren im Handyspeicher und nicht auf der SIM-Karte abgelegt. Wie ihr hier seht, zeigen die WhatsApp genau das, was euch die Kids in der Schule erzählt haben. Das Letzte, was Uwe schrieb, war: *Bin unterwegs in einer halben Stunde im Haus, kild!*«

»Kild?«, fragte Georg als Erster, wobei alle bis auf Tamme und anscheinend Marion nicht wussten, was es bedeutete.

»Kuss, ich liebe dich«, beantwortete Marion die Frage.

»Genau«, bestätigte Tamme und lächelte die Kollegin an. Die beiden hatten auch keinen guten Start beim letzten gemeinsamen Fall, denn Tamme hatte ihr nicht getraut. Er hatte damals den naiven, leicht beschränkten Kollegen vom Land gespielt, und Marion war ihm voll auf den Leim gegangen. Viel zu spät hatte sie das Computergenie durchschaut und nach gegenseitigen Entschuldigungen hatte man sich verbündet.

»Also, es ist nichts Außergewöhnliches auf dem Handy, das sein Verschwinden erklären könnte«, fasste Faber zusammen. »Und der Computer?«

»Leider ist es damit genauso. Mails zwischen seinen Freunden, Fotos, Webseiten, die normale Jugendliche aufrufen, und viele Filme und Berichte über die Unterwasserwelt. Uwe ist oder war ein anständiger Kerl. Genau, wie es von ihm behauptet wurde. Ich habe sogar seine gelöschten Browserverläufe wiederhergestellt. Er hat sich weder Pornos reingezogen, noch war er auf dubiosen Webseiten oder gar im Darknet. Es gibt selbst in seinem digitalen Leben nichts, was eine Erklärung liefern könnte.«

»Danke, Tamme. Was ist mit dem Bruder seiner Freundin Aysun Yilmaz und dem Ex von dieser Cora? Habt ihr dazu irgendwelche Erkenntnisse?«, bohrte der Hauptkommissar weiter. Rike hatte Georg Mitschrei und Marion schon auf den neusten Stand über das Gespräch mit den Freunden gebracht. Zwar waren die beiden LKA-Beamte wegen der sechs Skelette hier, doch da Viola mit beiden Fällen im Zusammenhang stand, sollten sie die Ergebnisse im Fall Uwe Euken ebenso erfahren. Tamme nickte in Richtung Sonja.

»Nachdem ich heute Morgen mit Tamme aus dem Ihlower Forst zurückkam und bevor ich mit Rike zu Violas Hütte bin, habe ich einen Abstecher beim Gymnasium gemacht. Aysun hätte mich heute angerufen. Sie sagte mir, ihr Bruder hat ein bombenfestes Alibi. Der Bruder hat die beiden Eltern Samstagabend nach Bremen zu Verwandten gefahren. Eigentlich wollte der Vater selbst fahren, er hatte jedoch Kreislaufprobleme. So musste Kadir die beiden fahren. Er war wohl erst sauer, weil er auch auf die Achtzigerjahreparty wollte. Er blieb mit seinen Eltern in Bremen beim Bruder des Vaters. Anscheinend hatte er dort dann doch eine gute Zeit, weil sein älterer Cousin Ahmed ihn mit auf eine Party nahm und er ein Mädchen kennenlernte. Wie Aysun berichtete, ist Kadir wohl schwer verliebt und plant bei der nächsten Gelegenheit wieder nach Bremen zu fahren«, fasste Sonja zusammen.

»Glaubst du ihr?«, fragte Rike.

»Ja, das tue ich. Sie schien froh zu sein über die Entwicklung, da es ihren Bruder anscheinend weicher und verständiger macht. Er hat ihr viel von der Party und dem Mädchen erzählt. Und die Eltern berichteten, dass sie Sonntagmorgen gemeinsam das Frühstück mit der Familie einnahmen und Kadir mit dabei war, bevor sie alle zusammen zurückfuhren nach Emden«, meinte Sonja überzeugt. »Auf jeden Fall würde ich im Moment keine Zeit damit verschwenden, das zu prüfen. Ich denke nicht, dass uns das weiterbringt. Falls sich noch etwas in der Hinsicht ergibt, können wir das Alibi genauer untersuchen.«

»Und was ist mit dem Ex von Cora?«, hakte Faber nach, weil Sonja ihre Ausführungen gestoppt hatte.

»Bei dem war ich«, antwortete Tamme wieder. »Unbescholtener Mechatroniker, der in Emden in einem Autohaus arbeitet. Der fährt zwar gerne auf seiner Kawasaki mit Leder und Kutte durch die Gegend, ist aber harmlos. So ein Asozialer, wie die Kids behauptet haben, ist er gar nicht. Er wusste von dem Arrangement und dass Cora ihre Freundin Aysun unterstützte. Er war nicht eifersüchtig auf Uwe, auch nicht, als er und Cora noch zusammen waren. Außerdem hat er ein Alibi, er war bei seiner neuen Freundin, die das gerne bezeugt«, erklärte der Wikinger und sah Faber an. »Und bevor du fragst, ja, ich glaube ihm!«

Faber nickte, es war frustrierend, denn sie waren Uwe keinen Schritt nähergekommen. »Der Kriminalrat hat die Hundertschaft im Ihlower Forst abgelehnt, konntet ihr euch dort wenigstens ein bisschen umsehen?«

»Ja und nein. Erstens ist das Waldgebiet zu groß. Wenn Uwe da liegt, dann brauchen wir eine Hundertschaft, oder ein Spaziergänger entdeckt ihn durch Zufall. Aber wir glauben nicht, dass der Junge da ist«, meinte der Wikinger.

»Wir sind ausgehend von dem Mülleimer, in dem das Handy geortet wurde, ein paar Wege in den Wald gegangen. Es macht keinen Sinn, Chef!«, beharrte auch Sonja darauf. »Wir glauben, er kann überall sein. Vielleicht sogar in dem Wald, aber ohne eine Hundertschaft werden wir das nicht wissen.«

Faber sah nachdenklich in die Runde. »Uwe ist jetzt knappe siebzig Stunden verschwunden, ihr glaubt also, er ist tot?« Er sah seine Leute an, und jeder deutete ein widerwilliges kleines Nicken an.

»Tut mir leid, Faber«, sagte Mitschrei. »Die entwendete SIM-Karte, seine WhatsApp an die Freundin, sein Computer und auch die Aussage der Freunde deuten darauf hin, dass er gegen seinen Willen verschwand. Und wenn Viola ihn wirklich in der Nacht mit Blut verschmiert sah und das in ihrer Verwirrtheit als Geisterbesuch interpretiert, dann glaube ich ebenfalls, dass der Junge tot ist.«

»Und dass Philipp Blut auf dem Handy gesichert hat, spricht auch für die Theorie«, fügte Rike schweren Herzens an.

In dem Moment kam der Wachhabende ins Großraumbüro. »Hauptkommissar, Sie müssen runterkommen. Ich habe eine Frau an der Anmeldung, die völlig verrücktspielt. Sie heult und schreit, ihr Sohn wäre tot, er lag in einem der Gräber, und sie muss unbedingt mit Ihnen sprechen.«

»Frau Euken?«, fragte Faber und der Wachhabende nickte. »Gotts verdori!«, fluchte er. Er hatte noch kurz daran gedacht sie anzurufen, um ihr zu sagen, dass die Gräber nichts mit Uwe zu tun hatten, was jedoch in der Hektik untergegangen war. »Rike, komm bitte mit, ich brauche eine einfühlsame Frau an meiner Seite.«

Kapitel 5

Es wurde acht Uhr, bis Rike und Faber endlich in Richtung Klein Hauen unterwegs waren. Georg Mitschrei und Marion Sieglund waren in einer großen Ferienwohnung untergebracht, von der sie gut einige Restaurants erreichen konnten. Rike hatte mit Knut gesprochen, der Benny bereits abgefüttert, gebadet und ins Bett gebracht hatte. Sie hielten noch kurz beim thailändischen Take-away und nahmen etwas zu essen mit.

Obwohl es ein anstrengender Tag gewesen war, berichtete Rike freiwillig darüber, denn sie kannte ihren Opa. Natürlich erst, nachdem Knut ihnen von Benny und seinen Dummheiten erzählt hatte. Das hatte die düsteren Gedanken der Kommissare ein bisschen aufgehellt. Während Faber sich ein rotes Curry mit Garnelen, Gemüse und tropischen Früchten schmecken ließ, taten sich Knut und Rike an der knusprigen Ente mit Cashewnüssen und frischem Gemüse gütlich.

»Es tut mir sehr leid für Frau Euken. Konnte der Notarzt sie beruhigen?«, fragte Knut und mümmelte sein Gemüse mit Reis.

»Ja, er gab ihr eine Spritze und wir haben ihre Freundin aus der Bäckerei in Manslagt angerufen. Sie kam mit ihrem Mann und die beiden haben sie nach Hause gebracht«, sagte Faber und trank einen Schluck Ayran. Das salzige Joghurtgetränk schmeckte zusammen mit den scharfen, pikanten Noten des Currys besonders lecker. »Gut fühle ich mich nicht in meiner Haut. Ich habe der Mutter hoch und heilig versprochen, dass wir die Hoffnung nicht aufgegeben haben, Uwe unversehrt zu finden. Dabei glauben alle im Team nicht mehr daran, ihn noch lebend zu finden. Frau Eukens Mann fliegt morgen von der Bohrinsel aufs Festland, und seine Firma lässt ihn mit einer Cessna bis zum Flughafen Emden bringen. Dann ist mir wohler. Ich hätte Bedenken, die Frau tut sich was an, wenn wir ihren Sohn tot finden.«

Knut schob seine Kapitänsmütze in den Nacken. »Und das werdet ihr wohl. Nichts deutet darauf hin, dass er weggelaufen ist. Und entführt hat ihn bestimmt niemand, so wie ihr das spartanische Häuschen der Familie beschrieben habt. Seid ihr denn die Strecke von der Disco bis zum Haus von dem Mädchen, dieser Ihmke, in Visquard abgelaufen?«

»Friedhelm und Torben wollten das eigentlich machen, doch sie waren zu beschäftigt. Daher sind zwei Streifenbeamte losgegangen, nachdem der Nebel sich am Nachmittag lichtete. Ich werde wohl morgen Info darüber bekommen. Aber wenn sie etwas Wichtiges gefunden hätten, wüsste ich das schon«, sagte Faber resigniert.

»Du scheinst über Uwes Verschwinden besorgter als über die sechs Gräber!«, bemerkte Knut und trank einen Schluck Wein. Ein letztes Glas war in der Flasche von gestern gewesen, und Faber hatte darauf bestanden, es Knut einzuschenken.

»Weil Uwe vor ein paar Tagen wahrscheinlich noch am Leben war«, sagte Rike. »Die sechs Jugendlichen hingegen sind lange tot, vielleicht auch ihr Mörder. Es ist zwar ein dramatisches und furchtbares Ereignis, nur wer immer die sechs Kinder verloren hat, verlor sie vor langer Zeit. Zwar werden einige Familien vielleicht jetzt endlich Frieden bekommen, doch ihre Kinder bekommen sie nie zurück.« Rike blickte auf Opa und meinte: »Bevor ich es vergesse, Viola würde sich sehr freuen, dich morgen zu sehen. Ich habe in der Psychiatrie deinen Namen angegeben, sie werden dich zu ihr lassen.«

Opa dachte einen Moment nach. »Prima, fahrt ihr morgen ruhig früh los. Ich spreche mit Hannes, der fährt mich. Ich bringe unser Tüütje in die Kita und lass mich dann nach Emden kutschieren. Hannes kann sich in der Stadt rumtreiben, während ich Viola besuche. Inwieweit wollt ihr denn, dass ich mit ihr spreche? Schafft sie das denn schon, zu den Gräbern befragt zu werden?«

»Nun, der Arzt meinte, man solle vorsichtig sein. Aber wenn sie von selbst darüber redet, kann es wohl nicht schaden. Außerdem müssen wir eine dauerhafte Lösung für sie finden. Sie muss irgendwo bleiben, solange die Ermittlungen laufen, Faber. Und das ist bestimmt nicht in ihrer Hütte. Das Krankenhaus braucht ihr Bett dringend«, merkte sie noch an. Anschließend nahm Rike ihr Smartphone zur Hand und rief das Foto des Bildes auf, welches Viola gemalt hatte. »Als ich heute bei ihr war, zeichnete sie das. Und als ich nachhakte, schrieb sie diese Namen hin.« Sie hielt es Opa hin und fügte an: »Außerdem fragte ich, ob sie gerne Besuch von dir erhalten möchte, und sie lächelte.«

»Knut, du machst das schon. Wenn einer die richtigen Gefühle für Menschen und Situationen hat, dann du«, bestätigte Faber und klopfte Opa freundschaftlich auf den Oberarm.

Knut blickte auf das Smartphone, kaute eine Weile vor sich hin und meinte dann: »Habt ihr bereits eine Theorie, was es mit dem Bus auf sich hat? Und dieser bärtige Mann, glaubt ihr, es ist wirklich Violas Vater?«

Rike schüttelte den Kopf. »Intuitiv nein, aber ich habe keine Fakten dafür, ist nur ein Gefühl«, sagte sie und spießte ein großes Stück ihrer knusprigen Ente auf, um es in die süße Chilisoße zu tunken.

»Nach einem Schulbus sieht das nicht aus. Ein Transit vielleicht. Kinder, die in Behinderten-Einrichtungen gefahren werden, sind oft mit solchen Transits unterwegs. Oder für eine Privatschule«, spekulierte Opa.

»Vergiss nicht, es ist wahrscheinlich fünfzig Jahre her«, warf Faber ein. »Von Privatschulen war damals hier oben keine Rede. Und wenn es behinderte Kinder wären, hätte Viola das wahrscheinlich in ihrer Zeichnung angedeutet. Sie ist ja auch nicht behindert. Denn ich denke, ihre Einzigartigkeit, wenn ich es mal so nennen darf, ist keine Behinderung. Mittlerweile glaube ich an ein tiefes Kindheitstrauma«, meinte Faber. Er hatte sein rotes Curry voller Heißhunger verschlungen und schob den Teller zufrieden von sich. Sein Mund brannte etwas, doch es war köstlich gewesen.

»Faber hat recht, eigentlich wollte ich dir, Opa, diese Fotos von Violas Körper nicht zeigen, doch vielleicht ist es für ein besseres Verständnis notwendig. Der Arzt denkt, sie wurde als Kind oder Jugendliche misshandelt«, meinte Rike und zeigte Knut die Aufnahmen der alten Narben, die sie von dem Arzt erhalten hatte.

Knut schüttelte entsetzt den Kopf. »Gotts verdori. Dat arme Deern!«, fluchte er und wischte dann auf dem iPhone wieder zu der gemalten Zeichnung. »Es sieht eher danach aus, als hätte der Kerl, der den Bus fährt, sie gefangen gehalten. Sieh doch nur die Gesichter der Kinder im Bus. Sie alle sind unglücklich, Mundwinkel nach unten. Vielleicht müsst ihr damit rechnen, dass ihr eine Art Dutroux-Fall vor euch habt. Wie dieser Perverse, Marc Dutroux, der in den 1990er Jahren die Kinder in Belgien entführt hat und gefangen hielt«, sagte Knut verbittert und spülte die Worte mit dem restlichen Wein runter.

Faber nickte. »Natürlich dürfen wir so etwas nicht aus den Augen lassen. Es kann ein Ring gewesen sein, der sich Kinder schnappte. Aber Philipp kann anhand von Skeletten keinen sexuellen Missbrauch nachweisen. Da tappen wir im Dunkeln. Darum ist Viola ungemein wichtig. Bist du dir sicher, Knut, dass du dem gewachsen bist?«, fragte Faber fürsorglich. »Wenn Missbrauchsopfer endlich anfangen zu reden, sprudelt es meist aus ihnen heraus. Sie wird dich eventuell mit ganz furchtbaren Dingen konfrontieren.«

»Laat man, mien Jung. Ich habe bereits schlimme Sachen in meinem Leben gesehen, ich komme damit klar«, erwiderte Knut mit der Souveränität eines erfahrenen alten Mannes.

»Opi ist klar«, sagte ein kleiner Mann, der im Schlafanzug auf der Treppe stand und sich die Augen rieb. Benny kam runter und gab seinem Papa einen Schmatz. Dann kuschelte er sich auf Rikes Schoß und herzte sie. Es dauerte drei Minuten und er war wieder eingeschlafen. Faber stand auf und nahm Benny Rike ab, um ihn zurück ins Bett zu bringen.

»Goode Nacht, Kinners. Wird ein anstrengender Tag morgen, ich geh schlafen, damit der Opi auch klar bleibt«, sagte Knut und schmunzelte. Er sah Faber und Benny hinterher und gab seiner Enkelin einen Kuss. Während Rike das Geschirr in die Spülmaschine räumte, ging Knut über die Terrasse rüber zu seinem Häuschen. Endlich war es draußen ganz klar und dadurch natürlich kälter. Die Sterne funkelten friedvoll am schwarzen Firmament. Eine frische Brise war aufgekommen und wehte die Blätter von den Obstbäumen. Der Herbst war endgültig eingezogen.

***

»Of dat man good geiht?«, brummte Hannes vor sich hin und sah im Rückspiegel, wie Viola mit Benny Schere, Stein, Papier spielte. Der Kleine hatte sofort verstanden, wie das Spiel funktionierte, daher amüsierte er sich köstlich.

»Enerwaar hen moot se nu«, erwiderte Knut auf dem Beifahrersitz, während sie von der Kita nach Klein Hauen fuhren. Damit meinte er, dass Viola irgendwo bleiben musste, egal wo. Als Opa ins Krankenhaus gekommen war, hatte der Arzt ihm mitgeteilt, dass man Viola aufgrund der Notsituation mit den Betten in ein Pflegeheim für Demenzkranke bringen würde. Das war der einzige Platz in der Nähe, den man für sie hatte finden können. Natürlich nur vorübergehend, doch momentan ging es nicht anders, es sei denn, er könne sie sofort mitnehmen. Opa hatte in dem Fall nicht lange gefackelt. So zerbrechlich Viola in der geschlossenen Abteilung der Psychiatrie gewirkt hatte, sagte er zu, sich um sie zu kümmern und in seinem Haus unterzubringen. Der Oberarzt war sichtlich erleichtert, hatte die Entlassung unterschrieben und Knut die notwendigen Medikamente ausgehändigt, die Viola in den nächsten Tagen nehmen sollte, falls es ihr schlechter ging. Kommissarin Waatstedt hatte Knut mit Personalien in der Klinik eingetragen, und daher hatte der Arzt keine Bedenken, dem Großvater der Polizistin die Zeugin zu übergeben.

»Und was, wenn sie gefährlich ist? Ich denke ja bloß an unseren Benny«, murmelte Hannes leise auf Hochdeutsch.

Doch er hatte Violas Gehör unterschätzt. »Ich bin zwar ein bisschen schwerfällig von den Pillen, meine Ohren jedoch funktionieren gut«, erwiderte sie von hinten. »Ich mag gefährlich sein, wenn es jemand verdient. Nicht bei guten Menschen und schon gar nicht für meinen kleinen Bobe«, sagte sie und streichelte Benny über den Kopf.

»Benny«, stellte der Kleine richtig.

Doch Viola sah ihn nur verträumt an, herzte ihn sanft und sagte: »Nu, nu, Dragul meu. Bobe, Frate mai mic!«

Opa drehte sich nach hinten. »Viola, was hast du gesagt? Das klang wie Bulgarisch, Polnisch oder Rumänisch. Wiederhole noch mal«, forderte er sie auf.

Viola sah ihn irritiert an, doch dann sagte sie: »Dragul meu. Bobe, Frate mai mic.« Sie machte große Augen und sah Knut fragend an. »Wieso spreche ich diese Sprache?«

»Ich weiß es nicht, Viola. Was bedeutet denn dieses Dragul mei?«

»Dragul meu. Das heißt Liebling und Frate mai mic kleiner Bruder«, kam es sofort von ihr. »Bobe ist ein Name, aber unser Schatz neben mir heißt Benny, nicht Bobe«, fuhr sie verwirrt fort.

»Vielleicht hatten Sie mal einen Bruder, der Bobe hieß«, schlug Hannes vor und fuhr vor das Bekleidungsgeschäft *Conradi* in Greetsiel.

»Oh«, machte Viola nur. »Hatte ich das?«, fragte sie irritiert. Kurz sah es so aus, als würde eine Erinnerung bei ihr auftauchen, doch war sie anscheinend schnell wieder weg.

Knut stieg aus, öffnete Viola die Tür und hielt ihr die Hand hin. »Darum, meine Liebe, kümmern wir uns später, jetzt werden wir erst einmal ein paar hübsche Sachen für Sie kaufen, damit Sie aus diesem

Trainingsanzug rauskommen. Hannes und Benny fahren schon mal vor zum Friseursalon *Solis*, damit Benny seinen Haarschnitt bekommt, und für Viola macht ihr gleich anschließend einen Termin. Wir kommen nach dem Einkaufen zu Fuß nach«, ordnete Opa Knut an. Dann sah er Benny an, der brav in seinem Kindersitz saß. »Onkel Hannes geht mit dir zum Haareschneiden, Matrose Benny«, wandte er sich an den Kleinen. »Und du bist brav und jammerst nicht, bis Kapitän Knut euch abholt. Viola und ich kommen nach dem Einkaufen zum Friseur gelaufen.« Benny nickte artig und winkte Viola und Opa zu, als Hannes losfuhr.

***

»Wir haben von vier der Skelette die DNA aus dem wenigen Knochenmark und Zahninneren bestimmen können, doch bei Nummer fünf und sechs hatten wir keine Chance mehr«, berichtete Doktor Moser seinem Chef. Philipp stand mit dem Team im Sezierraum der Kriminaltechnik in Oldenburg. »Diese beiden Toten lagen zu lange unter der Erde. Alle vier DNA-Proben laufen momentan durch die Systeme. Aber ob wir fündig werden, ist anzuzweifeln. Fünfzig Jahre alte oder sogar ältere DNA ist nicht im System. Nur wenn ein Vermisstenfall erneut aktuell wurde und alte Proben zur Analyse gingen, könnten wir im System fündig werden.«

»Moser, Sie sind mit Ihrem Optimismus mal wieder die strahlende Hoffnung der Menschheit!«, hielt Philipp ironisch dagegen. Dabei war Moser bloß so etwas wie der eineiige Zwilling von Philipp, wenn es um solche Art von arroganten und pessimistischen Auftritten ging.

»Ich sage nur die Wahrheit. Wenn uns jedoch Fabers Leute für die Jahre 1965 bis etwa 1975 ein paar mögliche Namen von Vermisstenfällen geben könnten und die Reviere in den Asservaten noch irgendwelche Proben haben, könnten wir natürlich die DNA feststellen lassen«, warf Doktor Moser sofort ein.

Der Chef der Forensik nickte und meinte: »Aber hellsehen kann Richard nicht. Da wir nun die Radiokarbonbestimmung haben und genau wissen, wie lange die Kinder dort lagen, und ihr Alter genauer eingegrenzt haben, fahre ich jetzt mit diesen Informationen nach Emden. Dort kann ich vielleicht helfen, den Kreis der vermissten

Kinder einzugrenzen. Außerdem ist bestätigt, dass es Uwe Eukens Blut an dem Handy war.«

»Apropos Blut, Sie sollten eine Probe von dieser Zeugin nehmen«, schlug Assistenzarzt Sebastian Wiegeler vor. »So finden wir vielleicht heraus, ob sie mit einer der Leichen verwandt war.«

Obwohl Philipp manch anderen seiner Leute mit einem flotten Spruch abgewiegelt hätte, so hielt er sich bei seinem neuen Assistenzarzt, der auch der Sohn des LKA-Chefs von Niedersachsen war, etwas mehr zurück. »Nun, da die fünf Leichen keine verwandtschaftlichen Erbmarker aufweisen, ist es unwahrscheinlich, dass die Hexe …«, er unterbrach sich an der Stelle, »ich meine natürlich diese Viola, mit ihnen verwandt ist.« Dann grübelte er einen Moment und fügte an: »Aber eventuell ist sie im System, denn wir wissen nicht, wer sie ist. Es kann auf jeden Fall nicht schaden. Ich nehme alle Ergebnisse und auch die Röntgenbilder mit nach Emden.«

»Schon recht, Chef«, meinte Moser und grinste. »Faber wird froh sein, wenn er von Ihnen Unterstützung bekommt.« Seine Worte trieften vor Sarkasmus. »So lange richten Sie ihm von mir aus, dass die getrockneten Kräuter in dem Buch eher allgemeiner Art sind, jedoch einiges explizit auf die Lüneburger Heide hinweist. Da haben wir den Wacholder, der die offene Heidelandschaft liebt und in der Form sonst nur noch auf der Schwäbischen Alb vorkommt. Eine Heilpflanze, die entwässernd wirkt und bei Verdauungsbeschwerden hilft«, referierte die rechte Hand von Schorlau. »Daher sollte unser lieber Kommissar sich mal auf den Bereich der Lüneburger Heide konzentrieren, wenn er Violas ehemaligen Standort finden will. Außerdem sind in dem Buch zwei Handschriften. Den Abgleich mit Viola sollten Sie vornehmen, Chef. Die andere Handschrift ist von der Person, die die Rezepte ursprünglich gesammelt hat. Wahrscheinlich eine Mentorin von Viola.«

»Und wieso sind Sie sich so sicher, dass es die Lüneburger Heide ist? Warum nicht die Schwäbische Alb?«, forderte Philipp ihn heraus.

»Wegen der Mundart in den Aufzeichnungen. Für viele der Kräuter wird der Begriff des Heidjer Platt verwendet. Zum Beispiel für den Wacholder, der in den Rezepten Machangel genannt wird. Oder nehmen wir die Birke, sie wird in dem Buch als Bark bezeichnet. Und als ich das Wort Bier las, was in dem Rezeptbuch als Beer bezeichnet wird, war es klar. Denn im Schwäbischen wäre es einfach Bier und im Heidjer Platt ist es Beer«, glänzte Moser mit seinem Fachwissen. Das tat er ebenso gerne wie Philipp, um sein Genie zu beweisen. »Vielleicht kann diese Information für Hauptkommissar Faber dann trotz Ihrer Anwesenheit in Emden zur Unterstützung werden!«

»Na, lassen Sie mal Ihre Ironie stecken, die bringe ich besser rüber, Moser. Und jetzt zurück an die Arbeit, gibt noch genug zu tun mit den Erdproben der Gräber. Husch, husch, wird es bald!«, forderte Philipp seine Mitarbeiter mal wieder übertrieben arrogant auf, bevor er sich die Unterlagen und Violas Rezeptbuch schnappte, um das Kriminalinstitut zu verlassen.

***

»Die Alte spinnt, total plemplem, wie die in der Nacht mit jemandem gesprochen hat, der gar nicht da war«, meinte Hertha Kohler empört. Rike und Faber waren gleich am frühen Morgen zu dem Gulfhof gefahren, der außerhalb von Greetsiel lag. Genau genommen konnte man die Kohlers als Nachbarn bezeichnen, denn der Hof war etwa einen Kilometer von der Alten Schule entfernt.

»Was hat sie denn gesagt zu diesem Geist?«, fragte Rike neutral und sah die Blondine an. Faber war froh, dass seine Frau die Befragung übernommen hatte. Denn diese Hertha war einer dieser Menschen, die ihn auf die Palme brachten. Innerlich überlegte er, ob sie einfach nur dreist, feist oder dumm war, wahrscheinlich alles drei, dachte er.

»Na, so 'n Kram wie ›komme rein, wärme dich am Feuer‹«, erwiderte sie trotzig und tippte sich mit dem Finger an die Stirn.

»Also die irre Viola sprach mit einem Geist, und was wollten Sie dort?«, platzte es aus Faber raus.

Hertha zierte sich unangenehm berührt durch die Frage, meinte dann aber: »Na ja, die hat für meine Cousine einen Liebestrank gebraut, der toll funktionierte. Den wollte ich auch, hatte sogar einen Hunni dabei, doch die Hexe ließ ja nicht mit sich reden. Schickte mich fort, weil Ihr Geist«, meinte sie und zeigte Gänsefüßchen in die Luft, »nicht von mir gestört werden sollte. Dabei war da kein Schwein!«

»Sie haben auch auf dem Heimweg niemanden gesehen?«, fragte Rike neutral, als ob diese Frau sie überhaupt nicht mit ihrem Gerede tangieren konnte.

»Nix! Da war keiner, nur Nebel, Stille und ab und zu ein Käuzchen. Sie sollten die Alte in die Klapse einweisen lassen«, füge die unangenehme junge Frau noch an.

Leider war das eine Nummer zu viel für den Hauptkommissar, und er meinte: »Wenn wir das tun, dann vielleicht ebenfalls ihre Kunden, die sogenannte Liebestränke von alten Hexen kaufen wollen, die doch angeblich Geister sehen«, meinte er. Sofort standen er und Rike auf, während sie von boshaften Blicken zur Tür begleitet wurden.

»Mir hat gefallen, wie du Viola verteidigt hast«, sagte Rike, als sie wieder im Audi saßen und in Richtung Emden unterwegs waren.

»Dieses Weib braucht einfach mal einen Schluck ihrer eigenen Medizin. Kein Wunder, dass Viola ihr nichts verkauft hat«, meinte er. »So langsam wächst mir unsere Kräuterhexe ans Herz. Ich kann mir einfach nicht vorstellen, dass sie etwas mit den Gräbern zu tun hat. Geschweige denn mit Uwes Verschwinden.«

Rike lächelte. »Du bist ja auch mein kluger Mann, denn ich bin der gleichen Ansicht. Wir haben immer noch Georg Mitschrei, der für uns den Advocatus Diaboli spielen kann. Ich kann beim besten Willen an der zarten gebeutelten Frau keine böse Faser entdecken.«

Faber lachte auf. »Du hast ja schon deinen besten Spion auf sie angesetzt. Wenn einer rauskriegt, was mit Viola los ist, dann Knut!« Sie waren kurz davor, Pewsum zu erreichen, als Laurien durchklingelte.

»Moin Leute, ich habe die Adresse der Familie, die im Besitz des Grundstücks mit den Gräbern ist. Draußen bei euch in Hinte haben die einen Hof. Wenn ihr in der Nähe seid, wollt ihr vor dem Büro vielleicht vorbeischauen. Es ist eine Bauernfamilie, die ihr deshalb wahrscheinlich auch auf dem Hof antrefft«, fiel Laurien direkt mit der Tür ins Haus. Ohne lange Diskussionen stimmte ihr Faber zu und ließ sich Namen und Adresse geben.

Der Schweinezuchtbetrieb lag außerhalb des Dorfes Hinte unterhalb von Suurhusen. Was in dem Fall bestimmt keine schlechte Idee war, denn trotz eines sehr modernen Zuchtbetriebs gab es rund um den Hof weite Freiflächen, auf denen die Tiere sich artgerecht vergnügen konnten. Das hatte natürlich zu Folge, dass ein recht würziges Aroma die Luft schwängerte.

»Hier müssen wir unbedingt mal mit Benny hin. Sieh doch nur die kleinen Ferkel dort in den Suhlen. Die sind ja süßer als Hundewelpen«, meinte Rike begeistert, als sie ausstiegen.

»Wir können hinter unserem Hühnerstall ein Stück abzweigen und ein, zwei Schweinchen halten. Ich habe mich mal erkundigt, die Bentheimer Landschweine sind robust, gutmütig und stressresistent«, antwortete Faber wie aus der Pistole geschossen. So, als hätte er darauf gewartet, dass seine Frau so etwas ansprechen würde. »Schau, da drüben, die Kleinen mit den schwarzen Flecken, das sind Bentheimer Ferkel. Benny findet die ebenfalls total süß.«

Rike blieb auf halbem Weg zum Bauernhaus stehen. »Was für konspirative Pläne gehen denn da hinter meinem Rücken ab? Ist Opa ebenfalls eingeweiht?« Faber zuckte kurz mit den Schultern und nickte dann schuldbewusst. »Himmel, Richard, aber wir warten damit, bis das Baby da ist. Lasst uns erst mal schauen, ob wir nicht genug Stress mit einem Säugling haben, ohne dass du zu den Hühnern zusätzlich Schweinchen verpflegen musst. Warte nur ab, in den ersten Monaten ist der Schlafmangel mit einem Baby eklatant. Und komm mir ja nicht mit Benny findet die Ferkel süß. Der findet alles süß, was bellt, miaut und grunzt!«

»Schon klar, Chef!«, murmelte Faber und klopfte an die Tür des Bauernhauses, die ein wenig aufstand. An dem Holzschild stand ›Familie Söder‹. »Da sind wir richtig!«, fügte er an und blickte auf den Namen.

»Koom rin, is open. Kannst en Köppke Koffje drinken«, rief eine weibliche Stimme auf Platt und lud, wen immer sie auch erwartete, auf einen Kaffee ein. Als Faber und Rike in den Flur traten und weiter in die große Wohnküche gingen, saß dort eine Großfamilie am Holztisch und frühstückte.

Als die Bäuerin sie sah, stand sie auf und meinte: »Oh, Entschuldigung, ich dachte, Sie wären der Klaas, unser Postbote.« Sie wischte sich die Hände an ihrer Schürze ab und ging auf die beiden Besucher zu. Faber schüttelte ihre Hand und stellte sich vor.

»Polizei?«, fragte sie erstaunt, aber bot ihnen sofort einen Platz an. Auf der Bank am Kopf des massiven Holztischs gab es noch einige Sitzgelegenheiten. Ohne weiter zu fragen, stellte sie Tassen und

Teller mit Besteck vor sie. Dann schüttete sie Kaffee ein. »Greifen Sie zu, den Stuten habe ich heute Morgen frisch gebacken, Milch, Käse und Eier sind von meines Bruders Hof und der Schinken dort, das können Sie sich ja denken, von unsere Swientje!«

Faber tat es um die armen Schweinchen leid und er blickte skeptisch auf den Kochschinken, den Rike sich auf den Stuten legte. Doch seine Frau kannte da keine Gnade, sie liebte Wurst und Fleisch zu sehr, um darauf zu verzichten. Er bestrich sich seinen Stuten nur mit guter Butter, was bei dem frischen Brot ein wahrer Genuss war. »Jetzt essen Sie mal ordentlich und dann stelle ich Ihnen meine Familie vor«, meinte die Bäuerin und zeigte auf ihren Mann Eddo, die beiden Jungs Harms und Lüko, den alten Schwiegervater Hado und dem Knecht Werner. Sie bestand darauf, dass man sie beim Vornamen, Freya, nannte.

Faber trank einen Schluck Kaffee und spülte den Stuten runter, der wirklich wunderbar schmeckte. »Vielen Dank für die Gastfreundlichkeit«, sagte er höflich. »Wir sind hier wegen des Waldgrundstücks an der Knock, das Sie besitzen.«

»Oh, oh«, nuschelte der Opa. »Ik hebb jo dat seggt. Dat mit de Grafftsteden, von wat de Helge vertellt het, is bi uns.«

»Schnickschnack, der Helge redet doch immer dummes Zeug!«, erwiderte sein Sohn Eddo.

»Leider nicht«, sagte Faber und sah auf die beiden Jungs, die mit großen Augen der Konversation folgten. Beide waren noch nicht in der Schule und fanden das Gerede über Grabstätten und die Anwesenheit der Polizei anscheinend total spannend.

Darum stand die Bäuerin auf, stellte beiden je einen Eimer mit einem Brei hin und sagte: »Ab raus, ihr beiden. Die Ferkel füttern, die haben Hunger.« Sofort trollten sich die Kinder, wenn auch ein bisschen enttäuscht davon, weggeschickt zu werden.

»Dann stimmt das, dass man dort alte Gräber gefunden hat? Ich wollte heute mal vorbeifahren, denn ich war seit Jahren nicht mehr bei dem verfallenen Haus. Gibt ja keinen Grund dafür. Aber der Helge hat was im Fernsehen gesehen und meinte, es wäre unser Grundstück«, erzählte der Bauer. Faber fasste kurz zusammen, doch blieb erst einmal so vage wie möglich.

Rike stellte ihren Kaffeebecher zurück auf den Tisch. »Gemäß Grundbucheintrag gehört das Grundstück einem gewissen Alof Söder. Ein Verwandter von Ihnen?«

Der alte Bauer nickte. »Mein Vater, er ist über neunzig und leider nicht mehr ganz klar im Kopf. Wir haben ihn in das Pflegeheim hier in Hinte gebracht.«

»Aber wir holen ihn fast jeden Nachmittag zum Kaffee. Auch wenn wir schlachten und zu allen Festen, die wir feiern«, fügte die Bäuerin schnell an. »Leider konnte ich tagsüber und vor allem in der Nacht nicht mehr auf Opa Alof aufpassen. Er ging immer wieder mal stiften und schlief bei den Ferkeln im Stall. Das ging einfach nicht mehr«, entschuldigte sie sich fast.

»Aber das ist doch verständlich«, warf Rike ein. »Wissen Sie denn, ob Ihr Vater das Grundstück mit dem Haus mal verpachtet oder vermietet hatte? Es muss fünfzig bis sechzig Jahre zurückliegen«, kam sie ohne Umschweife aufs Thema. Die Kommissarin hatte beschlossen Klartext zu reden.

Der alte Bauer dachte nach, dann meinte er: »Ich war noch ein Jugendlicher. Mit den Pachtgeschäften meines Vaters kannte ich mich nicht aus. Wir hatten damals schon die Schweinezucht, und selbst als Kind hatte ich mit der Hofarbeit und der Schule genug zu tun. Aber ich weiß, dass es mal jemanden gab, der dort wohnte. Denn er kam persönlich am Monatsanfang und brachte Papa das Geld.«

»Können Sie sich an den Namen erinnern oder wie der Mann aussah?«, hakte Faber sofort nach.

Hado kratzte sich am Kopf. »Junger Mann«, sagte er zum Hauptkommissar, »das ist sechzig Jahre her. Namen weiß ich nicht. Ob mein Vater was Schriftliches über die Vermietung hat, bezweifle ich. Auch wenn Sie von der Polizei sind, können Sie sich ja denken, wie das damals so war. Da wurde schon mal an der Steuer vorbei etwas vermietet. Ich schaue trotzdem mal in den alten Unterlagen, ob ich was finde.«

»Aber Sie haben den Mann als Kind mal gesehen, wenn er die Miete brachte. Wie sah er aus, welches Auto fuhr er?«, bohrte Faber weiter.

Der alte Bauer kräuselte die Stirn und grübelte ein paar Sekunden vor sich hin, dann hellte sich sein Gesicht auf. »Ja, natürlich. Jetzt weiß ich es wieder. Es war ein großer Mann mit einem buschigen

Bart, ein Hüne. Aber mein Vater schickte mich immer rein, wenn der kam, als wolle er nicht, dass ich in seiner Nähe war. Ich habe es bedauert, denn einmal waren Kinder in dem Kleinbus, mit dem er kam. Als ich meinen Vater fragte, ob ich mal in den Knock-Wald darf, um mit den Kindern zu spielen, hat mein Vater mir das strengstens verboten. Ich glaube, er traute dem Kerl nicht. Und da mein Vater ein Mann seines Wortes war, hätte er mich nach Strich und Faden verhauen, wenn ich nicht auf ihn gehört hätte. Waren damals eben ganz andere Zeiten!«

»Sie sagten, ein Kleinbus, wissen Sie zufällig noch die Marke des Wagens?«, fragte Rike und dachte an Violas Bild.

»Na klar, dafür habe ich mich als Junge interessiert. Es war so ein blauer Ford Transit mit zwei Fenstern hinten auf jeder Seite und einem Fenster im Heck«, beschrieb der Mann das Auto.

Faber sah Rike an und nickte unmerklich. »Haben Sie sonst irgendeine Erinnerung? Egal wie unwichtig sie Ihnen auch scheinen mag.«

»Da war wirklich zusätzlich etwas«, meinte der Bauer und nickte. »Der bärtige Kerl brachte jeden Monat einen Stapel Magazine mit.«

»Was für Magazine?«, wunderte sich Rike.

»Die meisten für meine Mutter, Sie wissen schon, solche Illustrierten, wie es die zum Teil heute noch gibt, mit Kosmetik, Mode und Rezepten. So ’n Froenkraam. Der brachte immer einen Stapel mit. Als meine Mutter starb, haben wir das Zeug kiloweise entsorgt, weil sie die alle aufbewahrt hat«, sagte er und ein zärtliches Lächeln erschien auf dem doch eher harten Gesicht. »Damals 1970 konnte sich eine Bauersfrau keine Illustrierten leisten. Darum wurden die im Freundeskreis meiner Mutter rumgereicht, bevor sie darauf bestand, sie unversehrt wiederzubekommen. Sie war sehr stolz darauf und hat alle aufbewahrt.«

Faber dachte kurz nach. »Sie haben nicht zufällig noch ein Exemplar?« Er fragte in der Hoffnung, vielleicht einen Namenszug oder, falls der Mann eine Art Auslieferer war, eine Liefernummer zu finden.

Der alte Mann seufzte und meinte: »Nein, die haben Vater und ich vor vierzig Jahren verbrannt. Von den Magazinen wollte er nicht eines aufheben, weil Mutter so unerwartet und plötzlich an Krebs starb. Wir haben sie immer vor Augen gehabt, wie sie abends in der

Stube durch die Illustrierten blätterte. Sie muss sie sich wohl hundert Mal angesehen haben. Es war ihr Luxus. Auch wenn ich den Kerl mit dem blauen Ford nie mochte, mit diesen Magazinen hat er meiner Mutter die größte Freude gemacht.«

Kapitel 6

Hummelfest Hamburg, 1970

»Blestemat, Valea. Vino aici!«, schrie Valeas Mutter mal wieder über den Lärm hinweg, den die Schausteller beim Aufbau ihrer Stände und Fahrgeschäfte machten. Morgen wurde das Hummelfest eröffnet, und die Familie Racu hatte mit ihrer Schießbude und dem Losstand dieses Mal Glück gehabt. Sie waren gleich neben dem Autoscooter gelandet. Die Firma *Tusch* betrieb das Fahrgeschäft und hatte neue bunte Fahrzeuge in petto. Der Scooter war eines der erfolgreichsten Fahrgeschäfte und besonders bei den Jugendlichen beliebt, obwohl dieses Jahr die Achterbahn und die neue Bayernkurve viel Aufsehen erregen würden. Dennoch profitierte die Familie Racu vom Autoscooter, weil die Besucher nach einer Fahrt gerne noch zur Schießbude schlenderten oder ein Los kaufen wollten. Valea ahnte, dass ihre Mama sie brauchte, um die neuen liegenden Pudel und die Puppen im Tüllkleid mit den schwarzen Hochfrisuren auf den oberen Stufen zu platzieren. Sie war fast acht Jahre alt, wendig wie ein Äffchen und wusste genau, wie man die Gewinne hübsch herrichtete. Doch heute war sie sauer, denn Bobe, ihr kleiner Bruder, hatte sich beim Frühstück die Milch übergeschüttet, und sie bekam dafür eine Backpfeife. Immer hieß es: ›Valea, sieh nach deinem kleinen Bruder. Valea, pass auf, sonst macht er Unsinn.‹

»Valea, bist du taub?«, fragte der Puppenspieler mit einem Lächeln. Bei ihm hatte Valea sich versteckt. Sie kannte den alten Mann schon, seit sie denken konnte. Die Kleine liebte ihn genauso sehr wie seine Holzpuppen. »Hörst du deine Mutter nicht, selbst ich kann sie hören und bin wirklich fast taub!«, meinte er und grinste sie an. Er hatte ein genauso gutmütiges Gesicht wie seine Kasperle-Puppe, die irgendwie auch schon in die Jahre gekommen war. Und selbst seine beiden Goldzähne vorne passten zu ihm. Leider besuchten die Kinder Onkel Svobodas Theatervorführung am Nachmittag nicht mehr so zahlreich auf den Volksfesten. Die modernen Fahrgeschäfte hatten das Kasperletheater verdrängt. Jedes Jahr befürchtete Valea, dass Onkel Svoboda und vor allem ihr geliebter Kasper nicht mehr kommen würden. Doch dieses Jahr war er wieder da, und das machte das kleine Roma-Mädchen glücklich. Es gab nicht viel Beständigkeit in ihrem Leben, denn die Familie zog mit den Geschäften das ganze Jahr durchs Land. Von den kleinen Kirmessen ging es zu großen Jahrmärkten bis zum Oktoberfest. Danach waren die größeren Weihnachtsmärkte an der Reihe. Eigentlich waren sie immer unterwegs.

Mittlerweile hatten sie zwei Lkw-Zugwagen, die ihre Los- und die Schießbude transportierten. Für die beiden Wohnwagen hatte Papa zwei Mercedes gekauft. Denn sie waren eine große Familie. Sehr zum Bedauern des kleinen Mädchens hatte sie nur Brüder. Die beiden ältesten konnten schon Auto fahren und waren über zwanzig, Mitica war fünfzehn und momentan wie die Pest. Ein pubertierender Junge, der aus einer klassischen paternalistischen Roma-Familie kam, in der Mädchen und Frauen den Männern untergeordnet waren. Die beiden Zwillinge Dragomir und Danut waren erst sieben, durften jedoch auf das Internat gehen. Valea hatte geheult und geschrien, weil sie ebenfalls in diese Schule wollte und nicht zu den Unterrichtsstunden bei der Lehrerin auf dem Rummel. Doch Jungs waren Jungs und das Mädchen musste zu Hause bleiben, um Mutter zu helfen. Und dann war da Bobe, ihr kleiner Bruder, er war fünf Jahre alt und ein Wirbelwind. Eigentlich liebte Valea ihn heiß und innig, nur heute war ein doofer Tag. Heute konnte sie keinen ihrer großen Familie leiden. »Du bist wirklich taub, denn du gibst ja noch nicht einmal mir eine Antwort«, versuchte es der Puppenspieler erneut.

»Onkel Svoboda, warum heißt das Hummelfest Hummelfest? Hier gibt es nicht mehr Hummeln als überall!«, lenkte Valeria ab, denn sie wusste, dass Svoboda es liebte, Geschichten zu erzählen.

Svoboda lächelte. »Das hat nichts mit Hummeln zu tun. Weißt du, der Name für das Hummelfest im August geht auf einen Wasserträger zurück, einen gewissen Hans Hummel. Der lebte etwa im Jahr 1800. Er hatte einen wichtigen Job, denn er brachte mit Eimern Wasser ins Haus für die Leute«, begann Onkel Svoboda auch gleich.

»Aber wieso musste er denn Wasser bringen? Warum haben die denn nicht den Hahn aufgedreht?«, fragte Valea vorwitzig.

Svoboda schüttelte den Kopf und lachte. »Damals, mein Kind, gab es nicht in allen Wohnungen Wasserleitungen oder Toiletten. Da kam der Wassermann und brachte sauberes Wasser in Eimern. Und wenn er dann in die armen Bezirke von Hamburg kam, wo freche Kinder wie du und deine Brüder wohnten, ärgerten die ihn immer und riefen: ›Hummel, Hummel‹. Es wird behauptet, daraufhin hätte der Wasserträger immer gesagt: ›Mors, Mors‹. Und weißt du auch, was Mors heißt?«

»Na, Popo, das weiß doch jeder«, sagte Valea und strahlte.

»Siehst du, jetzt kannst du jedem erzählen, warum der Dom im August Hummelfest heißt. Denn der Wasserträger Hans Hummel wurde das Wahrzeichen des zweiten Jahrmarkts.« Svoboda erhob sich mühsam, wie es alte Leute taten, und verstaute die Puppe, die er repariert hatte, in der Schachtel. »So, mein Mädchen, jetzt aber ab zu Mama, sonst kommt die und zieht mir auch noch die Ohren lang!«

Valea verzog die Schnute, drückte sich kurz an Svoboda und rannte los. Als sie jedoch unweit des Autoscooters ankam, sah sie Bobe dort stehen. Sie hatte so gar keine Lust auf den kleinen Bruder und seufzte.

»Hey Valea«, hörte sie die Stimme eines Jungen hinter sich. Den hatte sie gestern schon hier rumlungern sehen. Er sah nett aus, war keines der Kinder aus den Familien, die die Racus kannten. Er kam näher geschlendert, seine dunklen Locken wippten lustig bei jedem Schritt.

»Woher weißt du, wie ich heiße? Und wie heißt du?«, fragte sie.

Er lächelte. »Deine Mutter schreit doch den ganzen Rummel zusammen. Da kommt sie im Übrigen gerade«, meinte er und nickte in Richtung Autoscooter. Valea schnappte sich seine Hand und zog ihn mit sich hinter den Zuckerwattestand. »Ich bin Daniel, alle nennen mich Danny. Warum versteckst du dich denn? Haste was ausgefressen?«

»Nein, aber ich soll bestimmt auf meinen kleinen Bruder aufpassen. Das ist nicht so toll, mit dem loszuziehen. Der ist eine Nervensäge«, sagte Valea und war erleichtert, als Mutter zur Losbude zurückging.

»Na dann, komm mit zu mir, ich zeig dir meine Welpen. Die sind gerade mal zehn Tage alt und total flauschig«, schlug Danny vor.

»Welpen? Oh, wie süß! Klar, wo steht ihr denn?«, fragte sie sofort und blickte ihn gespannt an.

»Ganz am Rand, komm, ich bring dich hin. Mama sagt, mein Hund und die Welpen dürfen noch nicht in den Wohnwagen, darum sind die in unserem Transit«, erklärte Danny und lief zusammen mit Valea zwischen den Aufbauten und Arbeitern hindurch. Sie waren wirklich fast am Eingang des Jahrmarkts angekommen, als er zwischen zwei Wohnwagen an den Rand der Straße ging. Dort stand halb auf dem Bordstein ein weißer Transit. Wie selbstverständlich öffnete Daniel die Schiebetür und ließ Valea den Vortritt. Es war dunkel in dem Van, da er keine Fenster hatte, darum sah sich Valea angestrengt um.

»Ich sehe keine Hunde, es ist so dunkel«, meinte sie und dann roch sie etwas. Es stank wie Mamas scharfes Putzmittel, aber irgendwie ekeliger und stechender. Ihr wurde übel, als der nasse Lappen auf ihrem Mund und ihrer Nase landete. Sie zappelte einen kurzen Moment, hörte, wie die Schiebetür des Transits zugeschoben wurde, und dann wurde wirklich alles stockfinster um sie herum.

Polizeipräsidium Emden, heute

Philipp Schorlau war mit seinem Sportwagen innerhalb von fünfundvierzig Minuten vom kriminaltechnischen Institut in Oldenburg nach Emden gefahren. Da der Hauptkommissar und Rike unterwegs waren, hatte er dem Rest des Teams bereits die neuesten Erkenntnisse mitgeteilt.

Wie immer, wenn der Chef nicht da war, übernahm Laurien die Organisation. Der Erste Hauptkommissar Mitschrei hatte nichts dagegen. »Ich denke, das Beste ist, ich kümmere mich zusammen mit Marion um die Vermisstenfälle, jetzt, da die Forensik die zeitliche Abfolge besser eingrenzen konnte. Während wir beide die Namen und Akten raussuchen, solltest du, Philipp, vielleicht mit Georg rausfinden, ob es in den alten Fällen noch Material bei den Asservaten gibt«, schlug Laurien vor. Die LKA-Beamten duzten sich mit dem Team, als gehörten sie dazu.

»Das macht Sinn, denn wir können dabei auch auf die Systeme des Landeskriminalamts zugreifen, ohne Genehmigungen anzufragen«, bestätigte Erster Hauptkommissar Georg Mitschrei. »Und Laurien, ihr beide solltet bei den Vermisstenfällen die Namen, die Viola auf die Zeichnung schrieb, nicht außer Acht lassen.«

»Was hältst du davon, wenn Sonja und ich Mosers Vermutungen mit der Lüneburger Heide nachgehen?«, fragte der Wikinger.

Laurien nickte zwar, aber fragte: »Und was ist mit Uwe Euken?«

Jetzt meldete sich Sonja zu Wort. »Wir treten völlig auf der Stelle damit. Der Kriminalrat hat Faber die Hundertschaft für den Ihlower

Wald nicht genehmigt. Was ich verstehe, denn ich denke auch nicht, dass wir dort mehr finden. Kein Mensch hat sich gemeldet, nachdem die Pressesprecherin das Foto von Uwe und dem Fahrrad zur Veröffentlichung freigegeben hat. Wir wissen einfach nicht, wo der Junge sein kann, geschweige denn was ihm zugestoßen ist. Außerdem ist die Bevölkerung wegen der Gräber ganz aus dem Häuschen, da geht ein verschwundener Junge unter.«

In dem Moment kam Torben von unten hoch. »Redet ihr gerade über Uwe Euken?«, fragte er eher rhetorisch und fuhr fort: »Mich haben die beiden Streifenkollegen angesprochen, die die Strecke von der Diskothek nach Visquard abgelaufen sind. Die haben zwar kein Fahrrad oder etwas anderes von Uwe gefunden, an einer Stelle jedoch sah es aus, als wäre ein Auto in den Graben gerutscht. Friedhelm und ich sollten das erneut prüfen, vielleicht entdecken wir noch etwas, das die Kollegen übersehen haben.«

Laurien zögerte und meinte: »Torben, denk daran, dass bei dem Nebel so einige Autos in Gräben gerutscht sind. Der Chef wäre das auch fast, als Viola im Nebel auf der Straße stand.«

Georg Mitschrei schaltete sich ein. »Aber wenn das unser letzter Strohhalm ist, den wir bei Uwe Euken haben, dann sollten wir das machen. Laurien, lass Torben und Friedhelm losfahren. Nehmt euch alle Zeit, die ihr braucht. Faber wird schon damit einverstanden sein. Ach, und schaut doch für alle Fälle noch mal bei Frau Euken vorbei. Ich wäre beruhigter, wenn ich wüsste, dass ihr Mann bereits bei ihr ist.« Nachdem Laurien zustimmend genickt hatte, griffen Friedhelm und Torben ihre Lederjacken, um wieder nach unten zu gehen.

»Na gut, dann kümmern sich Tamme und Sonja um das Kräuterbuch und die Lüneburger Heide!«

»Und vergesst nicht, euch bei den psychiatrischen Anstalten zu erkundigen«, warf Philipp ein. »Der Arzt von Viola hier in Emden ist der Meinung, sie war schon in solch einer Einrichtung. Wenn sie, bevor sie hierherkam, in der Lüneburger Heide war, dann vielleicht auch dort in einer Anstalt«, schlug er vor. Tamme nickte, ohne einen Kommentar darüber abzugeben, dass sich der Forensiker mal wieder ungefragt einmischte. Denn sein Vorschlag war einfach zu gut. »Ich fahr nachher selbst zu Viola in die Klinik, um eine Blutprobe zu nehmen. Wir brauchen ihre DNA. Nicht, dass ich damit rechne, dass sie selbst im System ist, aber wir sollten sie haben, um eventuell später Abgleiche machen zu können.«

Während Sonja und der Wikinger mit den Recherchen in der Lüneburger Heide anfingen, sammelten Laurien und Marion erst einmal die Namen aller als dauerhaft vermisst gemeldeten Kinder in Deutschland. Das war kein leichtes Unterfangen. Gemäß dem Bundeskriminalamt wurden im Laufe eines Jahres bis zu achtzehntausend Kinder vermisst. Wobei diese Zahl von Jahr zu Jahr schwankte. Jedoch wurden siebenundneunzig Prozent der Fälle aufgeklärt. So waren in Deutschland, gerechnet ab dem frühesten registrierten Vermisstendatum, dem 14.2.1957, bis heute 1700 ungeklärte Fälle vermisster Kinder im System. Mehr als die Hälfte dieser Kinder waren unbegleitete Flüchtlinge, gehörten zu den sogenannten Dauerausreißern oder waren ihrem Sorgeberechtigten entzogen worden. Man musste aber im Auge behalten, dass es sich hier um Kinder handelte, die per Definition des BKA bis einschließlich dreizehn Jahre gezählt wurden. Jugendliche von vierzehn bis siebzehn, die gesondert erfasst wurden, machten noch einmal einen erheblichen Teil aus. Denn im Schnitt der letzten fünf Jahre wurden pro Jahr etwa 78.000 Jugendliche vermisst, von denen mehr als 2000 Teenager pro Jahr nie wieder auftauchten.

»Damit wir überhaupt eine Chance haben«, schlug Laurien vor, »suchen wir erst einmal nur nach Kindern bis einschließlich dreizehn. Und wir grenzen es auf die Jahre 1965 bis 1975 ein.« Die Kommissarin entschied sich für die ersten fünf Jahre und Schorlau ging ihr zur Hand. Marion Sieglund und ihr Boss Mitschrei konzentrierten sich auf die Jahre 1970 und folgende. So füllte sich die Pinnwand in den nächsten Stunden, und zusätzlich mussten zwei Whiteboards aus den Besprechungszimmern geholt werden. Daran hingen sie die Fotos mit Namen und Aktenzeichen der vermissten Kinder aus ganz Deutschland.

Zu viert standen sie davor und starrten auf die zum Teil Schwarz-Weiß-Fotos. Leider passten die Namen nicht mit denen von Violas Zeichnung überein. »Hier haben wir einen Davide, der vielleicht für Violas Danny steht. Da ist auch ein Markus, der vielleicht dieser Marko sein könnte«, sagte Laurien. »Aber das ist reine Spekulation, würde Faber jetzt sagen.«

»Und das ist besser als gar nichts. Gib mir die Namen, die du für ähnlich hältst, und ich spreche mit den Revieren, die damals die Anzeige aufgenommen haben, und versuche Asservaten zu finden. Die Kollegen haben bei vermissten Kindern gerne getragene Kleidungsstücke einbehalten, weil damals wie heute Suchhunde eingesetzt wurden«, ermutigte Georg Mitschrei die Kommissarin.

»Und wenn du was hast, dann direkt an mein Team. Doktor Moser weiß Bescheid und wird den Asservaten Vorrang geben«, unterstützte Philipp ihn. Dann sah er auf die Kommissarin. »Laurien, die Visite müsste jetzt im Klinikum Emden durch sein. Ich fahre lieber mal hin, bevor die mich nicht mehr zu Viola lassen, weil das Mittagessen serviert wird.«

»Mach man, Philipp«, erwiderte sie und nickte auch Mitschrei zu. »Du hast recht, Georg, aus den gebrauchten Kleidungsstücken für die Hunde kann eventuell DNA extrahiert werden. Wenn wir etwas Glück haben.«

Den Weg ins Klinikum kannte Philipp im Schlaf durch die vielen Obduktionen, die er dort schon im Keller durchgeführt hatte. Daher hatte er die knappen zwei Kilometer in weniger als zehn Minuten geschafft und parkte jetzt im Besucherparkhaus. Er ging wie Rike gestern direkt durch den Tunnel ins Krankenhaus und steuerte auf die geschlossene Psychiatrie zu. Dort wartete er länger auf Einlass, als die Fahrt gedauert hatte, was jemanden wie Doktor Philipp Schorlau äußerst unleidlich werden ließ. Als ihm dann die Stationsschwester mitteilte, dass die Patientin Viola entlassen worden war, riss Philipp der Geduldsfaden. Er bestand darauf, den zuständigen Arzt zu sprechen.

»Tut mir leid, Doktor Schorlau«, meinte Doktor Hennle, der es wieder einmal furchtbar eilig hatte. »Aber Herr Waatstedt, der Großvater von Kommissarin Waatstedt, hat die Patientin auf seine Verantwortung mitgenommen, als er erfuhr, dass wir sie heute in ein Pflegeheim für Demenzkranke hätten verlegen lassen. Ich weiß auch, dass es der Frau nicht gutgetan hätte, in solch eine Einrichtung zu gehen. Doch wissen Sie, im Gegensatz zu Ihrem Fachbereich komme ich bei der psychiatrischen Notaufnahme immer mehr in Situationen, die mich zu einer Triage zwingen. Bei mir geht es darum, Leben zu retten, denn ich arbeite mit lebenden Menschen. Leider ist eine Triage-Entscheidung bei psychischen Erkrankungen schwieriger als bei allgemeinen Notfallaufnahmen. Ich brauche die Betten für akut lebensgefährdete Menschen. Viola war und ist nicht suizidal.«

»Aber …«, setzte Philipp an und dachte, dass es eigentlich unverantwortlich gewesen war, eine Patientin, die eine Zeugin, eventuell sogar eine Verdächtige war, einem über achtzigjährigen Mann zu überlassen. »Aber Viola Herrn Waatstedt zu überlassen, nennen Sie das denn verantwortlich? Woher wissen Sie denn, dass Viola nicht gefährlich ist?«, empörte sich der Chef der Forensik.

»Woher ich das weiß?«, fragte Doktor Hennle ohne jegliche Ironie in der Stimme. »Weil ich hier der führende Psychiater bin. Viola ist traumatisiert, man hat der armen Frau im Leben böse mitgespielt, aber sie ist nicht gefährlich. Weder für sich selbst noch für andere Personen. Und so glücklich, wie sie wirkte, als Herr Waatstedt sie mitnahm, sprach alles dafür, dass es genau die richtige Entscheidung war.« Mit den Worten stand er auf und ging zur Tür. »Sie entschuldigen mich jetzt, Herr Kollege.«

***

Als Philipp wieder auf dem Polizeipräsidium ankam, war er weiterhin empört. Vor allem, weil weder Faber noch Rike ihn davon unterrichtet hatten, dass Viola entlassen worden war. Nicht einmal ihr Team wusste es, denn auch Laurien dachte, Viola wäre im Krankenhaus. Und so passierte, was bei Schorlau kommen musste, als er ins Großraumbüro eintrat und Faber mit Laurien an der Pinnwand sah. »Danke für die Zeitverschwendung und die gute Kommunikation. Manchmal frage ich mich wirklich, warum ich immer den Weg von Oldenburg hierher mache, wenn du dein Team und mich im Dunkeln lässt!«, maulte er den Hauptkommissar an und zog eine Schnute, die deutlich zeigte, wie beleidigt er war.

Faber drehte sich erstaunt um. Er lachte, als er Philipps Gesichtsausdruck sah, und fragte: »Was ist denn mit dir los? Hat Viola dich gebissen, als du ihr Blut abgenommen hast? Oder dich eventuell mit einem Fluch belegt?«, scherzte er. Auch Rike, die vor ihrem Laptop saß, grinste ihn an.

»Na, du hast ja Nerven. Weißt du, Knut ist nicht mehr der Jüngste. Ich hoffe nur, das geht gut mit Viola, vor allem weil unser Benny bei ihnen ist!«, drückte er es bewusst dramatischer aus, als die Situation wahrscheinlich war. Aber er war nun mal beleidigt und musste sich Luft machen.

»Verdori, Philipp, wovon sprichst du? Was ist mit Knut und Viola und was hat das mit Benny zu tun?«, fragte Faber jetzt ebenfalls genervt. Es war ihm schon immer auf den Wecker gegangen, wenn Doktor Schorlau in Rätseln redete.

In dem Moment ging Philipp ein Licht auf, vor allem, weil Rike jetzt ebenfalls aufgestanden und beunruhigt neben ihren Mann getreten war. »Dann wisst ihr nicht, dass man Viola heute Morgen entlassen hat. Anscheinend hat Knut sie mitgenommen!«

Faber war erst einmal sprachlos, als Philipp die Bombe platzen ließ, doch zückte umgehend sein Handy, um Knut anzurufen. Jedoch erwischte er nur die Mailbox. »Knut, ruf mich sofort zurück, wenn du die Nachricht abhörst. Und sei verdammt noch mal vorsichtig!« Dann sah er seine Frau an und meinte: »Wir fahren jetzt gleich nach Klein Hauen. Georg und Laurien, bitte übernehmt hier, ruft an, wenn was passiert. Und du, Philipp, kommst mit, wir brauchen dich vielleicht, wenn Viola sediert werden muss.« Keine zwei Sekunden später stürmten sie zu dritt die Treppe runter.

Faber raste mit Blaulicht und Martinshorn durch Emden in Richtung Pewsum, und Philipp hing ihm mit seinem Porsche im Windschatten.

Der Hauptkommissar kam mit quietschenden Reifen auf dem Hof der Alten Schule zum Stehen. Er hatte die knappen zwanzig Kilometer in einer Rekordzeit hinter sich gebracht. Immerhin war er etwas beruhigt, als er den Kastenwagen von Hannes unter dem Lindenbaum sah.

»Gott Loof un Dank«, meinte Rike erleichtert, als Opa mit Benny auf dem Arm die Tür aufmachte. Beide sahen putzmunter aus, auch wenn Knut erstaunt auf seine Uhr sah. Benny wollte sofort vom Arm, stürmte die vier Stufen die Treppe runter und rannte auf sie zu. Sie stiegen aus, und der Kleine fiel als Erstes Rike um den Hals. Dann rannte er weiter zu seinem Papa, drückte und herzte ihn, bevor er endlich bei seinem Liebling Philipp hängen blieb. Der hob den kleinen Mann hoch und trug ihn rein. »Benny hat neue Haare«, verkündete der Kleine stolz und wuschelte sich selbst über den Kopf. Philipp lachte ihn an und schmiss Benny einmal hoch, was mit einem freudigen Quietschen belohnt wurde.

»Na, wat doot ji al tohuus?«, fragte Opa, als Philipp Benny an ihm vorbeitrug und in Knuts Küche ging. Faber wartete, bis die beiden außer Hörweite waren.

»Bist du von Sinnen? Wo ist Viola?«, fragte Faber so hart, dass Knut die Stirn kräuselte und ihn überrascht ansah. Solch einen Tonfall war der alte Mann von sien Jung nicht gewöhnt.

»Nu maal langsaam, mien Jung. Du büst ja man upgeregt«, erwiderte der alte Mann.

Faber holte tief Luft und strich sich frustriert durchs Haar. »Knut, du hast, ohne uns zu informieren, eine Patientin aus der Geschlossenen geholt, die eventuell eine Verdächtige in mehreren Mordfällen ist«, versuchte er leise und ruhig zu sagen. Seiner Stimme jedoch war anzuhören, wie sehr er sich darüber Sorgen gemacht hatte. Rike sah ihn an und strich ihm über die Wange.

»Richard hat recht, Grootvader. Aber lasst uns alle ruhig bleiben. Ist Viola hier? Euch allen ist nichts passiert?«, fragte sie besorgt.

»Kinners, ihr seid man bannig auf dem Holzweg. Natürlich ist Viola hier und es geht ihr und uns allen gut. Ich konnte doch nicht zulassen, dass dieser Doktor Hennle sie in ein Heim für Demenzkranke schickt, bloß weil er kein Bett für sie hat. Da wäre sie uns total durchgedreht. Sie ist nicht verrückt und braucht einfach nur ein paar Menschen, die sich um sie kümmern.«

»Was?«, fragte Faber. »Wie meinst du das? Davon hat Philipp gar nichts gesagt.« Dann drehte er sich um und rief den Doktor aus der Küche. Der erschien sofort im Flur. »Sag mal, wusstest du, dass man Viola verlegen wollte in ein Heim?«

»Das hat der Psychiater gesagt, warum?«, erwiderte Philipp.

»Und warum sagst du nichts davon? Ich mache Knut hier Vorwürfe, dabei kenne ich die Fakten überhaupt nicht«, schimpfte er mit seinem Freund, wenn auch mit gedämpfter Stimme.

Philipp zuckte mit den Schultern. »Wie sollte ich denn? Kaum hatte ich euch mitgeteilt, dass Viola bei Knut ist, bist du schon wie ein geölter Blitz losgerast.«

Faber schnaufte. »Okay, dann sehen wir mal, wie es ihr geht. Ist Viola in der Küche?«

»Nein, ich habe oben das Bett für mich bezogen«, sagte eine Frau, die die Treppe runterkam. Sie trug einen knielangen Faltenrock mit einem hübschen cremefarbenen Pullover. Das Haar war zu einem

Bob geschnitten und dunkler gefärbt mit silbernen Strähnchen. Auf den Wangen trug sie etwas Rouge und einen Hauch von rosa Lippenstift. Faber und Philipp stand der Mund im wahrsten Sinne des Wortes offen.

»Viola, sind Sie das?« Rike war die Einzige, die Worte fand. Sie nahm die Hand der alten Frau, die plötzlich gar nicht mehr so alt aussah. Viola strahlte und nickte.

»Knut war mit mir einkaufen und beim Friseur.« Dabei winkte sie mit einem Fuß, damit man die beigefarbenen Mokassins sah, die mit kleinen rosa Perlen verziert waren und ihr wohl sehr gefielen.

»Wir wollten gerade Tee trinken und Pflaumenkuchen essen. Hannes und unser Tüütje warten wahrscheinlich schon sehnsüchtig in der Küche. Jetzt, wo alles geklärt ist, könnt ihr auch ein Stück haben«, meinte Opa und schaute seinen Schwiegerenkel erneut ein bisschen grummelig an. Faber seufzte nur und ließ Viola galant den Vortritt. Was sollte er sagen? Was Opa da angestellt hatte, war gegen alle Vorschriften, aber wahrscheinlich war das dem alten Mann sehr bewusst gewesen. Denn sonst hätte er Rike bestimmt vorab informiert. Aber dass es Viola gutgetan hatte, stand außer Frage. Sie alle quetschten sich um den kleinen Küchentisch, und Faber holte zwei Stühle aus der guten Stube, damit jeder einen Platz fand.

Sie aßen den Pflaumenkuchen mit Sahne, von dem Knut ein halbes Blech bei der Bäckerei *Rector* in Greetsiel mitgenommen hatte. Es wurde trotz der vorher angespannten Situation doch eine gemütliche Runde, vor allem, weil Viola derart begeistert vom Friseur und dem Einkauf sprach. Philipp musste erst einmal mit Benny Schere, Stein, Papier spielen, das Viola dem Kleinen beigebracht hatte. Da alles sehr aufregend gewesen war für sie, entschuldigte Viola sich und wollte nach oben, um sich ein bisschen hinzulegen. Philipp überredete sie noch zu einem kleinen Piks am Finger, damit er eine Blutprobe und damit ihre DNA hatte. Sie nahm die Prozedur erstaunlich gelassen hin, vor allem, weil Rike versprach, ihr ein paar persönliche Sachen aus der Hütte in Groothusen zu holen. Vor allem bat sie um ihr Kräuterbuch, dann ging Viola hoch und auch Hannes verabschiedete sich anschließend.

»Benny, wie wäre es, wenn du in den Hühnerstall gehst und den Hühnern das Grünzeug bringst?«, sagte Opa und nickte auf die Schüssel, in der er Salatreste und Apfelschalen gesammelt hatte.

Morgens nach dem Eiereinsammeln gab es für die sechs Zwerghühner Weichfutter wie gekochte Kartoffelschalen oder Nudelreste. Wenn sie dann draußen im Garten waren, fütterte Opa am Nachmittag Salat- und Gemüsereste dazu. Nur am Abend gab es Körner, die gut über Nacht verdaut wurden. Auch Hühner mussten gut ernährt werden, aber wie mit fast allem im Leben kannte sich Opa damit aus. »Schön langsam füttern, und denk daran, immer mit unseren Höhnern snacken, so legen sie mehr Eier!«

»Und einen Anorak anziehen«, rief Rike ihm nach, als Benny bereits enthusiastisch nach der Schüssel greifen wollte.

Als der Kleine eingemummelt mit dem Salat endlich durch Opas Küchentür in den Garten zum Hühnerstall lief, meinte Opa: »Ich glaube, Viola konnte sich heute an etwas aus ihrer Vergangenheit erinnern.«

Faber riss den Blick von seinem Kind, dem er grinsend nachgesehen hatte. Benny war voller Übermut in Richtung der Hühner gerannt. »Ihren Namen?«, fragte er und sah Knut an.

»Den leider nicht. Wenn es hilft, ich denke, sie ist Bulgarin oder Rumänin, denn die Sprache, die sie plötzlich mit Benny benutzte, hörte sich so an. Außerdem nannte sie Benny Bobe. Wir haben dann gemeinsam rausbekommen, dass es wohl ein Name ist, wahrscheinlich der ihres Bruders. Mien Jung, ihr solltet für eine Übersetzung sorgen. Jemanden, der Rumänisch und Bulgarisch spricht. Vielleicht kann man sie dadurch animieren, mehr in dieser Sprache zu reden, und so könnten Erinnerungen kommen«, schlug Knut vor.

»Ich muss mal darüber nachdenken, wie wir das machen«, erwiderte Faber.

»Aber nicht ohne Psychologen, denn solch plötzliche Erinnerungen können furchtbar sein, da darf sie nicht ohne geschulte Leute sein«, merkte Philipp an, der erstaunlich ruhig gewesen war. »Eine Möglichkeit wäre, es vielleicht mit einer Hypnose zu versuchen. Es sollte nur ein Übersetzer teilnehmen für den Fall, dass sie Rumänisch beziehungsweise Bulgarisch spricht. Immerhin ist sich der Oberarzt der Emder Klinik sicher, dass Viola keine Gefahr für sich oder andere darstellt.«

Die beiden Kommissare nickten. »Wir werden das mit der Hypnose im Team diskutieren, darum müssen wir jetzt wieder aufs Revier, es gibt einfach zu viel zu tun. Also, Knut, pass auf und sei weiterhin vorsichtig mit Viola, auch wenn die Ärzte entspannt sind, was sie angeht.«

»Na klar«, erwiderte Knut. »Vertrau mir. Aber sagt mal, seid ihr denn wenigstens ein wenig weiter mit den toten Jugendlichen?«

Rike zuckte mit den Schultern, erzählte dann jedoch von dem Bauern, der das Haus im Knockster Wald vermietet hatte, und von den Illustrierten, die der Unbekannte immer mitbrachte. Philipp, Richard und Rike wollten schon aufstehen, denn sie mussten zurück nach Emden, als Knut sie noch einmal aufhielt. »Frag den Bauern, ob die Illustrierten braune oder grüne Umschläge hatten. Denn solche lagen früher hauptsächlich bei Ärzten und Zahnärzten oder in Cafés und Anwaltskanzleien rum. Die kamen von den Lesezirkeln. Dabei ging es um eine mehrfache Vermietung von Magazinen und Zeitschriften. Vielleicht war der bärtige Mann für einen Lesezirkel Ausfahrer.«

***

Es war bereits fünf am Nachmittag, als die drei endlich wieder im Büro ankamen. Rike bat den Wachhabenden, eine Streife nach Groothusen zu schicken. Die jungen Polizistinnen wurden angewiesen, aus der Hütte eine Tasche mit Kleidung und Toilettenartikeln zu packen, damit Viola nichts vermisste. Sie selbst wollte ihr heute Abend das Kräuterbuch mitbringen. Als die drei dann hoch ins Großraumbüro kamen, waren alle entweder am Telefon oder mit den Computern beschäftigt. Mittlerweile waren auch Torben und Friedhelm zurück und halfen Laurien und den LKA-Kollegen mit den vermissten Kindern.

Faber klatschte kurz in die Hände, als keiner mehr telefonierte. »Leute, lasst uns mal den Status quo bestimmen, um nicht den Überblick zu verlieren«, sagte er, als alle Mitglieder seines Teams aufsahen. Er berichtete kurz von Knut und Viola, dann wandte er sich an seine Polizeimeister. »Torben und Friedhelm, fangt ihr bitte an. Ihr habt euch noch einmal die Strecke im Fall Uwe Euken angesehen und wart bei der Mutter. Gibt es was Neues?«

Friedhelm nickte. »Die Kollegen von der Streife, die die ganze Strecke abgelaufen sind, dachten, an einer Stelle wäre ein Wagen vielleicht in den Graben gerutscht. Was bei dem Nebel und den feuchten Straßen in der Zeit keine Überraschung ist. Doch wenn wir davon ausgehen, dass Uwe Euken in der Nacht auf dem Fahrradweg unterwegs war und ein Auto die Kurve nicht kriegte, kann es den Jungen erwischt haben und schlitterte anschließend in den Graben.«

»Wenn wir hier eine Fahrerflucht haben, würde das erklären, warum man die SIM-Karte aus dem Handy nahm und das Handy nach Ihlow brachte, um Spuren zu verwischen«, fügte Torben an. »Wir haben also fast auf Knien die Stelle durchsucht. Wenn da ein Auto reingefahren ist und es gab einen Unfall, muss da jemand richtig aufgeräumt haben. Dennoch fanden wir einige Meter entfernt im Graben das hier«, meinte Torben und hielt einen Asservatenbeutel hoch. Es war ein Stück Metall, das aussah wie eine Möwe, die entfernt am Himmel flog. Oder zwei miteinander verbundene Bogen, die umgedreht wie ein bauchiges W aussahen.

»Chef, wir beide haben über das Ding richtig lange gegrübelt. Torben kam darauf, weil sein Sohn total auf die Skibekleidung von *Bogner* steht.« Friedhelm kramte in seiner Hosentasche und holte das B, welches als Logo auf fast jeder *Bogner*-Kleidung zu finden war, heraus. Er hielt es Faber hin und legte es auf das Bruchstück, das wie ein W aussah. Es passte perfekt.

»Das ist ein *Bogner*-Logo. Es hängt an den Reißverschlüssen vieler Jacken, unter anderem an schwarzen Daunenwesten. Wenn mein Sohn rausfindet, dass ich das bei seinem Skianorak abgefummelt habe, dann geht der mir an den Hals«, steuerte Torben bei, und die meisten mussten grinsen, auch wenn die Sache für Uwe sehr ernst war. »Wir sind dann noch einmal bei den Eukens vorbeigefahren. Gott sei Dank war Herr Euken mittlerweile da, seine Frau ist in einem bedauernswerten Zustand. Natürlich haben wir ihr nichts von dem Fund erzählt und vorgegeben, dass wir nur mal nach ihnen schauen wollten. Beim Gehen fragte Friedhelm ganz beiläufig erneut nach Uwes Turnschuhen und dem Hersteller der Weste, die er getragen hatte.«

»Ich kann es mir denken. Uwes Daunenweste war von *Bogner*, richtig?«, fragte der Hauptkommissar. Die beiden Polizeimeister nickten mit ernstem Gesicht. »Philipp, wie wahrscheinlich ist es nach dem Regen, Nebel und der Zeit, an dem Ort noch Blut zu finden?«

»Ein Prozent Wahrscheinlichkeit, wenn etwas Blut unter einen Stein spritzte oder in eine Ecke, wo der Regen nicht hinkam«, machte

Schorlau ihm kaum Hoffnung. »Doch dafür sind wir da, ich hole Moser morgen her und lass ein paar der Leute suchen«, fügte er jedoch zu Fabers Erleichterung an.

Faber kräuselte die Stirn und sah Tamme an. »Sag mal, hast du nicht am Montag diesen Wildunfall gehabt? Ihr habt doch einen Beutel mit Fell und verkrustetem Blut rumgeschleppt«, erinnerte er sich, als wäre es schon eine Ewigkeit her. »Kann das etwas mit Uwe Euken zu tun haben?«

»Auf keinen Fall, ich habe das Fell einem Förster gezeigt, war eindeutig von einem Reh. Außerdem war der Wildunfall bei Osterhusen, dem Waldgebiet Osterhuser Straße in Richtung Loppersum/Wirdum«, meinte Tamme überzeugt. »Wieso, worüber denkst du nach, Chef?«

»Ach, wahrscheinlich nichts«, meinte er und ging an die große Karte, die hinter Sonjas Schreibtisch hing. Sie zeigte Ostfriesland ziemlich detailliert. Faber fuhr mit dem Finger von Visquard nach Hinte bis Emden auf die A31 rüber zum Ihlower Forst, von dort hoch bis zur B72 und dann nach Loppersum. Irgendetwas ging ihm im Kopf herum, doch er konnte seinen Gedanken nicht richtig fassen und wandte sich wieder dem Team zu. »Gut, Philipp, Torben und Friedhelm organisieren alles für die Forensik morgen an der eventuellen Unfallstelle. Bitte führt auf den Höfen in der Nähe gezielt Befragungen durch, ob jemand etwas bemerkt hat in der Nacht. Ihr beiden bleibt am Fall Uwe Euken«, wies er seine Polizeimeister an. »Georg, was habt ihr wegen der vermissten Kinder rausbekommen?«, fragte er den LKA-Mann.

Georg Mitschrei nickte Laurien auffordernd zu, denn sie hatte die meiste Arbeit gehabt. Er wollte ihr das Lob überlassen. So ging sie an die beiden Whiteboards, an denen mittlerweile eine Reihe von Fotos hing. »Das sind die Kinder bis dreizehn Jahre, die wir aus den Jahren 1965 bis 1975 gefunden haben. Ohne die LKA-Informationen hätte das Tage gedauert, danke an Georg und Marion«, fügte sie ein. »Dabei sind neunzehn Mädchen und vierzehn Jungs, die offiziell als vermisst gemeldet wurden. Fast die Hälfte von ihnen hat ausländische Wurzeln, wie Gastarbeiterkinder, die damals neben der Türkei und Italien auch aus dem Osten kamen. Polen, das frühere Jugoslawien, Rumänien und Ungarn, um nur ein paar Länder zu nennen. Wir werden uns jetzt an die Akten machen und jeden Fall raussuchen, um zu verstehen, was damals passierte und wo. Dann grenzen wir ein, welche Fälle wir höchstwahrscheinlich vernachlässigen können. Auch versuchen wir eine regionale Abgrenzung und werden die Fälle in Norddeutschland priorisieren. Anschließend geht es weiter mit den Asservaten, die nach Oldenburg müssen.« Laurien seufzte angesichts der vielen Arbeit, die noch auf sie wartete.

Daher ergriff Georg Mitschrei das Wort. »Anschließend wollten wir an die viel größere Arbeit gehen, die Jugendlichen über dreizehn. Da werden wir nicht im zweistelligen Bereich arbeiten können, das geht in die Hunderte. Das ist der momentane Status, auf Hochdeutsch, wir sind beschäftigt!«, schloss der LKA-Mann ohne jeglichen Humor in der Stimme. Denn leider war es ein Fakt, dass viele Kinder damals verschwanden und das heute noch genauso passierte. Was eine sehr traurige Statistik war, für ein solch progressives und reiches Land wie Deutschland.

»Prima, ich bekomme ein richtig schlechtes Gewissen, wenn ich daran denke, was ihr schon erledigt habt. Setzt die gute Arbeit fort. Marion, könntest du Laurien weiter unterstützen?«, fragte Faber Kommissarin Sieglund, die das sofort bestätigte. »Philipp, kümmere du dich um die Asservaten, wenn Laurien und Marion ein Kind ausgesucht haben.«

»Wie steht es bei euch beiden?«, fragte der Chef den Wikinger und Sonja. »Habt ihr mehr über Violas Vergangenheit erfahren?«

Sonja stand auf und heftete eine Liste an das Glasboard unter Violas Reihe. »Gar nicht mal schlecht die Information, auf die wir gestoßen sind. Wir haben uns aufgeteilt, ich habe mich um die Kräuterhexen, Naturheilkundler, Esoteriker und was man noch so auf dem Gebiet in der Lüneburger Heide findet, gekümmert.« Sie zeigte auf die Liste. »Nicht wenige. Das kann ich euch sagen. Dabei habe ich die, die ein professionelles Geschäft haben und auf Touristen spezialisiert sind, schon mal rausgenommen. Vielleicht habe ich etwas aufgetan, denn es gab eine alte Frau, die erst vor ein paar Jahren starb. Sie hatte wohl eine Tochter, doch die paar Leute, die ich erreichen konnte, waren am Telefon zögerlich. Ehrlich gesagt, ich würde am liebsten nach Schneverdingen fahren und mich durchfragen.«

»Und das würde sich mit meinen Recherchen decken, denn die psychiatrische Klinik Lüneburg scheint einige Patienten gehabt zu haben, die namenlos blieben. Wenn ich heute eine richterliche Anordnung erwirke, sodass man mir in den psychiatrischen Einrichtungen Akteneinsicht gibt, könnte ich das mit Sonjas Besuch in der Heide verbinden. Lüneburg ist von Schneverdingen nur sechzig Kilometer entfernt«, steuerte der Wikinger bei und wartete auf Fabers Entscheidung.

»Geh jetzt gleich noch zum Staatsanwalt und finde einen Notrichter, fahrt morgen zeitig los. Wenn ihr mehr Zeit vor Ort braucht, sucht euch ein Hotel in Schneverdingen und bleibt eine Nacht«, schlug Faber vor. »Aber Tamme, kein Viersterne-Schuppen, eine Pension reicht, immer schön die Kirche im Dorf lassen«, merkte der Hauptkommissar an, denn er kannte Tamme und seinen Hang, gerne die Spesen zu überreizen. Wobei der Wikinger das eher beim Essen machte.

»Jawoll, Chefe!«, erwiderte der Wikinger mit seinem sonoren Bass. »Aber dann verschwinde ich jetzt gleich, um den Staatsanwalt zu bezirzen und den Richter aufzusuchen. Sonja, ich hole dich morgen um sechs bei dir zu Hause ab. So schaffen wir es mit viel Glück, um acht Uhr in Schneverdingen zu sein, und ich kann gegen neun schon in der psychiatrischen Klinik in Lüneburg sein. Ist das okay für dich?«

Sonja nickte und sagte: »Hau schon ab, ich bring dich morgen auf der Fahrt auf den neuesten Stand, falls du jetzt was verpasst.« Das ließ sich Tamme nicht zweimal sagen, er schnappte sich seinen Dienstausweis, seine Waffe aus der Schublade und die Jacke. Die kurze Liste mit den möglichen psychiatrischen Einrichtungen nahm er vom Schreibtisch. Dann war nur mehr ein kurzer Windhauch zu spüren, als er die Treppe runterstürmte. Faber ging davon aus, dass er den administrativen Teil schnell erledigen wollte, um Zeit mit seiner Frau und seiner kleinen Tochter zu verbringen. Er war auch noch nicht lang Vater und liebte seine Erdbeerschnute, wie er das kleine rothaarige Mädchen nannte, über alles.

»Also machen wir weiter«, ergriff Faber wieder das Wort. Er berichtete von Knut und dass Viola mittlerweile ein Gast im Hause Waatstedt war. Er erzählte davon, dass Opa annahm, Viola könnte eine Rumänin oder Bulgarin sein. Kaum war er dabei angekommen, mit seinem Team eine eventuelle psychiatrische Hypnose mit einem Dolmetscher zu diskutieren, klingelte sein Handy. Es war Knut.

»Knut, wir sind gerade in einer Besprechung«, meinte der Hauptkommissar professionell. »Kann ich dich zurückrufen?«

»Nein«, sagte Opa aufgeregt. »Stell mich man lieber auf Lautsprecher!«

»Ist was passiert?«, fragte Faber sofort, denn so ganz traute er dem Frieden mit Viola nicht.

»Ach was, mir ist bloß ein Licht aufgegangen!«, sagte Knut. Und in dem Moment drückte Faber die Lautsprechertaste.

»Kinner, seid ihr alle da und hört zu?«, fragte Opa Knut, als ob er im Kasperle-Theater wäre, und das Team musste unwillkürlich lachen. Alle riefen brav ein Ja in Richtung Fabers Handy. »Dann hört man zu. Ich habe darüber nachgedacht, was es mit den Magazinen auf sich hat«, fing er an. Aber Faber unterbrach ihn kurz.

»Ich hatte bisher keine Zeit, meine Leute zu briefen«, meinte er und fasste schnell zusammen, was bei den Besitzern des Gebäudes im Knockster Wald rausgekommen war. Dass man von dem mysteriösen Mann mit dem Van eigentlich nur wusste, dass er regelmäßig Illustrierte und Magazine mitbrachte. Anschließend übergab er Opa wieder das Wort.

»Ich hatte ja vorgeschlagen, dass die Kinners noch mal fragen, ob die Illustrierten einen Umschlag hatten. Früher waren die zum Beispiel braun und grün vom Lesezirkel, ihr wisst schon, die mehrfache Vermietung von Illustrierten für Ärzte oder Friseursalons«, holte Knut aus. »Aber dann habe ich noch mal darüber nachgedacht. Wisst ihr, was der Typ vielleicht war?«, fragte Opa dramatisch, wartete aber nicht derart elendig lang, wie Philipp das getan hätte, und beantwortete seine eigene Frage: »Vielleicht leitete er eine Drückerkolonne!«

Jeder der Polizeibeamten hatte den Ausdruck schon gehört, auch wenn es heutzutage wesentlich weniger Drückerkolonnen gab. Und wenn, dann verkauften die keine Zeitschriftenabonnements mehr. Heute ging es um Telefon-, Handy- und Datenanbieter, wenn jemand vor der Tür stand und mit dem Fuß im Türrahmen verkaufen wollte. Nur Friedhelm und Torben, die mit ihren fünfzig Jahren die Ältesten im Team waren, erinnerten sich aus ihrer Jugend an die Zeit, in der die Kolonnen regelmäßig über Städte und Dörfer herfielen.

»1970 und 1980 waren diese Kolonnen die Pest«, berichtete Torben auch gleich. »Oft hatten die Jugendliche von der Straße dabei, die wie Sklaven gehalten wurden. Die arbeiteten meistens außerhalb gesetzlicher Regelungen und ohne die geltenden Schutzbestimmungen des Handelsvertreterrechts, um Zeitungsabos an der Haustür zu verkaufen. Dabei wurden oft völlig unmoralische und vor allem kriminelle Methoden angewandt«, erklärte Knut weiter am Telefon, da die meisten im Team so etwas nicht mehr erlebt hatten.

Friedhelm nickte und fügte an: »Ich erinnere mich. Als ich etwa zehn war, da klingelte ein Bürschchen an unserer Tür. Meine Mutter öffnete, und als Erstes stellte das Kerlchen seinen Fuß in den Türrahmen. Dann quatschte er davon, dass er im Jugendgefängnis war und den Job braucht, um wieder auf die Füße zu kommen. Sie sollte doch eine Frauenillustrierte abonnieren und ihm damit helfen. Meine Mutter wollte ihn zum Teufel schicken, und da sagt der Kerl doch, sie würde nicht verstehen. Und als sie ihn aufforderte den Fuß aus der Tür zu nehmen, blafft er sie an: Verstand kommt von verstehen und dass sie den wohl nicht hat. Ihr könnt euch nicht vorstellen, was da los war, denn meine Mutter war und ist immer noch eine resolute Frau. Sie holte mit der Tür aus und im letzten Moment zog er den Fuß weg, sonst wär der wohl gebrochen gewesen. So arbeiteten die damals. Wenn ich jetzt darüber nachdenke, waren die früher genauso aggressiv wie die Betrüger heute.«

»Und es war damals ähnlich wie die Clan-Kriminalität. Denn es gab damals zwei Männer, die das Monopol an den Drücker-Imperien innehatten«, klang Opas Stimme aus Fabers Handy. »Einer von ihnen wanderte vor fünfzehn Jahren ins Gefängnis. Das System der Drücker funktionierte wie ein Schneeballsystem. Dabei wurden die Verlage von ihren eigenen Drückerkolonnen betrogen, die oberen Chefs der Drücker hinterzogen Steuern, bezahlten Provisionen nicht aus und machten unglaublichen Druck auf ihre Leute auf den Straßen«, sagte Knut. Er wusste in seinem Alter am besten, wie es damals war. »Doch was man den zumeist Jugendlichen und gesellschaftlich gescheiterten Menschen antat, die Klinkenputzen gingen, war viel schlimmer. Dort gab es Erniedrigung, Schläge und Gewalt, bis die Verkäufer gefügig gemacht waren. Wenn ein Verkäufer seine Quote nicht erfüllte, dann gab es auch mal Tote, wie es Ende der neunziger Jahre in Ellwangen zur Anklage kam.«

»Das würde die Knochenbrüche bei den Jugendlichen erklären«, meinte Philipp nachdenklich. »Besonders Finger und Handgelenke waren in Mitleidenschaft gezogen. So konnte man starke Schmerzen herbeiführen, aber das hielt einen Teenager nicht unbedingt davon ab, trotzdem zu arbeiten.«

»Woher kommt eigentlich das Wort Drücker, vom Klinkendrücken?«, fragte Sonja nachdenklich und sah Philipp an, der solche Dinge fast immer wusste. Denn Allgemeinbildung hatte Doktor Schorlau genauso drauf wie Fachwissen. Der zuckte jedoch mit den Schultern.

Opas Stimme ertönte wieder aus dem Handylautsprecher. »Nee, nee, mien Deern, drücken oder thrucken, wie man etwa im neunten Jahrhundert sagte, bedeutete früher quälen, bedrängen oder pressen.« Nun, auch Opa Knut war ein wandelndes Lexikon. »So, jetzt muss ich mich ums Abendessen kümmern, Benny und Viola spielen *Mensch ärgere dich nicht* und sehen so aus, als könnten sie bald etwas zwischen den Kiemen vertragen.«

»Vielen Dank, Knut. Das war eine große Hilfe. Bitte plane uns nicht fürs Abendessen ein. Wir werden heute noch einiges abarbeiten und besorgen uns etwas zu essen aufs Revier«, meinte Faber noch, bevor er sich verabschiedete. Dann blickte er grüblerisch auf seine Leute und sagte: »Ich glaube, unser Knut hat da eine richtig wichtige Sache ins Spiel gebracht! Georg, du und ich sollten in Richtung Drückerkolonnen weiterrecherchieren. Laurien und Marion haben ja unser Doktorchen, das gerne zur Hand geht«, fügte er an und zwinkerte Philipp zu. Doch dem hatte er damit einen Gefallen getan, so gerne, wie Philipp Schorlau den Kriminologen gab. Selbst Georg Mitschrei musste lachen, weil er sich an Philipps Einsatz vom letzten gemeinsamen Fall erinnerte. Da war der Doktor nicht nur undercover in eine Venusfalle geraten, man hatte ihm auch fast den Kopf weggepustet.

Georg wandte sich an Faber und meinte: »Gerne, aber vorher möchte ich euch auf ein Essen einladen, denn als darüber geredet wurde, merkte ich, dass mir der Magen regelrecht knurrt. Da unser Doktor zusätzlich ein Experte für das leibliche Wohl ist und sich auskennt, überlass ich dir die Bestellung, Philipp.«

»Großer Fehler«, sagte Faber und grinste. »Wenn Philipp bestellt, bist du danach bankrott.«

Kapitel 7

Polizeirevier Davidwache Hamburg, 1970

Der Leiter der Davidwache kam aus seinem Büro und ging runter zur Anmeldung, als er das Geschrei da unten nicht mehr überhören konnte. Er rollte die Augen, als er die Menschen sah, die alle durcheinanderriefen in mindestens zwei, wenn nicht sogar drei Sprachen. *Verdammte Schausteller, alle Zigeuner*, dachte der Hauptkommissar und sah sich die exotischen Männer und Frauen an. *Temperament wie die Wildkatzen, stehlen wie die Elstern und dickköpfig wie die Nashörner*, schoss es ihm durch den Kopf. Der Hauptkommissar war wie die meisten seiner Kollegen kein Freund der Sinti, schon gar nicht der Roma. Sinti hatten wenigstens die deutsche Staatsbürgerschaft, einen Pass und sprachen seine Sprache. Die Roma jedoch waren meist nur des Zigeunerkauderwelsch mächtig oder sprachen Rumänisch. Er konnte sich selbst noch gut daran erinnern, wie seine Mutter immer sagte: ›Hängt die Wäsche rein, die Zigeuner kommen.‹ Doch sie hatte auch immer gesagt, dass es mit dem Pack nach 1933 aufhörte. Er war damals zu klein gewesen, um sich an die fahrenden Zigeuner zu erinnern, da er 1930 geboren worden war.

Als der Zweite Weltkrieg endete, war er fünfzehn und hatte nicht mehr an die Front gemusst. Aber wie fast jeder junge deutsche Bursche war er in der Hitlerjugend gewesen. So durchlief auch er den Entnazifizierungsprozess. Andernfalls hätte er nicht Polizist werden können. Daher wusste er auch, dass eine Million Zigeuner im Konzentrationslager getötet worden waren. Die Briten hatten genau wie die Amis immer wieder Filme der KZ-Befreiungen abgespielt, und es war eine Pflichtveranstaltung gewesen, daran teilzunehmen. Die Männer, die freiwillig in die NSDAP und in den Krieg gezogen waren, hatten erst einmal harte Arbeit im Wiederaufbau vor sich, bevor die Heimkehrer überhaupt wieder eine richtige Arbeit aufnehmen konnten. Aber bei den Russen war es schlimmer zugegangen. In der russischen Besatzungszone wurden eine halbe Million Personen aus ihren Stellungen genommen. Es ging dabei um den wirtschaftlichen und gesellschaftlichen Umbau in ein sozialistisches System. Heimkehrer, die denunziert wurden oder nur verdächtig waren, wurden inhaftiert. Die russische Armee beließ es nicht beim Filmgucken.

Er war jedoch damals wie heute der Meinung, dass jede Familie ihr Blut gegeben hatte. Sein eigener Vater war bereits in den ersten Kriegsjahren gefallen, als er kaum elf Jahre alt war, dann folgte sein geliebter Onkel, und seinen großen Bruder hatte es am Ende in Stalingrad erwischt. *Wer weint da Zigeunern hinterher*, hatte er immer gedacht, als man ihnen die Filmaufnahmen der Amis zeigte.

»Ruhe«, brüllte er in den Auflauf von Menschen. Er war ein feister Mann, der sein dunkles Haar mit Brisk-Frisiercreme akkurat nach hinten kämmte. Obwohl er Norddeutscher war, sagte man ihm nach, dass er eine gewisse Ähnlichkeit mit dem bayrischen Politiker Franz Josef Strauß hatte, der bis letztes Jahr Bundesminister der Finanzen gewesen war. Seit der Wahl Willy Brandts war er jedoch als Oppositionspolitiker tätig.

»Was ist hier los, was soll das Geschrei?« Wenigstens hatte er erreicht, dass es kurz ruhig war, bevor der Tumult wieder aufflammte. Noch einmal erhob der Hauptkommissar seine Stimme, doch dieses Mal wie ein Feldwebel, und Stille senkte sich über die Davidwache. »Nur einer spricht und jetzt erst einmal der Wachhabende.«

»Hauptkommissar Schneider, ein Kind der Familie Racu, die Schausteller auf dem Hummelfest sind, ist verschwunden«, fasste der junge Wachtmeister Schaller, der am Tresen stand, zusammen. »Das ist die Familie und einige andere befreundete Menschen.«

»Gut, alle die nicht Racu heißen, raus hier, und zwar dalli, sonst lasse ich Sie verhaften«, sagte Schneider in einem Ton, der einige der älteren Roma an die schlimmste Zeit ihres Lebens erinnerte. Auch Onkel Svoboda war ein Überlebender des Konzentrationslagers. Die meisten Familien hatten jedoch nicht dieses Glück gehabt. Die Mitglieder der anderen Familien gingen verängstigt aus der Davidwache, um davor auf die Racus zu warten. Nur Onkel Svoboda blieb bei Maira Racu, der er den Arm um die Schultern gelegt hatte. Sie hielt Bobe auf dem Arm, der leise vor sich hin weinte. Ihr Mann Lucian stand mit glühenden Augen bei seinen beiden erwachsenen Söhnen und dem fünfzehnjährigen Mitica am Tresen der Wache. »Also noch mal, was ist passiert? Sprechen Sie Deutsch?«

Lucian nickte seinem Sohn Mitica zu, der am besten Deutsch sprach und fast keinen Akzent hatte. »Meine Schwester Valea ist weg. Wir haben eine Losbude und einen Schießstand auf dem Heiligengeistfeld, dort ist sie verschwunden.«

»Aha, Schausteller auf dem Hummelfest. Und was heißt verschwunden, wann, wo?«, drängte Schneider den Jungen, als hätte er die Schuld an der ganzen Sache.

Mitica sah den Mann eingeschüchtert an, drehte sich zu seinem Vater, der ruhig eine Hand auf seine Schulter legte und mit erstaunlich sanfter Stimme etwas in ihrer Sprache sagte. »Heute Morgen hat meine Mutter sie das letzte Mal gesehen, seither ist sie weg.«

Jetzt mischte sich Onkel Svoboda ein, der aufgrund seiner Internierung in Polen ebenfalls hervorragend Deutsch gelernt hatte. »Valea war nach dem Frühstück noch bei mir und hat mich besucht. Sie kommt immer und besucht mich und meine Kasperlepuppen. Sie ist erst acht Jahre alt und würde nie weglaufen.«

»Und wer zum Teufel sind Sie? Ich sagte doch, alle, die nicht zu der Familie gehören, raus hier«, fuhr ihn Schneider an, sodass sogar der junge Wachtmeister Schaller zusammenzuckte.

Doch Onkel Svoboda blieb ruhig und begegnete seinem Blick. »Ich bin Jakub Svoboda. So etwas wie ein Patenonkel von Valea und ein Zeuge, denn ich habe sie wohl zuletzt gesehen«, gab er an.

»In dem Fall sind Sie nicht unbedingt ein Zeuge, sondern ein Verdächtiger«, blaffte der Hauptkommissar ihn an. *Dir Polacke werd ich helfen, mir die Stirn zu bieten*, dachte Schneider und seine fleischigen Wangen bebten vor Wut. »Jetzt will ich erst einmal die Pässe von Ihnen allen sehen und die Schaustellergenehmigungen für das Hummelfest. Sie«, wandte er sich an den jungen Streifenpolizisten, »holen mir jetzt Kommissar Klein, und dann gehen die hier alle in den Verhörraum.«

»Aber Herr Hauptkommissar, die Eltern wollen doch nur eine Vermisstenmeldung machen«, sagte der junge Wachtmeister viel zu vorschnell. Er wurde auch gleich in Grund und Boden gebrüllt und trollte sich wie ein begossener Pudel, um Kommissar Klein zu suchen. *Wenigstens ist Kommissar Klein nicht wie der Alte und verurteilt die Schausteller nicht von vorneherein*, dachte Schaller mit einem letzten Blick auf den kleinen Jungen der Racus. Er klammerte sich an seine Mama und weinte herzzerreißend. Lucian Racu bat seinen Sohn Mitica zu übersetzen. Er verstand nicht, was hier gerade passiert war. Der Junge jedoch wusste nicht, wie er das zusammenfassen sollte, ohne dass sein Vater diesem dicken Kerl im selben Moment an die Kehle gegangen wäre.

»Gehen Sie mal mit der Familie Racu, Schaller. Nehmen Sie noch einen Kollegen mit«, sagte Kommissar Klein zwei Stunden später. Auch er war erschöpft. Es war eine Anstrengung gewesen, diesen verdammten Schneider loszuwerden. Obwohl die SPD seit 1957 die Regierungsverantwortung in Hamburg innehatte, saßen wie in vielen anderen Städten immer noch Männer in Beamtenpositionen, die sich aufführten wie die Nazischergen damals. Egal ob als Richter oder Polizeibeamter, Kerle wie diesen Schneider gab es einfach zu viele und die waren der Meinung, Zigeunerkinder müssten nicht gesucht werden. »Bitten Sie um ein Foto der kleinen Valea, lassen Sie sich zeigen, wo sie das letzte Mal gesehen wurde. Lassen Sie sich auch eingetragenes Kleidungsstück geben, denn ich möchte einen Hund einsetzen. Anschließend fragen Sie sich bei den anderen Schaustellern durch. Die haben heute den ganzen Tag aufgebaut und werden das Kind vielleicht gesehen haben. Ich gebe jetzt an die anderen Polizeireviere eine Beschreibung raus für den Fall, dass die Kollegen die Kleine in der Stadt sehen. Außerdem fordere ich einen Kollegen mit Hund an und komme nach, sobald der hier ist.«

»Ja, Herr Kommissar Klein«, erwiderte Schaller, »aber was ist mit Hauptkommissar Schneider?« Er hatte die Befürchtung, dass die Hölle los wäre, wenn der oberste Chef rausbekam, was Kommissar Klein in der Sache alles unternahm. »Er meinte doch, die Anliegen der Schausteller sind nicht so wichtig.«

»Mein lieber Schaller«, erwiderte der Kommissar und steckte sich eine Zigarette an. »Was sollte denn wichtiger sein als ein achtjähriges kleines Mädchen?«

Schaller setzte sich seine weiße Schirmmütze auf und deutete einen Gruß in Richtung seines Vorgesetzten. Damit gab er Kommissar Klein zu verstehen, wie sehr er seine Einstellung schätzte. Dann ging er in den Flur, in dem die Racus warteten. Gemeinsam mit einem weiteren Kollegen gingen sie zurück zum Rummelplatz.

Klein kam eine Stunde später mit einem Hundeführer nach. Die Strickweste, die Frau Racu ihnen von Valea gab, hatte das Mädchen oft und gerne getragen. So konnte der Hund die Witterung gut aufnehmen. Er führte die Polizisten quer über den Jahrmarkt, an dem immer noch die Aufbauten liefen. Hier und da roch es bereits nach gebrannten Mandeln und es wurde Popcorn zubereitet, um es in die langen Plastikschläuche zu verpacken. Erst als der Hund hinter einem Wohnwagen zum Bordstein der Glacischaussee lief und sich dort hinlegte, war die Suche anscheinend beendet. »Ab hier kann er das Mädchen nicht mehr wittern. Die Spur ist kalt!«, erklärte der Hundeführer das antrainierte Verhalten seines Spürhundes.

»Das sind keine guten Nachrichten«, bemerkte Kommissar Klein. »Denn das bedeutet, Valea ist hier in ein Auto gestiegen oder gewaltsam reingezogen worden.« Er kramte in seinem Mantel und steckte sich aus der gelbweißen Packung eine HB an. *Dabei ist Kommissar Klein der Letzte, der gleich in die Luft geht*, dachte Schaller und hatte die Werbung mit dem HB-Männchen vor Augen.

»Kommissar Klein, wir haben am Riesenrad einen Mann gefunden. Der behauptet, Valea mit einem Jungen in etwa ihrem Alter gesehen zu haben. Er beschreibt ihn als dunklen Lockenkopf in einem Jeanshosenanzug«, sagte Wachtmeister Schaller. »Da er weit sehen konnte vom Riesenrad, an dem er arbeitete, schickte er mich hier zu dieser Stelle. Er sagte, die Kleine und der Junge wären genau hier in einen Transit eingestiegen.«

Der junge Wachtmeister Schaller erinnerte sich lange daran, wie in den nächsten Tagen erfolglos nach dem weißen Ford Transit gesucht wurde. An Kommissar Kleins Kampf mit dem Chef, die Fahndung aufrecht zu halten. Doch diese Transits waren einfach zu beliebt, es gab zu viele von diesen Wagen. Selbst die Polizei fuhr solche Fahrzeuge als Mannschaftswagen. Frau Racu blieb zusammen mit ihrem Sohn Bobe noch bis Ende Oktober in einer kleinen Pension in Hamburg. Sie kam täglich auf die Davidwache, um nach ihrer Tochter zu fragen, doch die Chancen, das Mädchen wiederzufinden, gingen langsam gegen null. Als Kommissar Klein dann zur Sondereinheit versetzt wurde, die sich auf die Fahndung nach Mitgliedern einer terroristischen Gruppe mit dem Namen RAF konzentrierte, war der Fall Valea Racu zwar weiterhin offen, aber eigentlich arbeitete keiner mehr daran. Er wurde zu den Akten gelegt. Schaller selbst tütete die Strickjacke von Valea ein und brachte sie mit den entsprechenden Papieren zu den Asservaten.

Ab November kam auch Frau Racu nicht mehr auf die Dienststelle, sie war mit Bobe wieder zu ihrer Familie zurückgekehrt.

Polizeipräsidium Emden, heute

Durch das Großraumbüro waberte der Geruch von Pizza, Pasta und Knoblauchbrot. Obwohl Philipp wie erwartet wieder Berge von italienischem Essen bei *Pronto Pronto* bestellt hatte, war gar nicht mal so viel übrig geblieben. Und da es erst halb acht am Abend war und jeder eine lange Liste abzuarbeiten hatte, würde der Rest später erneut Abnehmer finden. Sonja war mittlerweile nach Hause gefahren, damit sie noch ein paar Stunden schlafen konnte, bevor Tamme sie am Morgen um sechs Uhr abholte.

Laurien arbeitete mit Philipp zusammen, um die männlichen Kinder weiter einzugrenzen. Er hatte die Untersuchungsdetails der Skelette mitgebracht, kannte die Anomalien der Knochen und suchte nach Angaben darüber in den alten Fallakten. So hatten sie die vierzehn Jungen immerhin auf acht heruntergebrochen. »Sechs von diesen acht Jungs könnten in den Gräbern gelegen haben. Aber die Namen stimmen nicht mit Valeas Zeichnung überein«, meinte Laurien. Sie hatte ein weiteres Whiteboard aus den Besprechungsräumen geholt und wischte es sauber. Dann fing sie an zu schreiben:

1. *Peter Bothe: verschwunden 1967 mit 10 Jahren Hannover*
2. *Markus Theusch: verschwunden 1967 mit 11 Jahren Bremen*
3. *Malik Arart: verschwunden 1968 mit 10 Jahren Hamburg*
4. *Davide Rossi: verschwunden 1967 mit 7 Jahren Flensburg*
5. *Ralf Merser: verschwunden 1973 mit 12 Jahren Fulda*
6. *Zeljko Nova: verschwunden 1973 mit 10 Jahren Dortmund*
7. *Miro Nemec: verschwunden 1975 mit 8 Jahren Osnabrück*
8. *Christian Höck: verschwunden 1976 mit 7 Jahren Oldenburg*

»Siehst du, nicht ein Name von der Zeichnung ist dabei. Viola schrieb: Sebastian, Mirko, Danny, Pit, Marko und Rolf.«

»Stimmt schon, doch schau mal, ich spinn jetzt einfach mal rum. Ralf könnte dieser Rolf von der Zeichnung sein. Markus der Marko, Miro vielleicht Mirko, Peter vielleicht Pit, und dann könnte Davide Danny sein.«

»Und was ist mit Sebastian? Der Name von Viola passt nicht zu unserer Liste«, merkte Laurien zu Recht an.

Philipp strich sich übers Kinn. »Hier gab der Entführer wahrscheinlich Zeljko den Namen Sebastian, weil es kaum Vornamen mit Z gibt. Da fällt mir auch nur ein deutscher Name ein, und das ist Zacharias. Für einen Jungen in den siebziger Jahren war der Name Zacharias viel zu ungewöhnlich. Und schau, die Namen, die der potenzielle Entführer wählte, sind sehr gewöhnlich. Nur nicht auffallen und es einfach halten«, hielt der Forensiker gegen.

»Philipp, du hast gute Ansätze in deinem Denken als Kriminalist. Doch wo sind die Fakten? Wir arbeiten erst mal mit allen acht Namen und besorgen uns jetzt Asservate. Das machst du für alle Orte in Niedersachsen. Ich kümmere mich um Fulda und Dortmund. Wir arbeiten mit Kurieren, damit das Labor noch heute Nacht die DNA bekommt. Wenn Asservate existieren!«

Marion Sieglund, die sich um die neunzehn Mädchen kümmerte, hatte keinerlei Ansätze. Wenn man die Kleine als Kind entführt hatte, war es fragwürdig, ob sie weiterhin Ähnlichkeiten mit der erwachsenen Viola hatte. Es war ein Fischen im Trüben, denn sie wussten noch nicht einmal, ob Viola überhaupt entführt worden war. Woher konnte sie von den Gräbern gewusst haben? Vielleicht war sie verwandt mit dem Mörder? Vielleicht hatte sie als Kind etwas beobachtet oder war an den Morden beteiligt? Diese Fragen standen im Raum. Marion Sieglund war eine LKA-Beamtin, die streng nach den Fakten ging. Sie hatte die typische hannoverische Art, die im Allgemeinen als nüchtern und kühl bezeichnet wurde. Daher teilte sie Fabers und Rikes Meinung über Viola nicht. Für Marion konnte die Frau eine Mörderin sein, sie verließ sich nie auf ihr Bauchgefühl. Deshalb suchte sie stets nur nach Fakten. Immerhin wussten sie jetzt, dass Viola Rumänisch sprach. Das hatten sie sich bestätigen lassen anhand der wenigen Worte, die sie in Knuts Beisein gesagt hatte.

Und das war dann auch der auslösende Faktor, sie fand den Fall eines achtjährigen Roma-Mädchens, das in Hamburg verschwand.

»Laurien, Philipp, Rike, kommt doch mal«, rief sie die drei. Sofort versammelten sich die Kollegen hinter ihr und blickten auf den Bildschirm. »Seht sie euch an«, forderte Marion sie auf.

»Das könnte Viola sein«, meinte Rike ohne langes Zögern. »Faber, schau mal!«, rief sie jetzt ihren Mann, der mit Georg Mitschrei zusammen an den Drückerkolonnen der siebziger Jahre arbeitete.

»Ist das Viola?«, fragte er. »Sieht so aus. Schick das Bild Knut, mal sehen, was er sagt. Er soll es auch Viola zeigen, vielleicht klingelt da was«, wies er Rike an und ging wieder zu Mitschrei. Marion zog eine Kopie des Fotos und schickte es auf Rikes Handy, damit sie es Knut weiterleiten konnte. Anschließend las sie die Details der Vermisstenanzeige aus dem Jahr 1970. Marion ergriff das Telefon, um mit der Davidwache zu sprechen. Sie, Laurien und Philipp sprachen jetzt mit den anderen Polizeirevieren und hofften auf Asservate der ausgewählten Kinder. So fuhren noch in dieser Nacht verschiedene Kurierdienste los, damit gleich morgen früh im Kriminallabor Oldenburg gearbeitet werden konnte. Am Ende hatten sie bei den Jungen in vier Fällen Glück, es waren Kleidungsstücke gefunden worden, und auch bei dem vermissten Mädchen, einer Valea Racu, hatte man seit über fünfzig Jahren eine Strickjacke bei den Beweismitteln.

Für Faber und seine LKA-Kollegen lief es nicht gut. Die Drückerkolonnen waren wie ein Schneeballsystem. Bei diesem System stand der Verkauf des Produkts, also in ihrem Fall die Zeitschriften und Magazine, nicht mehr im Mittelpunkt, sondern die Anwerbung neuer Partner und Verkäufer. Der untersten Ebene ging es am schlechtesten. Selbst die unter normalen Umständen angeworbenen Jugendlichen wurden schlecht oder gar nicht bezahlt. Man übte Druck und Gewalt aus. Leider konnte man diese Ebenen nicht verfolgen. So waren die großen Verlage, die Illustrierte auf diese Art vertrieben, noch nicht einmal über den Aufbau der unteren Ebenen informiert. Dort waren nur die direkten Verkäufer bekannt. Im Grunde genommen wurden sie genauso betrogen und kannten die mafiösen Strukturen nicht oder wollten sie nicht kennen.

»Es hat keinen Sinn, wir kommen nicht weiter. Wir können uns nicht alle Handelsvertreter, die 1970 hier in Norddeutschland angemeldet waren, ansehen. Außerdem ist es fraglich, ob er überhaupt angemeldet war«, sagte Georg frustriert. Sie hatten aufs Geratewohl in Richtung Drückerkolonnen, Handelsvertreter, Zeitschriften und über das Drücker-Imperium, von dem Knut gesprochen hatte, recherchiert. Aber das hatte keine weiteren Anstöße oder Ideen gegeben, wie sie der Lösung des Falls näherkommen konnten. Auch hatte Faber kurz nach den damals angemeldeten Transits geschaut. Selbst wenn er sich auf einen Ford Transit konzentriert hätte, was auf Violas Zeichnung keinesfalls klar ersichtlich war, gab es alleine davon Tausende Fahrzeuge.

Mittlerweile hatten alle ihre Telefonate erledigt und es war ruhiger geworden im Großraumbüro. Philipp und Rike hatten sich über die Reste des italienischen Essens hergemacht. Sie saßen vor ihren Computern und kauten begeistert die aufgewärmten Köstlichkeiten. Faber stand auf und ging in die Mitte des Raums. Er sah auf die Uhr. »Leute, hört mal. Es ist jetzt fast elf. Da wir morgen wieder einen anstrengenden Tag haben und um zwölf die Hypnose mit Viola geplant ist, sollten wir langsam Schluss machen. Mit ein bisschen Glück werden Tamme und Sonja morgen früh in der Lüneburger Heide etwas finden, was für die Sitzung hilfreich ist. Lasst uns noch kurz zusammenfassen und dann nichts wie ab nach Hause.« Faber strich sich kurz müde durchs Gesicht. »Um mit uns anzufangen, Georg und ich haben absolut nichts gefunden, was hilfreich wäre. Korrigiere mich, wenn ich falschliege«, wandte er sich an Georg Mitschrei. Doch der winkte auch nur genervt ab. »Philipp, du willst immer so gerne Kommissar spielen, warum berichtest du nicht über den Stand der Dinge? Laurien und Rike unterstützen dich. Anschließend kann Marion kurz berichten und danach verschwinden wir.«

Ob sein Freund Richard das getan hatte, um ihn zu ärgern, wusste Philipp nicht, denn sein Mund war derart voll, dass es mindestens eine Minute dauerte, bis er alles runtergeschluckt hatte. Doch dann ließ er sich nicht die Butter vom Brot nehmen und berichtete stolz. »Wir haben acht potenzielle Jungen, wobei ich persönlich denke, wir haben die sechs Leichen identifiziert. Aber deine Leute wollen erst einmal alle acht im Raum stehen lassen. Nun gut«, fuhr er fort, »von vier der Jungen gab es Kleidungsstücke, die mittlerweile mit einem Kurier nach Oldenburg unterwegs sind. Sie kommen aus Hannover, Hamburg, Bremen und Flensburg. Mein Assistent Doktor Moser ist schon informiert und wird recht früh heute im Labor sein und DNA-Schnelltests durchführen. Ich denke, bis morgen Nachmittag haben wir vielleicht Ergebnisse«, endete sein Vortrag. Er lächelte und stopfte sich den Rest kalte Pasta in den Mund.

»Ich denke, Violas Identität gefunden zu haben. Sie könnte Valea Racu sein. Ein Roma-Mädchen, das zu einer Schaustellerfamilie gehörte. Sie wurde damals 1970 vom Hummelfest, dem Sommerdom in Hamburg, entführt und nie wieder aufgefunden. Auch von ihr gibt es ein Kleidungsstück, das zusammen mit Malik Ararts Jacke, dem anderen potenziellen Jungen, der in Hamburg entführt wurde, nach Oldenburg unterwegs ist«, erklärte Marion und sah Rike an.

»Wir haben Knut das Foto von Valea Racu geschickt, er hat es ihr gezeigt. Sie sagte, sie kennt das Mädchen, konnte sich aber nicht selbst identifizieren, und Knut hat ihr weiter nichts darüber erzählt«, fügte Rike an. »Da Knut jedoch ein gutes Auge für so etwas hat, ist er überzeugt, Valea ist Viola und vice versa.«

***

Sonja und Tamme waren pünktlich weggekommen, und Kommissar Hehler konnte seine Kollegin schon gegen halb neun in Schneverdingen absetzen. Während sie über die Heilkräuterfrau, die einmal dort gelebt hatte, recherchierte und mit Nachbarn und Geschäftsleuten sprechen wollte, fuhr er gleich weiter. Er hatte bereits einen Termin um zehn Uhr mit dem Leiter der psychiatrischen Klinik in Lüneburg vereinbart. Da der Chefarzt jetzt das Anliegen der Polizei kannte, wollte er in den alten Akten nachforschen lassen. Und die Klinik, die mit ihren über einhundert Jahren Bestehen sehr viel Historie hatte, war in der Digitalisierung alter Akten weit vorangeschritten.

Der Wikinger erreichte den Klinikparkplatz gegen halb zehn an diesem Freitagmorgen. Das Gelände der psychiatrischen Klinik war imposant, denn es wirkte wie ein großer Park mit historischen Gebäuden. Es gab ein altes Gärtnerhaus, eine Kapelle und auch ein Gesellschaftshaus. Die alten Gebäude, die zum Teil immer noch von Patienten und Personal benutzt wurden und mit Jugendstilfragmenten und Klassizismus-Architektur aufwarteten, wirkten ebenfalls wie ein Freilichtmuseum. Die neuen, modernen Gebäude waren wunderbar in den zum Teil öffentlichen Park integriert. Tamme ging vom Parkplatz hinter das Eingangsgebäude, in dem auch die Geschäftsführung saß. Von dort sah er in den Park und konnte das ehemalige Badehaus mit dem hohen historischen Wasserturm sehen.

Es war jetzt eine Gedenkstätte. Hier wurden von 1943 bis April 1945 in der Kinderfachabteilung dreihundert kleine Patienten mit psychischen Störungen oder Körperbehinderungen ermordet. Man verabreichte ihnen Morphin oder Phenobarbital im Rahmen der Kinder-Euthanasie. Außerdem galt die Pflegeanstalt Lüneburg für Hunderte Patienten als Durchgangsanstalt, um zur zentralen Tötungsanstalt Hadamar deportiert zu werden. Die Gedenkstätte war erst vor knapp zehn Jahren im Badehaus mit dem Wasserturm als Wahrzeichen eingeweiht worden.

Tamme ging sofort zum Eingang 29 B, der ärztlichen und pflegerischen Direktion. Dort wurde er erstaunlicherweise vom Direktor der psychiatrischen Klinik, welcher der Gesundheitsholding Lüneburg unterstand, empfangen. Der Mann machte einen sehr freundlichen und hilfsbereiten Eindruck. Er führte Kommissar Hehler in sein Büro, in dem einer der leitenden älteren Psychiater wartete. Kurz fasste er sein Anliegen zusammen und legte dann die richterliche Verfügung vor. »Damit dürfen Sie Ihr Schweigen über die Patientin brechen, wenn Sie solch einen Fall hatten.«

Der Klinikdirektor reichte Professor Brandner die Verfügung, die er sich genau ansah. Der ältere Professor hielt eine sehr dünne Akte in der Hand und reichte sie dem Kommissar. »Wir hatten nur eine Patientin, die auf den beschriebenen Fall zutreffen könnte«, sagte er und wartete, bis Tamme die Akte aufgeschlagen hatte. Darin befanden sich mehrere große Fotos. Das erste zeigte einen Teenager von vielleicht achtzehn Jahren, das zweite Foto eine Frau von Mitte zwanzig, und auf dem dritten Foto war die Frau vielleicht dreißig. Alle drei Fotos waren für Tamme eindeutig, denn die Ähnlichkeit war einfach nur frappierend. Es war Viola, oder wie er erst während der Fahrt erfahren hatte, wahrscheinlich das ehemalige Roma-Mädchen Valea Racu.

Daher nickte er und meinte: »Das ist Viola! Sie ist heute um die sechzig Jahre alt und man sieht die Ähnlichkeit auf allen drei Fotos.« Dann blätterte er weiter, aber fand lediglich eine CD.

»Die Akte Viola, unter dem Namen führten wir sie hier für fast zwölf Jahre, ist zu dick, um sie auszudrucken. Daher habe ich Ihnen die Daten auf die CD gebrannt«, sagte der Professor. »Ich kannte Viola. Ich kam mit sechsundzwanzig Jahren hier an die Klinik und sie war die Patientin meines Vorgesetzten. Später wurde sie meine Patientin. Man hat Viola 1981 bei uns eingewiesen, sie war damals schätzungsweise zwischen achtzehn und zwanzig Jahre alt, das genaue Geburtsdatum erfuhren wir nie. Da sie eine Unbekannte war, beantragten wir Papiere für sie und meldeten Viola dem Sozialamt. Daraufhin bekam sie einen Personalausweis auf den Namen Viola Kaufmann. Fiktiv natürlich. Aber um sie in die Krankenversicherung beim Sozialamt zu bekommen, brauchte sie einen Namen.«

Jetzt wurde dem Kommissar so einiges klar. Er dachte kurz nach, er wusste, dass Faber in zwei Stunden mit Viola zu der Hypnose wollte, daher hatte er keine Zeit, sich die CD genauer anzusehen. Das machte er dem Professor auch klar und bat ihn um eine Zusammenfassung.

Der groß gewachsene Mann mit der Nickelbrille sah ihn an und lächelte dann. »Wie bei den meisten Ärzten ist meine Zeit leider auch sehr begrenzt. Wenn Sie mit mir jedoch einen Spaziergang machen wollen, ich muss rüber zum Haus 25. Das ist ein Fußmarsch von einer Viertelstunde. Begleiten Sie mich, dann erzähle ich Ihnen die Kurzfassung«, schlug der Professor vor.

Keine drei Minuten später schlenderten sie auf den Kieswegen der Parkanlage nebeneinanderher. »Aus Violas Vorgeschichte, bevor sie zu uns kam, ging hervor, dass man sie am 14. Februar 1979 in dem höllischen Schneesturm, der damals Ostfriesland regelrecht verschüttete, fand. Ich habe mir das vorhin noch einmal durchgelesen, da ich mir schon dachte, dass Sie eine Zusammenfassung wollen«, sagte der Arzt.

»Danke, das hilft uns sehr, denn die Zeit drängt!«

Der Psychiater nickte und fuhr fort: »Sie hatte unheimliches Glück, denn jemand fand sie, als der schlimme Sturm begann und der Schnee meterhoch zu liegen kam. Sie lag im Stall eines Bauern. Sie hatte versucht, sich bei den Kühen zu wärmen, und der Mann brachte sie zu einem Arzt, der in der Nähe wohnte. Doch man konnte keinen Krankenwagen mehr rufen. Das Schneechaos hielt weitere zwei Tage. Der Arzt war ein couragierter Mann. Er sah sofort, dass ihr drei Zehen erfroren waren. Er gab ihr Morphin, denn anders hält man das nicht aus, und versuchte, die Füße in Wasser mit handwarmen Temperaturen zu behandeln. Früher hat man Erfrierungen zu schnell amputiert, heute weiß man, dass man länger warten sollte. Warum sie anschließend nach Papenburg kam, kann ich Ihnen nicht sagen, aber dort wurden ihr eine Woche später zwei Zehen amputiert, die nicht zu retten waren. Ich nehme an, dass die Kliniken in Ostfriesland völlig überlastet waren durch den Schneesturm.«

»Wie sah sie denn aus, was trug sie? War sie barfuß?«, überfiel Tamme ihn mit Fragen.

»Da müssen Sie noch einmal nachlesen, aber ich weiß, sie hatte Stoffturnschuhe an, die in den Siebzigern so modern waren. Wenn sie mich fragen, Sommerschuhe. Weil sie jedoch ein viel größeres psychisches Trauma hatte und niemand wusste, wer sie war, und die Polizei niemanden in ihrem Alter als vermisst gemeldet hatte, ging ihre Reise weiter. Sie blieb ein paar Monate in der Kinder- und Jugendpsychiatrie in der Klinik Papenburg. Kurz nach der Amputation stellte man eine Schwangerschaft fest. Doch durch die Unterkühlung hatte es irreparable Schädigungen gegeben und das Kind wurde abgetrieben. Sonst wäre der Junge körperlich schwerbehindert zur Welt gekommen, wenn er nicht im Mutterleib gestorben wäre. Man konnte der Patientin körperlich und seelisch Derartiges nicht zumuten, daher wurde dem Abort auch vom Jugendamt zugestimmt.«

»Wie kam sie dann hierher?«, fragte Tamme ungehemmt weiter. Sie waren gerade an der Gedenkstätte angekommen und bogen nach rechts ab.

»Einer der Oberärzte hatte bei meinem Professor promoviert. Er war damals sein Doktorvater, bevor er die Uni verließ und in Lüneburg die Psychiatrie übernahm. Der Oberarzt aus Papenburg wusste, dass sich der Professor für schwere traumatisch bedingte Störungen interessierte und erhebliche Erfolge nachzuweisen hatte. So wurde Viola zu uns überwiesen«, berichtete er weiter, während sie an diesem sonnigen Tag durch das parkähnliche Gelände spazierten. Man merkte heute noch, wie die damals im Jahr 1901 von einem Garteninspektor und einem Landesforstrat erschaffenen Gartenanlagen zum Wohle der Patienten angelegt worden waren. Der Baumbestand war dementsprechend alt und sehr harmonisch.

Heute wirkte die Ruhe hier, als wollten der Park, die Gebäude, das ganze Areal Abbitte leisten. Gutes tun für die jetzigen Kranken, um die schreckliche Euthanasie wieder gutzumachen. »Viola sprach nicht, reagierte kaum. Sie aß, ging zur Toilette, wusch sich, aber nahm nie mit anderen Menschen Kontakt auf!«

»Woher kannten Sie dann Ihren Namen?«

Der Professor sah Tamme an und lächelte. »Von dem Doktor aus Ostfriesland, der sie in dem Dorf das erste Mal behandelte. Sie nannte ihm, als er fragte, den Namen Viola.«

»Verstehe«, meinte der Wikinger. »Und dann blieb sie zwölf Jahre? Haben Sie irgendwelche Erfolge bei ihr gehabt? Ging es ihr je besser?«

Der Professor breitete die Arme aus. »Was bedeutet besser? Sie sprach nicht, war irgendwann jedoch nicht mehr ängstlich. Sie interagierte nicht mit anderen, aber lachte, wenn sie etwas Lustiges sah. Ihr Körper wurde gesund und widerstandsfähiger, doch ihre Seele war für uns ein unbekanntes Gebiet. Wir wussten nicht, was sie fühlte, was sie dachte und was sie eigentlich wollte. Wir machten natürlich Versuche mit neuen Medikamenten, neuen Methoden, nur sie reagierte nicht. Daraufhin wurde sie ein Dauergast in einer recht offenen Abteilung, wo sie sich gut arrangierte.«

Tamme blieb stehen. »Lief sie eines Tages weg?«

Der Professor schüttelte den Kopf. »Nein. Sie lernte Mari Szabó und ihre Tochter kennen. Mari stammte aus Schneverdingen in der Heide und war eine Art Heilkräuterkundige. Ihre Tochter war gerade mal zwanzig Jahre alt, als sie dement wurde. Damals wusste man noch nicht so viel darüber. Man dachte an Alzheimer, aber heute wissen wir, dass dieser junge Mensch an einer Frontotemporalen Demenz litt. Die FTD, das wissen wir heutzutage, kann auch sehr junge Menschen betreffen. Wobei Lara eine Ausnahme war, eigentlich tritt sie kaum vor dem dreißigsten Lebensjahr auf. Es gab und gibt keine Therapie, die den Untergang der Nervenzellen im Gehirn stoppt. Man weiß bis heute nicht, was zum Untergang der Zellen führt und warum. Bei Lara, Maris Tochter, haben wir alles versucht, ohne Erfolg. Sie starb bereits nach zwei Jahren. In den zwei Jahren hatte sich jedoch unsere Viola hingebungsvoll um sie gekümmert. Am Anfang nur, wenn Mari nicht da war, doch dann waren sie zu dritt. Es wurden trotz all des Leids noch gute zwei Jahre für alle drei Menschen. Lara ging in Würde, Viola lebte emotional wieder auf und Mari fand eine neue Tochter.«

So viel Gefühl hätte der Kommissar diesem Mediziner gar nicht zugetraut. Tamme atmete laut durch die Nase aus, es klang wie ein trauriges Schnaufen, was es auch war. *Der Kreis schließt sich*, dachte der Kommissar. Die Heilkräuterkundige Mari, daher hatte Viola ihr Wissen. »Mari nahm sie nach dem Tod ihrer Tochter zu sich, nicht wahr?«

»Das tat sie und wir stimmten freudig zu«, erklärte der Professor, als sie vor Haus 25 angekommen waren. Hier befand sich die Station E33, die Suchtstation. »Wissen Sie, Mari und Lara schafften das, was wir Psychiater und Doktoren in zehn Jahren nicht geschafft hatten. Sie schaffte es, dass Viola wieder sprach. Zwar hatte sie keine Erinnerung oder wollte sich nicht erinnern, woher sie kam, aber damit konnten wir alle gut leben. Und da sie für uns niemanden darstellte, der sein Leben nicht alleine bestimmen konnte, fragten wir Viola, was sie sich wünschte. Sie wollte mit Mira gehen. So entließen wir sie und Viola kam nicht mehr zu uns. Anfänglich rief ich Mira noch an. Sie hatte nur Gutes und Fortschritte von Viola zu berichten. So kam ich in den darauffolgenden Jahren davon ab. Ich vergaß Viola, bis Sie heute Morgen anriefen.« Er lächelte schwach. »Wie geht es ihr, hat sie Schwierigkeiten?«, fragte er Tamme und seine Anteilnahme war sehr aufrichtig.

»Vielleicht, wir wissen es noch nicht. Doch heute soll eine therapeutische Hypnose an ihr durchgeführt werden. Wir hoffen, dass uns das weiterbringt.«

Der Professor hielt Tamme die Hand hin. »Wir haben das versucht, es klappte nicht. Das ist jedoch so lange her. Vielleicht gelingt ein neuer Anlauf. Viel Glück!«

Für Tamme war die Stunde Fahrt zurück nach Schneverdingen, um Sonja abzuholen, eine sehr nachdenkliche Zeit. Er fragte sich wirklich, wenn Viola die kleine Valea war und mit acht Jahren aus ihrer Familie gerissen wurde, wie sie alles überleben konnte. Wenn ein Teenager in einer Sturmnacht mit Minusgraden und fürchterlichem Schneefall wegrannte, dann musste er Furchtbares erlebt haben. Auch quälte es Tamme, dass er nun wusste, dass sie schwanger gewesen war. Hatte man sie vergewaltigt? Dass sie körperlich schwer misshandelt worden war, wusste der Kommissar von den Fotos aus der Emder Klinik. Was konnte man einem Menschen nur antun, dass er fast zehn Jahre nicht mehr sprach? Er schüttelte sich regelrecht, denn in dem Moment, als ihm seine kleine Tochter in den Sinn kam, war das ganze Szenario gar nicht mehr zu ertragen.

»Hi, bist du fertig?«, fragte er Sonja, die er vor einem kleinen Einkaufsladen abholte, der sich *Onkel Hinnerk* nannte. Dort gab es Süßigkeiten, Heidespezialitäten, unverpackte Produkte von Olivenöl bis Shampoo und feinen Heide-Gin. Natürlich lebte der Laden von Touristen, doch das Interessante daran war, dass es solch einen kleinen Lebensmittelladen schon 1960 gegeben hatte und damals von Hinnerk Paulsen geführt worden war. Dieser alte Mann war der Opa des jetzigen Ladenbesitzers und half trotz seines hohen Alters seinem Enkel immer mal wieder im Verkauf.

»Und wie, ich kenne jetzt Violas Geschichte hier in Schneverdingen«, sagte sie, nachdem sie sich auf den Beifahrersitz des Audis gesetzt hatte. Faber hatte ihnen seinen Wagen gegeben, damit sie zügig in die Heide kamen. Sonja hielt Tamme eine riesige Papiertüte hin, die mit Süßigkeiten gefüllt war. Es waren diese Art von Süßigkeiten, die man als Kind für Pfennige im Schwimmbad oder an einem Büdchen, einem Kiosk, kaufen konnte. Er nahm sich einen *Salino*, eine *Ahoi-Brause* und das Armband mit den Zuckerperlen. Das verschwand jedoch in seiner Hemdtasche, für seine kleine Tochter, seine Erdbeerschnute. Auch wenn seine Frau mit ihm schimpfen würde, weil sein Mädchen nicht so viel Süßigkeiten naschen sollte, würde er es ihr mitbringen.

Tamme fuhr los, als Sonja angeschnallt war, und meinte mit seinem *Salino* im Mund: »Dass Viola bei Mari Szabó wie eine Tochter lebte, weiß ich auch schon. Bei ihr lernte sie das Kräuterhandwerk«, nahm er ihr schelmisch den Wind aus den Segeln.

Sonja sah ihn verwundert an. »Na, dein Trip nach Lüneburg hat sich gelohnt, oder?«

»Ganz genau, aber bevor ich es dir und Faber am Telefon erzähle, berichte mir noch kurz davon, warum Viola von hier wegging.«

»Der Hinnerk kannte Mari recht gut, weil er für sie Creme und Kräuter an Touristen verkaufte. Sie starb vor drei Jahren mit knapp achtzig. Für ihre angenommene Tochter Viola war das schwer zu verkraften. Hinnerk meinte, sie war immer schon ein eigenartiges Wesen, verstand sich jedoch wie Mari auf Kräuter. Da Mari Viola nie als ihre Erbin hatte eintragen lassen, fiel das Häuschen dem Staat zu. Viola war noch nicht einmal in Schneverdingen gemeldet. So bekam Viola die Auflage auszuziehen. Die alten Leute in Schneverdingen wollten eine Wohnung für sie finden und ihr helfen. Doch sie verschwand einfach. Mit so gut wie nichts, sagte Hinnerk. Hausrat, Kleidung, Geschirr, alles blieb zurück. Keiner hier wusste, wohin Viola gegangen war.«

»Dann hat sie wohl ihren neuen Namen Viola Kaufmann, der in der Klinik für sie beantragt wurde, nie mehr benutzt. Wahrscheinlich hat sie bei dem überstürzten Auszug oder schon vorher ihre neuen Papiere und auch die Krankenkassenkarte verloren. So kam sie namenlos in Groothusen an«, grübelte Tamme laut. »Na, dann ruf mal den Chef an, erzählen wir ihm von unseren Entdeckungen. Einiges davon wird er hoffentlich für die Hypnose brauchen können.« Sonja nickte, steckte sich ein Gummibärchen in den Mund und wählte auf ihrem Handy Fabers Kurzwahl, bevor sie ihn auf die Freisprechanlage stellte.

Kapitel 8

Viola saß wieder hinten im Streifenwagen zwischen Opa und Rike. Sie hielt sowohl Rikes als auch Opas Hand. Es war ein Termin um zwölf Uhr in der Emder Klinik vereinbart. Doktor Hennle hatte das kurzfristig arrangieren können. Der Psychiater, der die Rückführungshypnose durchführen würde, war ein Freund von ihm. Er hatte eine eigene Praxis in Bad Zwischenahn und war spezialisiert auf Opfer traumatischer Erfahrungen. Außerdem hatte Doktor Ritter schon mehrfach mit der Polizei zusammengearbeitet. Als er hörte, worum es ging, und Faber ihm eine Zusammenfassung über Viola und ihren Skelettfund zugeschickt hatte, wollte er gleich am nächsten Tag nach Emden kommen. Er fand den Fall so interessant, dass er von einer Kostenübernahme der Polizei absah und die Behandlung nicht in Rechnung stellen wollte.

Benny war derweil in der Kita. Hannes und sein Urenkel Malte, der dieses Jahr mit seinem Mathematikstudium an der Universität Oldenburg begann, wollten den Kleinen abholen. So mussten sich die Kommissare keine Gedanken machen, wenn die Sache länger dauern sollte. Da Viola darauf bestand, dass Knut unbedingt dabei sein sollte, und auch Philipp nicht lockergelassen hatte, war Georg Mitschrei vernünftigerweise zurückgetreten. Es war für Viola mit den beiden Doktoren, dem Staatsanwalt und dem Dolmetscher, der dazukam, schon fast wie ein Menschenauflauf.

»Knut, ich habe Angst«, sagte Viola mit leiser Stimme. »Was immer ich entdecke, es wird nicht gut sein.«

Knut tätschelte ihre Hand ermutigend. »Meine liebe Viola, es stimmt, wenn der Kopf etwas so vehement verdrängt, kann es nichts Gutes sein. Aber weißt du, egal wie schmerzhaft, man muss solche Dinge im Leben irgendwann mal angehen, sonst holen sie einen immer wieder ein«, erklärte Opa mit sanften Worten. »Vielleicht bekommen wir heraus, wer du wirklich bist. Dann finden wir deine Familie. Wäre das nicht wunderbar?«

»Meine Familie, glaubst du das wirklich, Knut? Meinst du, ich habe noch eine Familie?«

»Gib die Hoffnung nicht auf und hab keine Angst. Ich bin doch bei dir, mien Deern. Und ich geh da nicht weg!«

Faber hörte das leise Gespräch zwischen Knut und Viola und hoffte nur, dass der Doktor Knuts Anwesenheit tolerierte. Immerhin war er nur der Urgroßvater der Kommissarin und hatte rein rechtlich nichts dort zu suchen. Vor allem, weil der Staatsanwalt ebenfalls in die Klinik kommen wollte. Für eine Rückführungshypnose bei einer Zeugin, die nicht als völlig zurechnungsfähig galt, benötigte man richterliche Papiere. Wenn wie in Violas Fall auch noch die Möglichkeit bestand, dass sie mit den Morden etwas zu tun hatte, bedurfte es der Anwesenheit des Staatsanwalts.

Bereits eine halbe Stunde später waren sie alle im Vorzimmer von Doktor Hennles eigenen Praxisräumen versammelt. Er hatte diese in der Klinik eingerichtet, um schweren Fällen eine gute Atmosphäre zu verschaffen. Viola und Knut saßen schon im Behandlungsraum, der einem gemütlichen Therapiezimmer mit einer Couch entsprach. Der Staatsanwalt hatte einen Dolmetscher mitgebracht, der neben Rumänisch auch Bulgarisch, Polnisch und Tschechisch sprach.

Doktor Hennle stellte seinen Studienfreund Doktor Ritter vor, der als Hypnosespezialist galt. »Was den Ablauf angeht, so möchte ich Sie bitten, dass nur die Patientin, ihr Freund, der ältere Herr, und der Übersetzer mit im Raum sind«, sagte Doktor Ritter. Der Staatsanwalt wollte schon protestieren, doch der Psychologe sprach ungerührt weiter. »Wir zeichnen die Sitzung auf und haben ähnlich Ihren Verhörräumen«, sagte er und wandte er sich dabei an den Hauptkommissar, »einen Einwegspiegel im Raum. Sie können alles live verfolgen und hören. Zur Not könnten Sie innerhalb von Sekunden eingreifen. Was ich jedoch für unnötig halte nach dem, was mir Doktor Hennle über die Patientin gesagt hat. Viola scheint passiv zu sein und wird wahrscheinlich auch keine Aggressionen entwickeln, wenn ich sie an ihr Trauma heranführe.«

»Muss das denn sein, können wir denn nicht im Hintergrund mit dabei sein?«, fragte Staatsanwalt Bremer dennoch.

Doktor Ritter seufzte. »Herr Staatsanwalt Bremer, schlüpfen Sie für einen Moment in Violas Schuhe. Sie ist eventuell durch die Hypnose zu einem seelischen Striptease verurteilt, wenn ich das mal salopp sagen darf. Sie weiß nicht, wer sie ist, was ihr widerfahren ist und vor allem, ob sie etwas mit den toten Jugendlichen zu tun hat. Wären Sie in dieser Situation, würde es Ihnen dann helfen, wenn zwei Polizisten und ein Staatsanwalt neben Ihnen sitzen würden? Es reicht schon, dass sie sich einem ihr nicht bekannten Doktor anvertrauen muss. Herrn Gregoric, den Übersetzer, werden wir hinter Viola positionieren, damit sie ihn nicht sieht. Nur Herr Waatstedt wird in ihrer Nähe sitzen, denn es scheint, sie vertraut ihrem Freund. So eine Bezugsperson ist wichtig und hilfreich bei solchen Sitzungen.«

»Schon gut, ich verstehe. Aber Sie zeichnen alles auf und wir können live mithören und -sehen«, vergewisserte sich der Staatsanwalt.

»Natürlich, fangen wir jetzt an.«

Faber war erstaunt, dass Philipp ruhig geblieben war und brav mit ihnen beiden, Doktor Hennle und dem Staatsanwalt in den kleinen Raum ging. Der Einwegspiegel gab einen Blick in den Therapieraum frei. Sie sahen Viola auf der Couch sitzen, neben ihr Knut, der ihre Hand hielt und sich leise mit ihr unterhielt. Dann kam Doktor Ritter. Er bat Knut, auf dem Sessel neben der Couch Platz zu nehmen, und Viola, sich hinzulegen. Mit dem dicken Kissen im Rücken saß sie halb auf der Couch, und der Therapeut setzte sich auf einen Lederhocker neben sie. Doktor Ritter benutzte weder ein Pendel noch eine Uhr oder einen Kristall, er sprach nur mit ihr, bis Viola die Augen zufielen.

»Viola, wenn Sie mich das Wort ›Morgenröte‹ aussprechen hören, dann werden Sie wieder wach und fühlen sich entspannt und erholt. Haben Sie das verstanden?«

»Ja«, hauchte Viola. Doktor Ritter sah zu dem Dolmetscher hinter Viola. Er trug genau wie Doktor Ritter ein Headset. So konnte er für Doktor Ritter leise übersetzen, und seine Worte kamen sowohl bei Doktor Ritter als auch in dem kleinen Beobachtungsraum an. Der Mann nickte bestätigend, dass er Viola gut verstand.

»Viola, ich möchte, dass Sie in der Zeit zurückgehen, weit zurück in Ihre Kindheit, als Sie acht Jahre alt waren, es ist Sommer. Erzählen Sie mir davon. Wo sind Sie?« Doktor Ritter hatte gestern Stichpunkte anhand von Fabers Mail gemacht. Da sie vermuteten, dass es sich bei Viola um Valea Racu handelte und diese mit acht Jahren in Hamburg auf dem Hummelfest entführt wurde, setzte er bei dem Alter an, in dem Valea verschwunden war. Philipp hatte zwar die vorhandene Kleidung des Kindes sofort mit einem Kurier in sein Labor bringen lassen, doch die DNA-Analyse würde bis morgen dauern.

Violas Augen flatterten und zuckten unter den geschlossenen Lidern. Es dauerte eine Weile, doch dann sprach sie, und zwar in einer fremden Sprache. Der Dolmetscher identifizierte es als Rumänisch und fing an zu übersetzen. Sie redete von dem Tag, als sie mit ihrer Familie auf dem Hummelfest war und Danny sie ansprach. Der Psychologe fragte nach ihrem Namen und sie bestätigte: Valea Racu. Er bat sie, wenn möglich auf Deutsch weiterzureden, und sie wechselte sofort, sodass die Stimme des Übersetzers verstummte.

»Ich weinte die erste Zeit Tag und Nacht, als wir mit dem kleinen Bus von Stadt zu Stadt fuhren. Außer Danny waren noch zwei Jungs bei dem Mann. Er verlangte, dass wir ihn Papa nannten. Danny und ich waren die Jüngsten, uns schickte er auf die Straße zum Betteln«, hörte der Hauptkommissar Violas Stimme. Sie hatten vereinbart, per Chat Fragen an den Psychologen zu schicken, die er, wenn es irgend möglich war, Viola stellen sollte. An der Stelle tauchte Fabers erste Frage auf dem iPad auf, das Doktor Ritter in der Hand hielt.

Warum bist du nicht weggelaufen von dem Mann?

Doktor Ritter stellte die Frage. Viola lief eine Träne seitlich aus dem geschlossenen Auge, als sie sagte: »Er hat gesagt, wenn ich das versuche, bringt er meine Mama und meinen kleinen Bruder um. Ich habe gesehen, wie er den beiden älteren Jungen die Finger brach, als sie einmal keine Verträge brachten. Dabei konnten sie nichts dafür, die Leute wollten keine Magazine kaufen. Es war eine kleine Stadt und man hat sie weggejagt. Trotzdem hat er sie verhauen. Ich hatte so viel Angst, genau wie Danny. Er wollte sich an unserer Familie rächen.« Plötzlich hatte sich Violas Stimme verändert, sie klang, als wäre sie ein kleines Mädchen.

»Wie hießen die anderen Jungen?«, fragte der Psychologe. Diese Frage hatte das Team vorher ausgearbeitet und dem Doktor mitgegeben. Es gab noch einige Fragen, die Doktor Ritter versuchte, entsprechend der Situation zu stellen.

»Das waren damals Pit, der eigentlich Peter hieß, und Marko. Er hat mir mal zugeflüstert, dass er Markus heißt und aus Bremen stammte, doch das durfte ich Papa nie sagen. Hab ich auch nie, das war das Geheimnis von uns vieren«, meinte sie und kicherte ganz leise.

»Und?«, fragte der Staatsanwalt an Faber gewandt, während Ritter Viola ein bisschen Zeit gab zu entspannen.

Faber nickte. »Peter Bothe, verschwunden 1967 aus Hannover. Er war damals 10 Jahre alt«, sagte er und zeigte dem Staatsanwalt das Schwarz-Weiß-Foto des hübschen kleinen Jungen. »Markus Theusch, ebenfalls 1967 in Bremen verschwunden. Er war elf Jahre alt. Dieser Kerl hat den Dreizehnjährigen und den Vierzehnjährigen in der Zeit, als Valea dazukam, schon zum Drücken geschickt. Die beiden Kleinen mussten in den Fußgängerzonen betteln.«

»Valea«, nannte der Psychiater sie jetzt bei ihrem richtigen Namen. »Bitte geh in der Zeit weiter, du wirst älter. Wo bist du jetzt?«

»Es ist wieder Winter und wir sind im Haus im Wald, wie immer, wenn es kalt wird«, sagte sie und klang jetzt eher wie ein Teenager, dessen Stimme nicht mehr so piepsig war.

Fragen Sie, ob es das Haus mit den Gräbern ist, schrieb Faber enthusiastisch.

Sie sind zu schnell, war die Antwort, die der Psychologe zurückschrieb.

»Valea, wie alt bist du? Und wie geht es dir jetzt?«, fragte er stattdessen.

»Dreizehn. Eigentlich ist es gut in dem Haus, denn im Winter müssen wir nicht so viel arbeiten, besonders wenn es kalt ist. Aber er sieht mich in letzter Zeit eigenartig an. Ich habe Angst vor ihm, besonders wenn er getrunken hat. Früher hat er mich immer mit dem Bambusstock geschlagen, wenn ich geweint habe oder frech war. Aber jetzt sagt er, ich erblühe und werde bald eine Frau sein. Ich verstehe nicht, was er meint. Immerhin schlägt er mich nicht mehr, dafür die Jungs umso mehr.«

Gerade wollte Faber die Frage nach den Jungs an Ritter schicken, als der schon fragte: »Valea, sind Peter, Markus und Danny noch bei euch?«

Valea schüttelte den Kopf. »Nur Danny, er ist klug genug, Papa nicht zornig zu machen.«

Als sie daraufhin schwieg, hinterfragte Ritter: »Was ist mit Markus und Peter passiert?«

»Das darf ich nicht sagen, sonst fault mir die Zunge im Mund«, sagte Valea schnell und presste dann die Lippen aufeinander.

»Valea, Papa ist nicht mehr da. Hier bin nur ich und dein Freund Knut. Du kannst es uns sagen«, redete der Psychologe weiter.

Valeas Wangen röteten sich ein wenig. »Peter mochte mich, immer wenn Papa nicht hingesehen hat, gab er mir einen Kuss. Doch dann vor ein paar Monaten sah er uns im Schuppen, wie Peter mich umarmte und versuchte mich auf den Mund zu küssen. Das wollte ich nicht und hab ihn weggestoßen. In dem Moment stand Papa hinter ihm. Er verprügelte ihn fürchterlich. So schlimm wie nie. Markus kam dazu und schrie immer wieder, du schlägst ihn tot. Papa war so zornig, hörte nicht auf. Als Markus sich einmischte und ebenfalls auf Papa losging, bekam er einen Hieb mit dem Spaten. Den Spaten benutzte er auch bei Peter.«

»Valea, waren die beiden tot?«, hakte Ritter sofort nach.

Valea nickte nur, dann fing sie an zu weinen und Ritter beruhigte sie erst einmal.

»Dann haben wir wohl zwei von sechs der Skelette identifiziert«, meinte Philipp.

Ein paar Minuten später sagte Valea: »Er zwang mich mit ihm zu graben, als der Frost aus dem Boden war. Wir beerdigten sie auf der Lichtung. Ich legte Blumen auf die Hügel, doch Papa verbot es mir und schmiss sie in den Wald.«

Fragen Sie, wie viele Kinder in der Zeit im Haus waren, schickte Faber den Text an Ritter. Der stellte die Frage.

»Danny, ich und weitere drei Jungs. Ralf, den er Rolf nannte, war zwei Jahre früher gekommen, er war größer und durfte gleich in den Verkauf. Zeljko, ein Jugoslawe, dessen Vater in Dortmund arbeitete, wurde Sebastian. Und der Kleine, der gerade mal in dem Sommer gekommen war …«, sagte sie und stöhnte laut auf. »Er hieß Miro, aus ihm wurde Mirko und er weinte die ersten Wochen Tag und Nacht. Er hing mir dauernd am Rockzipfel. Aber ich war froh, dass er immer in meinem Bett schlief, denn oben schliefen alle Jungs, nur ich und Papa hatten jeder ein eigenes Schlafzimmer im Erdgeschoss. Manchmal kam Papa mitten in der Nacht ins Zimmer, doch wenn er Mirko bei mir sah, ging er wieder. Ich weiß nicht, was passiert wäre, wenn Mirko nicht bei mir geschlafen hätte.«

»Danke, Valea, das war ausgezeichnet. Kannst du jetzt noch etwas weitergehen in der Zeit? Wie bist du von Papa weggekommen?«, stellte der Psychologe jetzt die wichtigste aller Fragen.

»Das war ganz schrecklich«, fing Valea an. Sie sank tiefer ab in ihren Gedanken und plötzlich roch sie wieder das Holzfeuer im Ofen und den Eintopf, den sie für sich und die Jungs gekocht hatte.

Knockster Forst, Anfang Februar 1979

»Verdammt, wenn du mich bei dem Wetter noch mal rausschickst, um Feuerholz zu hacken, dann bekomme ich Frostbeulen. Es sind mindestens zehn Grad unter null, wenn nicht mehr«, meinte Danny und blies sich in die Hände. Es war über Silvester ein enormer Schnee-Einbruch gewesen, der Anfang Januar nachgelassen hatte. Doch plötzlich war es erneut sehr kalt geworden und die Luft roch wieder nach Schnee. Wenn die Temperaturen in den nächsten Tagen nachgaben, würde es wieder schneien.

»Wenn du die Handschuhe und die Mütze aufgesetzt hättest, würdest du nicht so frieren. Außerdem wollen wir hier drinnen auch keine Frostbeulen bekommen«, meinte Valea und rührte in der Gulaschsuppe, die sie von dem restlichen Rindfleisch gekocht hatte. Sie war mittlerweile sechzehn Jahre alt, und ihr langes schwarzes Haar und die glänzenden Augen, die an Kohle erinnerten, machten sie mit dem dunklen Teint zu einer Schönheit. Wenn immer Papa in der Nähe war, trug sie ihre dreckigsten Klamotten und achtete darauf, sich ihr Haar nicht zu kämmen. Der Mann wurde immer unheimlicher und manchmal griff er ihr an den Po. Sie hatte Angst vor einem Übergriff des feisten, betrunkenen Mannes. Vor allem, weil sie Danny mittlerweile sehr liebte. Wenn Papa betrunken war, versuchte sie Mirko zu überreden, bei ihr zu schlafen. Doch der dumme Junge war zehn geworden und wollte lieber bei den Jungs schlafen. ›Ich bin kein Baby mehr‹, sagte er dann, und Valea tat die ganze Nacht kein Auge zu. Es musste was passieren, bevor es zu spät war, dachte sie fast jede Minute. Denn es würde nicht mehr lange dauern und sie konnte sich ihm nicht erwehren. Mittlerweile war ihr sehr klar, was sie erwarten würde. Denn solche Sachen hatte sie in Zeitschriften gelesen. Es wurde Vergewaltigung genannt und musste schrecklich für Frauen und Mädchen sein.

Danny trat an sie heran und drückte ihr von hinten einen Kuss auf den Hals. Seine Lippen waren eiskalt, wo er sie jedoch geküsst hatte, kribbelte ihre Haut heiß. »Ich liebe dich«, flüsterte er in ihr Ohr.

Sie drehte sich um zu ihm. »Dann geh weg mit mir, solange wir es noch können«, flehte sie ihn an. »Lass uns jetzt gehen, jetzt gleich!«

Danny sah sie traurig an und gab ihr einen Kuss. »Valea«, sagte er, denn so nannte er sie nur, wenn sie alleine waren, »es sind Minusgrade, wir kommen nicht weit. Und du weißt, was er gesagt hat, er wird uns immer finden und bis dahin schneidet er Mirko und den anderen Jungs den Hals durch.« Mittlerweile drohte Papa nicht mehr damit, ihre Familien aufzusuchen, denn die beiden hatten fast vergessen, dass sie einmal eine Familie hatten. Die Jungs, die Kinder waren jetzt die Familie.

»Das ist Unsinn. Er braucht sie. Wer würde denn das Geld für ihn verdienen, wenn nicht wir?«, erwiderte sie im Flüsterton, damit die Bande oben nichts von ihrem Gespräch mitbekam.

»Du meinst wie Pit und Marko. Die haben richtig Kohle für ihn gemacht. Doch die rotten jetzt hinterm Haus in der Erde. Für nichts und wieder nichts. Die beiden haben noch nicht einmal versucht abzuhauen und er hat sie totgeschlagen.« Danny benutzte außer bei Valea nie die richtigen Namen der Kinder. So als wolle er die Situation gar nicht richtig wahrhaben. Daher hatte er ihr auch nie gesagt, wie sein Name wirklich lautete.

Valea schluckte, Danny hatte nie erfahren, wie es zu der Schlägerei gekommen war. *Wenn er es wüsste, würde er dann mit ihr gehen?* Die Frage hatte sie sich immer gestellt. »Du weißt gar nicht, warum er sie geschlagen …«, setzte sie an, in dem Moment jedoch polterten die anderen drei Jungs ihrer Familie die Treppe runter. Wie immer waren alle hungrig wie die Wölfe. Sie rissen sich förmlich darum, den Tisch zu decken. Außerdem genossen sie die leichte Stimmung im Haus, wenn Papa nicht da war. Dann konnten sie laut sein, lachen und rumtoben. Valea lächelte, als sie die Bande sah. Sie schlangen die Gulaschsuppe herunter, als wäre es ein Essen bei McDonald's. Die Restaurantkette hatte erst vor ein paar Jahren in Deutschland aufgemacht. Einmal hatte Papa alle dorthin eingeladen. Seither gab es nur noch Cheeseburger- und Pommes-Träumereien, wenn es ums Essen ging.

Als es gegen Mitternacht ging, war es endlich ruhig im Haus und Valea lag in ihrem Bett. Sie grübelte und lauschte immer wieder angestrengt nach draußen, ob sie einen Wagen kommen hörte. Doch es schien, dass Papa die Nacht wegblieb, so wie er es ab und zu tat, wenn er sich sicher war, dass es draußen zu kalt war. Zu kalt für eine Flucht. Flüchten, das mussten sie. Wenigstens Danny und ich, den Jungs konnten sie helfen, wenn sie auf andere Menschen trafen, dachte sie, als die Tür sich langsam öffnete. Sofort brach ihr der Schweiß aus, im Zwielicht des Ofenscheins sah sie Danny, der einen Finger vor den Mund hielt. »Pst, ich bin es«, flüsterte er und schloss die Tür hinter sich. Er kam zu ihr ans Bett und schlüpfte, ohne zu fragen, unter ihre Decke.

»Bist du wahnsinnig?«, fragte Valea. Sie war auf der anderen Seite sehr erleichtert, dass es nur Danny war. »Was, wenn er jetzt kommt?«

Doch Danny setzte sein schiefes Grinsen auf, dem sie fast immer erlag, und küsste sie, dass sie kaum noch Luft bekam. »Heute bleibt er weg und wir beide haben unsere Freiheit, das kann er uns nicht nehmen. Ich liebe dich, Valea«, sagte er wieder, und in dem Moment schienen Valeas Sorgen weit weg. Es war das erste Mal, dass sie weitergingen, als sich nur zu küssen und zu streicheln. Nie in ihrem Leben hätte Valea gedacht, dass es stimmte, was in den Liebesromanen stand, die man für 1,20 DM am Kiosk kaufen konnte. Wie intensiv das Gefühl war und wie erfüllt ihr Herz sein konnte von bloß einem Jungen, ihrem Danny.

»Du verdammter Mistkerl«, dröhnte ein Schrei an der Tür, nachdem das Licht angeknipst worden war. Valea und Danny waren geblendet vom hellen Schein der Lampe. Doch als sie endlich erkennen konnten, was los war, brach die Hölle aus. Er war zurückgekehrt und er war betrunken. Sein massiger, großer Körper erfüllte den Türrahmen. Sofort schwankte er zum Bett und zerrte Danny an den Haaren raus auf den kalten Boden, dort versetzte er ihm ein paar Tritte in seine Magengrube, sodass der Junge würgen musste. Während Papa den schreienden, nackten Danny brutal am Arm in die Küche zerrte, saß Valea im Bett und hielt das Bettzeug an sich gepresst. Sie war ebenfalls nackt, weil sie sich gerade noch geliebt hatten, und das schien Papa zu wissen. Er drehte sich ein letztes Mal um. »Du rührst dich nicht. Wenn ich mit dem kleinen Drecksack fertig bin, zeige ich es dir. Dann bist du dran!«

Kaum war die Tür geschlossen, sprang Valea aus dem Bett, sie zögerte keine Sekunde. In Windeseile zog sie alles an, was sie finden konnte. Leider waren ihre Winterstiefel draußen im Flur, genau wie die Daunenjacke. Doch sie schlüpfte mit drei übereinander gezogenen Socken in die Turnschuhe, zog ihre Strickjacke und die Jeansjacke über. Dann öffnete sie das Fenster. Von der Küche konnte sie Dannys Schreie hören. Viola konnte ihm nicht helfen, das wusste sie. Als Nächstes würde er zu ihr kommen, und ihr war klar, was er von ihr wollte. Sie sprang aus dem Fenster, und als sie am Küchenfenster vorbeilief, sah sie, wie er den Schürhaken in der Hand hielt und immer wieder damit zuschlug. Sie konnte Danny nicht hören, wahrscheinlich war er schon tot. Darum rannte sie, als wäre der Teufel hinter ihr her. Denn das war er, der Teufel, und er durfte sie nicht erwischen.

»Ruhig, Valea, ruhig. Es ist alles gut. Entspann dich, du bist in Sicherheit«, versuchte es Doktor Ritter, konnte sie jedoch nicht beruhigen. Sie schrie hysterisch, bis Ritter das Wort »Morgenröte« laut und deutlich aussprach. Danach sank Valea wie eine Marionette mit zerschnittenen Fäden auf der Couch zusammen. Sie öffnete langsam die Augen. Knut war sofort bei ihr und nahm sie in den Arm. Er reichte ihr sein Stofftaschentuch, mit dem sie sich die Nase putzte und ihre Tränen trocknen konnte.

»Knut, ich hatte alles vergessen«, sagte sie. »Wie konnte ich denn nur meinen Danny vergessen?«

»Hast du nicht, mien Deern. Du hast uns doch zu Danny und den anderen Jungs geführt, damit wir sie ordentlich begraben können«, sagte Knut und nickte ihr zu.

»Was ist mit Papa?«, fragte sie, als auch Faber mit Rike, Philipp und dem Staatsanwalt in den Raum kam.

Jeder im Raum war entsetzt von den Dingen, die sie gerade gehört hatten. Es wunderte keinen mehr, warum Valea eine so eigenartige, menschenscheue Frau geworden war. Um weiterleben zu können, hatte sie ihre Erinnerungen nie wieder an die Oberfläche gelassen. Sie war als Kind in die Hand eines Entführers geraten, der Gewalt liebte und zum Serienmörder wurde. Das Mädchen war damals nur knapp ihrer eigenen Vergewaltigung entgangen. Doch wahrscheinlich quälte sie am meisten der Gedanke, dass sie dem Jungen, in den sie verliebt war, ihrer ersten großen Liebe, nicht geholfen hatte. Um selbst zu überleben, musste sie Dannys Tod in Kauf nehmen.

»Geht es Ihnen gut, Valea?«, fragte Faber. »Brauchen Sie etwas, können die Ärzte etwas tun?«

»Nein, die Polizei muss etwas tun. Wo ist Papa?«, erwiderte sie und stand auf. Immer noch hielt sie Knuts Hand, als ob er ihr dadurch Stärke verleihen könnte.

Faber schüttelte den Kopf. »Bei allem, was wir rausfanden, haben wir den Namen des Mannes nicht erfahren.«

Valea sah ihn mit großen Augen an, dann sagte sie: »Er hieß Karlheinz Wilhelm Kroll. Als er einmal nicht aufpasste, habe ich seinen Führerschein in der Jacke gesehen!«

***

Rike brachte Knut und Valea nach Hause und blieb bei ihr, um sicherzustellen, dass es ihr gut ging. Faber war zusammen mit Philipp und dem Staatsanwalt aufs Revier gefahren. Staatsanwalt Bremer wollte sich in einem der Besprechungszimmer das Band erneut anhören. Laurien war mit den Unterlagen der sechs vermissten Jungen, deren Namen sie nun kannten, zu ihm gegangen. So konnte er die Fälle gleich mit der Kommissarin bearbeiten und die notwendigen Verfügungen vorbereiten. Vor allem aber einen Haftbefehl für diesen Kroll, falls er noch lebte. Außerdem musste Laurien sich darum kümmern, dass Valea Racu bei den Ämtern offiziell wieder ins Leben gebracht wurde. Was bedeutete: Papiere, Sozialversicherung und etlicher Papierkram zu ihrer Identität waren vorzubereiten.

Faber fasste für den Rest seines Teams alles zusammen. Tamme übernahm es, über Karlheinz Wilhelm Kroll zu recherchieren. Sie vermuteten, dass er in dem Jahr 1970 etwa zwischen dreißig und vierzig Jahre alt gewesen war, und das half ihnen. Erstens war der Name nicht so gängig und zweitens hatten sie das LKA im Hintergrund, um schneller auf Datenbanken zum Beispiel von Einwohnermeldestellen zuzugreifen. Wenn der Mann lebte, was zweifelhaft war, denn er konnte um die achtzig, vielleicht sogar neunzig Jahre alt sein, dann würden sie ihn finden.

Gegen zwei Uhr kam Tamme endlich mit der guten Nachricht. Die letzte halbe Stunde hatte er zusammen mit Marion nach diesem Kroll gesucht. »Dieses Monster lebt, und ihr werdet es nicht glauben, hier bei uns. In einem Altenpflegeheim in Leer. Ich habe gerade dort angerufen, wir können sofort vorbeikommen«, sagte Tamme siegesgewiss. Jeder im Team war entsetzt von Valeas Geschichte. Und egal, wie alt dieses Monster auch war und wie schlecht es ihm ging, jeder im Team war dafür, ihn anzuklagen.

Faber beriet sich mit dem Staatsanwalt, und nach einer kurzen Besprechung beschlossen sie, gemeinsam mit dem Ersten Hauptkommissar Mitschrei und Philipp dort hinzufahren. Philipp konnte als Mediziner beurteilen, ob der Mann in Untersuchungshaft gebracht werden konnte oder nicht. Daher fuhren sie auf dem Weg nach Leer noch bei einem Richter vorbei, der den Haftbefehl nur nach ein paar Erläuterungen unterzeichnete. Innerhalb von einer Stunde kamen sie bei dem Altenpflegeheim in Leer an. Sie parkten auf dem erstaunlich großzügigen Besucherparkplatz, der in der Nähe der Leeraner Altstadt keine Selbstverständlichkeit war.

Das neue Gebäude wirkte eher wie eine Klinik, doch schon am Empfang spürte man eine sehr positive Atmosphäre. Von dort ging es in ein gemütliches Café, in dem momentan viele Senioren saßen. Ob mit Rollator neben sich oder in einem Rollstuhl. Einige hatten sogar eine direkte Betreuung bei sich.

»Bitte warten Sie einen Moment, ich lasse Ihnen Frau Wittlich holen, die unserer Demenzabteilung vorsteht«, sagte der junge Mann an der Rezeption.

»Das bedeutet, Karlheinz Wilhelm Kroll ist dement?«, fragte Faber etwas naiv.

»Darüber kann ich keine Auskunft geben. Frau Wittlich kennt den Gesundheitszustand von Herrn Kroll jedoch genau und wird Sie informieren«, beantwortete der Mann seine Frage äußerst professionell. Es dauerte keine zwei Minuten, als sie von Frau Wittlich begrüßt wurden und ihr in den vierten Stock folgten. Man musste die geschlossene Abteilung mit einem Armband öffnen. Sie erwies sich wirklich als Demenzpflegestation.

In Frau Wittlichs Büro fasste Georg Mitschrei die Fakten zusammen und informierte Frau Wittlich auch über den Grund ihres Kommens. Die Leiterin der Station wurde blass, als sie das hörte. »Sind Sie sich ganz sicher?«, fragte sie. Aber Faber zeigte ihr auf dem Handy das Personalausweisfoto, das sie vom Einwohnermeldeamt bekommen hatten. Er hatte es vorher Rike geschickt und sie hatte die Identität des Mannes von Valea bestätigen lassen. Leider hatte

Valea wieder angefangen zu weinen, als sie das Foto sah, denn der Mann war dieser Papa. »Das ist Herr Kroll. Ich kann mir so etwas von ihm gar nicht vorstellen.«

»Wissen Sie, Entführer, Vergewaltiger und Serienmörder sind oft Soziopathen, die allen etwas vorspielen. Man kann solche Menschen nicht erkennen«, merkte Georg Mitschrei an.

Doch Frau Wittlich schüttelte den Kopf. »Nein, was ich meine, ist: Wenn er mal solch ein Unmensch war, dann hat die Demenz seinen Charakter völlig verändert. Aber kommen Sie, sehen Sie selbst«, bat sie die vier Beamten. Sie ging vor in eines der Einzelzimmer.

Es war ein geräumiges Zimmer mit einem Lesesessel. Auf einem Tischchen standen frische Blumen, und der Fernseher in der Ecke lief leise. Das Bett war ein Krankenhausbett mit Rollcontainer daneben. Es gab noch einen winzigen Kleiderschrank. In der Ecke mit dem Sessel, auf dem ein alter Mann eingenickt war, hingen alte Fotos. Faber traute seinen Augen nicht. »Seht euch das an, das Foto mit dem weißen Transit, die Kleine da ist Valea, und ich denke, der Lockenkopf ist Danny.«

»Seine Kinder«, sagte Frau Wittlich. »Er erzählt uns gerne, wie er mit ihnen in den Ferien in ein Sommerhaus gefahren ist.«

»Und das haben Sie ihm geglaubt? Haben Sie sich mal die Gesichter der Kinder angesehen? Und wo soll denn seine Frau sein? Von ihr sehe ich kein Foto«, meinte Mitschrei und ließ seinen Unmut erkennen. »Die sechs kleineren Kinder auf dem Bild mit dem weißen Transit sehen aus, als hätten sie die Hölle hinter sich. Und auf dem Bild mit dem blauen Transit sind nur zwei der Kinder die gleichen, die anderen sehen doch ganz anders aus.«

Frau Wittlich trat näher. »Also mir ist das nicht aufgefallen. Herr Kroll sagte aber immer, dass die Kinder missmutig waren wegen der langen Fahrt zum Sommerhaus. Darum die Schnuten. Aber vergessen Sie bitte nicht, als er hier ankam, war sein Alzheimer schon weit fortgeschritten.« Wer konnte dieser Frau ihre Unbedarftheit vorhalten? Kein normaler Mensch vermutete solche Schrecken bei einem alten kranken Mann.

Philipp war inzwischen ans Bett getreten und hatte sich das Pillendöschen genommen, das noch leer vom Mittagessen dort stand. Er las die Rückseite, auf der vorsichtshalber die Medikamente aufgeführt waren. »Georg, lass man, dieser Mann ist kurz davor, völlig abzudriften. Seine Medikation sagt alles«, meinte der Doktor.

In dem Moment wurde Karlheinz Wilhelm Kroll wach und blickte ängstlich um sich. »Keine Angst, Herr Kroll, Sie haben Besuch. Schauen Sie nur«, versuchte Frau Wittlich ihn zu beruhigen, denn sie kannte die ängstlichen Gesichter Demenzkranker, wenn sie Fremde erblickten.

»Haben die meine Kinder mitgebracht?«, fragte er zögerlich, und seine Aussprache war sehr stark verwaschen, sodass man genau hinhören musste.

Faber ergriff das in einen Rahmen gefasste Foto von der Wand. Es war das Bild mit dem weißen Transit, dem Entführungswagen von Valea. »Meinen Sie diese Kinder?«, fragte Faber und versuchte sich zu beherrschen, denn am liebsten hätte er den alten hageren Mann geschüttelt. Er war dünn, faltig und der Schatten eines Menschen.

Doch als der Hauptkommissar ihm das Foto hinhielt, lächelte er schief und man sah Zahnstümpfe in seinem Mund. »Meine Kinder«, wiederholte er und tippte mit einem krallenartigen Finger auf das Foto. Dieser Mann war wirklich mehr tot als lebendig.

»Herr Kroll, das sind nicht Ihre Kinder. Sie haben diese Kinder entführt. Erinnern Sie sich?«, versuchte der Staatsanwalt es.

»Wer ist Herr Kroll?«, fragte der Mann furchtsam und sah Frau Wittlich an, die Einzige, die etwas für ihn zu bedeuten schien. »Ich kenn dich«, meinte er zu ihr. »Sag ihnen, das sind meine Kinder, nicht die von Kroll.«

»Philipp?« Faber sah ihn fragend an. Der Doktor wusste sofort, was er von ihm wollte.

Er schüttelte den Kopf. »Nein, Faber, du kannst ihn nicht mitnehmen. Mich wundert, dass er im Sessel sitzen kann. Er ist nicht nur dement, sondern hat auch einen massiven Leberschaden, nicht wahr?«, fragte er dann die Stationsleiterin. Die nickte nur.

»Wir werden die Fotos mitnehmen müssen«, sagte Faber reichlich frustriert. Denn neben den beiden Gruppenbildern vor den Kleinbussen gab es etliche, welche die Kinder einzeln zeigten. Valea zum Beispiel, wie sie lachend bei einem Mann mit einer Kasperlepuppe saß. Sie sah so glücklich aus. Auch von den anderen Kindern gab es solche Fotos. Auf dem Spielplatz, in einem Vergnügungspark vor dem Zuckerwatteverkäufer, auf der Kirmes in einem Karussell und auf einem Schulhof waren diese Fotos von den Kindern gemacht worden. Faber nahm an, es waren Observierungsbilder, die Kroll jeweils vor der Entführung seiner Opfer gemacht hatte. Im Prinzip waren es Vorher-nachher-Fotos. Vorher die unbeschwert spielenden Kinder, die sich amüsierten, und dann die Gesichter von Kindern, für die eine Welt zusammengebrochen war. Für den Bruchteil einer Sekunde gingen ihm Benny und sein ungeborenes Baby durch den Kopf. Es reichte gerade so, um seine Wut zügeln zu können, doch er musste jetzt gehen, um die Kontrolle zu behalten. »Georg, bitte fotografiere die Bilder und lass sie hängen. Ich brauch kurz Luft«, sagte er und verließ den Raum.

Noch beim Rausgehen hörte er Krolls Stimme leise hinter sich. »Ist der Onkel böse mit mir? Ich war doch ganz brav«, sagte er ängstlich an Frau Wittlich gewandt.

***

Faber und Rike konnten es kaum glauben, dass die Geschichte solch einen Verlauf genommen hatte. Was mit Heinz Koll passieren würde, musste der Staatsanwalt entscheiden. Der Mensch war bestimmt einmal eine unglaubliche Bestie gewesen, die Demenz aber hatte einen kleinen, liebesbedürftigen Jungen aus ihm gemacht. Das Gehirn war schon ein eigenartiges Organ. Es war bekannt, dass Menschen, die Verletzungen am präfrontalen Cortex überlebten, oft Persönlichkeitsstörungen erlitten. Sie wurden rechthaberisch, unflätig und unangenehm impulsiv, obwohl sie vorher liebenswert und freundlich gewesen waren. Doch in Kroll's Falle hatte die zersetzende Demenz ein liebenswürdiges Kind aus ihm gemacht, das sich seine eigenen damaligen Taten wahrscheinlich nicht im Traum vorstellen konnte. Die Kripobeamten mutmaßten, dass der Mann nach Valeas Flucht die restlichen vier Kinder tötete und verschwand. Und mit der Demenz waren aus seinen Opfern seine Kinder geworden. Er konnte auf dem Foto, das in seinem Zimmer hing, nicht einmal die leidenden Mienen der Kinder emotional richtig lesen.

Die ganze Öffentlichkeitsarbeit hatten Georg Mitschrei und die Pressevertretung des LKA übernommen. Zwar kassierte das Landeskriminalamt so die Lorbeeren für die aufgeklärten Serienmorde, aber dafür zogen Emden und ihre Zeugin keine weitere Presse an.

Valea hatte sich letzte Nacht gut von den Strapazen erholt und war deshalb heute Morgen mit Faber, Rike und Philipp nach Emden gefahren. Sie wollten versuchen Valeas Familie zu finden und anschließend erneut im Klinikum Emden vorsprechen. Doktor Hennle hatte darum gebeten, Valea nach der anstrengenden Hypnosesitzung noch einmal zu sehen. Vielleicht war auch ein leichtes Antidepressivum vonnöten. Auf jeden Fall wollten die beiden Kommissare und Philipp ganz sicher sein, dass es Valea so weit gut ging und dass sie ihr Trauma gut überstehen würde.

Faber hatte den Audi vor dem Präsidium geparkt, da Rike plante, recht schnell weiter ins Klinikum zu fahren. Er legte sein ›Polizei im Einsatz‹-Schild auf die Ablage, damit ihn seine eigenen Leute nicht abschleppten. Es gab immer ein paar neue Anwärter, die den Audi des Hauptkommissars nicht kannten. Gerade wollten sie zu viert in die Wache gehen, als ihnen ein junger und ein älterer Mann begegneten, die aus der Wache kamen. Faber kamen die beiden vage bekannt vor. Valea sah den Jüngeren der beiden plötzlich intensiv an. Sie blieb stehen und drehte sich um.

»Mörder!«, schrie sie und zeigte mit dem Finger auf ihn. Faber und Rike drehten sich erschrocken zu ihr. Vor allem Philipp war von den Socken und starrte die beiden Fremden an. Auch der junge Mann war stehen geblieben und blickte reichlich entsetzt auf sie. Der Ältere, der wohl sein Vater war, drängte zum Gehen. »Du musst ihn zu seiner Mutter zurückbringen, er kann nicht bleiben, wo er ist«, rief Valea laut in seine Richtung.

»Valea?«, fragte Rike überrascht. »Was ist denn los?« Sie befürchtete, dass die ganze Sache ihr mehr zugesetzt hatte, als alle dachten. Vielleicht brach der Wahnsinn doch noch aus ihr heraus.

»Du bist ein Mörder, er ist tot. Bring ihn seiner Mutter zurück!«, ermahnte die ältere Frau den Jungen noch einmal im eindringlichen Ton. Dem höchstens Achtzehnjährigen traten die Tränen in die Augen. Obwohl sein Vater ihn am Arm wegzerren wollte, schüttelte er ihn ab. Der Junge kam auf Valea zu.

Jetzt liefen ihm die Tränen über das Gesicht. Schluchzend sagte er: »Ich wollte das doch nicht. Der Wagen brach bei der Nässe aus und ich erwischte ihn auf dem Fahrradweg. Er flog direkt über mein Auto. Als ich nach ihm sah, war er tot!« Dann schüttelte ein Weinkrampf den Jungen und er ging auf die Knie. Sofort war sein Vater neben ihm und hielt ihn fest.

Rike war die Erste, die schaltete. »Sie reden von Uwe Euken. Haben Sie ihn überfahren?«, fragte sie das Häufchen Elend vor ihr. Mittlerweile hatte der Vater seinen Sohn auf die Beine gezogen und hielt ihn tröstend im Arm.

»Ich kann nicht mehr, Papa. Wir müssen ihnen alles sagen, sonst werde ich nie wieder froh in meinem Leben«, sagte er völlig verzweifelt. Sein Vater gab ihm ein Taschentuch und seufzte laut auf. Anschließend wandte er sich an Rike und Faber.

»Sie sind Polizisten?«, fragte er und beide nickten. »Mein Sohn hatte einen Unfall. Er ist Fahranfänger und war letzte Samstagnacht auf dem Heimweg. Der Regen hat ihn überrascht, das Fahrzeug kam ins Rutschen und brach auf den Fahrradweg aus. In dem Moment, in dem ausgerechnet dort ein Junge auf einem Fahrrad unterwegs war. Er erwischte ihn frontal und rutschte dann in einen Graben. Mein Junge rief mich an, er wollte sofort zur Polizei, aber ich habe ihm abgeraten. Ich alleine habe dafür gesorgt, dass es nach einem Wildschaden aussah, und mich um alles gekümmert.«

Jetzt ging Faber ebenfalls ein Licht auf. »Kommissar Tamme Hehler hat den Schaden am Montag aufgenommen, nicht wahr?«

Der Vater hielt seinen weinenden Sohn immer noch im Arm und streichelte tröstend über seinen Kopf. »Ja«, erwiderte er leise. »Ich habe einen Jagdschein und habe erst kürzlich Rotwild geschossen. Daher habe ich das Auto, nachdem ich es gesäubert hatte, mit Blut und Fell einer frischen Ricke präpariert. Auch den Ort, an dem ich den Wildunfall vortäuschte, habe ich so hergerichtet, dass es realistisch aussah. Das geht alles auf meine Kappe, mein Sohn wollte das eigentlich nicht, doch ich hatte Angst, er versaut sich sein ganzes Leben. Denn der Junge war tot, daran konnten wir nichts mehr ändern«, gestand der Mann. »Er trug keinen Helm und prallte mit dem Kopf frontal auf das Auto.«

Faber machte ein sehr ernstes Gesicht. »Dann kommen Sie mal wieder rein, wir müssen Ihre Aussage aufnehmen und vor allem müssen Sie den Kollegen sagen, wo Sie Uwe Euken hingeschafft haben.«

Ein paar Stunden später war Faber zusammen mit Philipp auf dem Weg zu Frau und Herrn Euken. Sie hatten das provisorische Grab, in dem Herr Wilken senior Uwe vergraben hatte, geöffnet. Es stand außer Zweifel, dass es sich um Uwe handelte. Er hatte in einem Waldstück nahe der Jagdhütte des Mannes gelegen, wo man ihn wahrscheinlich nie entdeckt hätte.

Rike war in der Zwischenzeit mit Valea im Krankenhaus gewesen und dann wieder zu Opa nach Klein Hauen gefahren. Wenn der Hauptkommissar ehrlich war, tat ihm der junge Mann, der Martin Wilken hieß, fast leid. Er war von seinem Vater in die Verschleierung des Unfalls mit Todesfolge hineingezogen worden. Aber nichtsdestotrotz war er volljährig, und von einem mündigen Bürger verlangte der Rechtsstaat verantwortliches Handeln. Er hätte sich gegen seinen Vater wehren müssen, auch wenn der es bestimmt nur gut gemeint hatte. Doch diese letzte Woche, in der Frau Euken in Unklarheit über ihren Sohn gewesen war, sich zu Tode gegrämt hatte, war nicht mehr gutzumachen. Wenigstens konnten die Eltern Uwe jetzt begraben. Faber war jedoch flau im Magen. Solche Nachrichten zu überbringen, war etwas, an das man sich nie gewöhnte. Außerdem war es nötig, dass einer der beiden ihr Kind in der Pathologie Emden identifizierte.

Da Rike den Audi genommen hatte, fuhr Faber einen Streifenwagen. In Philipps Porsche hätten keine vier Menschen gepasst, und es war damit zu rechnen, dass Frau Euken ebenfalls mitkommen wollte. Gerade Mütter wollten die Hoffnung nie aufgeben, wenn sie es nicht mit eigenen Augen gesehen hatten. Besonders eilig hatte er es nicht, dort anzukommen, und fuhr dementsprechend langsam. Faber atmete tief ein und sah anschließend zu Philipp, der neben ihm saß.

»Hör mal, ich muss dich was fragen«, setzte der Hauptkommissar an. »Woher wusste Valea, dass ausgerechnet dieser junge Mann Uwe überfahren hat? Von ihrem Haus war die Unfallstelle sieben Kilometer entfernt, und gemäß dieser Hertha, die an dem Abend bei ihr war, ging sie erst zwanzig nach zwölf von Valea weg. Wir wissen jetzt, dass der Unfall ebenfalls kurz nach zwölf passierte. Also konnte Valea nicht Zeugin sein. Woher wusste sie es also?«

Philipp atmete tief durch. »Als ihr diesen Martin und seinen Vater verhört habt und ich mit Valea draußen wartete, habe ich sie genau das gefragt. Weißt du, was sie mir sagte?«

»Was sagte sie?«

»Uwe hat es mir gesagt. Als ich den jungen Mann sah, wusste ich es«, wiederholte Philipp die Worte. »Und dann fügte sie noch an: Philipp, ich wusste immer, dass ich mit den Toten sprechen kann. Du nennst mich Hexe, für dich bin ich das vielleicht, aber seit ich weiß, dass ich von den Roma abstamme, verstehe ich viel mehr. Weißt du, für die Roma ist der Friedhof ein Ort der Freude. Die Beerdigungen sind bei uns opulent. An Sarg- und Blumenarrangements wird nicht gespart. Sinti und Roma beachten gegenüber Verstorbenen besondere Pietät. Auch alte Menschen werden geachtet und im Familienverbund gepflegt. Vor den Mausoleen finden sich meist Bänke, manchmal Tische. So können sich die Angehörigen zum Beispiel an Allerheiligen treffen und mit dem Verstorbenen sprechen. Auf dem Friedhof wird gegessen und getrunken. Kerzen, Blumen und andere Mitbringsel bringen wir, um die Toten zu verehren. Auch zu Weihnachten und Ostern werden die Gräber reichlich geschmückt«, holte Fabers Freund aus. Er war einfach gut darin, solche Worte wiederzugeben.

»Und?«, fragte Faber. »Glaubst du, sie kann mit den Toten sprechen?«, schickte er hinterher. Kaum war die Frage über seinen Lippen, bereute er es, gefragt zu haben. Sich Philipp gegenüber emotional zu offen zu zeigen, bezahlte man meistens. Wahrscheinlich würde er jetzt einen typischen Schorlau-Spruch fangen. Kurz gesagt, war ihm klar, dass er sich gerade zum Idioten gemacht hatte.

Philipp sah ihn wirklich schelmisch von der Seite an. Und da der Doktor täglich mit Toten zu tun hatte und Trauer, wie er sie jetzt bei den Eukens erwartete, nicht an sich ranließ, erschien ein fettes Grinsen auf seinem Gesicht. »Mit Toten sprechen kann ich auch, tue ich fast jeden Tag«, meinte er. »Nur hat mir bisher keiner geantwortet.«

Epilog

Valea, die sich selbst weiterhin Viola nannte, weil sie sich nicht an den neuen Namen gewöhnen konnte oder wollte, tigerte schon den ganzen Tag unruhig durch Fabers Haus. Noch nicht einmal die Ruhe, mit Benny zu spielen, brachte sie auf. Seit Rike ihr erzählt hatte, dass man ihren kleinen Bruder Bobe Racu ausfindig gemacht hatte und dass er mit seiner Familie auf dem Weg war, um sie zu holen, war Viola ein Nervenbündel. Auch war endlich Valeas DNA-Probe zurück, die unumstößlich bestätigte, dass sie einmal das achtjährige kleine Mädchen der Familie Racu gewesen war.

»Rike, lies mir die Mail von Bobe bitte noch einmal vor«, bat sie und setzte sich neben die Kommissarin an den Tisch. Rike hatte gestern am Abend mit Bobe Racu gesprochen und ihn gebeten eine Mail an Valea zu schreiben, damit sie schon einmal die Informationen verarbeiten konnte, bevor sie sich endlich sehen konnten.

»Ach, Valea, das habe ich schon mindestens fünf Mal gemacht«, erwiderte Rike, doch holte trotzdem die Mail aus der Tasche ihres Wollkleids. Nichts konnte Valea momentan besser beruhigen als die Mail, die sie gestern noch von ihrem Bruder Bobe erhalten hatte. Daher fing Rike an, die Zeilen erneut zu lesen:

Meine liebste Schwester, meine Valea!

Ich schreibe dir diese Mail, wie es mir von den netten Polizisten, bei denen du gerade wohnst, empfohlen wurde. Der Doktor sagte ja, dass ein Telefonat zu schwer für dich werden könnte. Da ist erst einmal ein Brief besser, bevor wir dann kommen und dich holen. Wie oft ich mir vorgestellt habe, dich wiederzusehen! Nie habe ich es aufgegeben, so wie Mama und Papa es eines Tages taten. Daran sind sie am Ende mit gebrochenem Herzen gestorben. Ich wusste jedoch, du lebst und dass dieser Moment kommen wird.

Ich habe Papas Geschäft übernommen und über die vielen Jahre sind wir größer geworden. Wir haben zu unserem Schießstand eine Süßigkeitenbude hinzubekommen. Aber das wohl Erstaunlichste ist, dass die Familie Racu jetzt einen der neuen Autoscooter und eine Loopingbahn hat. Ein wildes Ding, das besonders von Teenagern geschätzt wird. Du kannst dir vorstellen, dass wir dafür vier

Sattelzüge brauchen und außerdem reisen wir mit vier Wohnwagen. Wenn auch mein Herz als wahrer Schausteller an meinen Fahrgeschäften hängt, so ist bei den Racus Familie immer das Wichtigste. Du wirst dich freuen zu hören, dass du dreifache Tante von meinen wohlgeratenen, bezaubernden Töchtern bist. Und weil sie derart wundervolle junge Frauen sind, haben sie drei anständige, starke Männer geheiratet. So bin ich bereits siebenfacher Opa und du Großtante von vier Mädchen und drei Jungs. Sie sind die Sterne meines Lebens und werden dir viel Freude bereiten. Einer meiner Schwiegersöhne hat den Süßigkeitenstand mit in die Ehe gebracht und die beiden anderen sind mit mir an der Loopingbahn beteiligt, die sie führen. Aber bevor ich es womöglich vergesse zu erwähnen, ich hatte das große Glück, die beste, klügste und schönste Frau, meine Reza, zu finden. Sie wählte mich vor vierzig Jahren und ist mir bis heute eine wunderbare Ehefrau.

Unsere Brüder, Dragomir und Danut, die Zwillinge, sind beide sehr kluge Köpfe geworden und haben nichts mehr mit dem Jahrmarkt und den Fahrgeschäften zu tun. Sie wohnen beide in der Schweiz, wo sie damals auf dem Internat waren, du erinnerst dich vielleicht. Mama sagte immer, du hättest gerne das Internat besucht, und wenn sie dich gelassen hätte, wärest du vielleicht noch bei uns. Lassen wir das Traurige beiseite, ich war bei den Zwillingen. Danut ist ein anerkannter Chirurg und Dragomir als Atomphysiker ein Ass auf seinem Gebiet. Beide haben sich nicht zur Ruhe gesetzt, obwohl sie bereits Großväter sind. Unser Mitica ist damals, als Papa mir das Familiengeschäft übergab, nach Amerika gegangen. Slavă domnului hat er mir das nie verübelt und ist in Frieden mit uns allen in die neue Welt gezogen. Er hat dort viele Jahre mit den großen Vergnügungsparks in Orlando zusammengearbeitet. Stell dir vor, er konstruierte und baute neue Sensationen für diese Parks und wurde damit steinreich. Mitica ist jetzt ein reicher, dicker Amerikaner mit einer Riesenvilla und Pool. Seine Frau war mal ein Model und das sieht man ihr auch im Alter an, obwohl ich glaube, sie lässt die eine oder andere Falte beim Schönheitschirurgen ausbügeln. Leider sind unsere beiden ältesten Brüder schon tot. Marco starb etwa zehn Jahre, nachdem du weg warst, bei einem Unfall. Er half beim Aufbau des Riesenrads und wurde von einem Eisenträger erschlagen.

Rike stoppte und sah Valea an. Genau wie die letzten Male liefen ihr an dieser Stelle des Briefes Tränen über die Wangen. Sie streichelte der alten Frau über die Hände, die gefaltet auf dem Tisch lagen, und fuhr fort:

Danach war Mamas Gesundheit nie mehr das, was sie vorher war. Zwei Kinder zu verlieren war zu viel für sie. Adrian erwischte es leider mit Mitte fünfzig, der Krebs raffte ihn dahin. Aber er hat zwei tüchtige Söhne, die mit ihren Familien noch im Schaustellergeschäft sind. Ja, meine liebe Valea, die nette Polizistin, mit der ich sprach, sagte, du hättest keine Familie gegründet und viel Schlimmes erlebt. Aber damit ist es jetzt vorbei. Jetzt hast du wieder deine Familie. Wenn ich alle von uns Racus durchzähle, fange ich bei dreißig regelmäßig an mich zu verrechnen, du siehst, du bist nicht alleine. Auf jeden Fall kommt meine Familie, die aus fünfzehn lieben Menschen besteht, drei Hunden, vier Katzen, und ich denke, es sind bei den Enkelkindern mittlerweile zehn Hamster, am Sonntag nächster Woche und holen dich ab. Keine Sorge, wir bringen nur zwei der Hunde mit.

Rike setzte für einen Moment aus, weil ihr Mann, Benny und Opa von draußen reinkamen. Sie waren im Hühnerstall gewesen und hatten den Salat und das übrig gebliebene Gemüse verfüttert. Benny ging sofort auf Valea zu und kletterte auf ihren Schoß. Die beiden waren dicke Freunde geworden. »Lies bitte noch zu Ende, Rike«, sagte Valea, während Faber mit Opa in die Küche ging, um den Kuchen für die vielen Gäste, die sie erwarteten, schon mal aufzuschneiden. Als Opa den Kaffee vorbereitete, nahm sich Rike den letzten Absatz vor:

Kommissarin Waatstedt-Faber sagte uns auch, dass du eine Kräuterheilerin geworden bist und dich mit so etwas auskennst. Meine Frau Reza meinte sofort, das wäre wunderbar, weil das momentan groß im Kommen ist. Die Leute lieben all das. Wir könnten dir einen kleinen Stand zum Abverkauf von Kräutern und Gewürzen besorgen, der neben unserer Süßigkeitenbude stehen könnte. Natürlich nur, wenn du das willst. Nach einem gebrauchten

Wohnwagen für dich habe ich mich schon umgesehen, denn ich gehe davon aus, dass du mit uns reisen wirst. Ich hoffe es jedenfalls!

Wie immer an der Stelle nickte Valea und wuschelte Benny fröhlich über den Kopf. Der sah Valea an und fragte: »Süßes?«

»Oh ja, mein kleiner Schatz. Wenn du mich auf dem Jahrmarkt besuchst, bekommst du ganz viele Bonbons und Zuckerwatte«, erwiderte Valea und Benny klatschte in die Hände vor Freude. »Aber jetzt hören wir zu Ende, was mein Bruder Bobe geschrieben hat.« Als auch Benny wieder still auf ihrem Schoß saß, fuhr Rike fort:

Sora mare, egal wie du dich entscheidest, wir sorgen für dich und du darfst dir alles wünschen. Wenn ich es dir erfüllen kann, werde ich es tun. Ich liebe dich, große Schwester, du gingst mir verloren und kamst zu mir zurück. Ich schicke herzliche Umarmungen von mir und der ganzen Familie.

Fratele tău mai mic ♥

»Das heißt ›dein kleiner Bruder‹ und ›Sora mare‹ bedeutet große Schwester«, erklärte Valea Benny. Das schien ihn aber nicht wirklich zu interessieren, denn ihm ging Zuckerwatte durch den Kopf, die er vom letzten Maimarkt in Emden kannte. Anscheinend fiel ihm dann etwas ein, nämlich dass Opa ganz viel Kuchen gekauft und zusätzlich gebacken hatte. Er rutschte von Valeas Schoß und rannte in die Küche. Dort blieb er vor seinem Papa stehen und sagte: »Kuchen, bitte!« Er hatte in letzter Zeit die wundersame Bedeutung des Wortes ›bitte‹ verstanden und dass man bei dessen Anwendung alles etwas einfacher bekam. So konnte auch Faber ihm nicht widerstehen und brach ein Stückchen Marmorkuchen entzwei, um es ihm zu geben. Die andere Hälfte stopfte er sich selbst schnell in den Mund.

»Dat is för uns Besöök!«, schimpfte Opa, als er das sah, doch streichelte im gleichen Moment seinem Benny über den Kopf und tätschelte Richards Wange. Seinen beiden Jungs ließ er fast alles durchgehen. Keine Sekunde später konnten sie vom Küchenfenster aus zwei Kleinbusse sehen, die auf den Hof der Alten Schule fuhren und parkten. Aus den beiden Autos stiegen sage und schreibe acht Erwachsene und sieben Kinder aus. Als Letzte hopsten zwei Hunde ins Freie, die aussahen wie Flokatis.

»Viola, deine Familie ist angekommen«, meinte Knut, ging zu ihr und bot seinen Arm an. Die ältere Dame hatte wieder ihre neuen Sachen an und ging bei Knut eingehakt sehr würdevoll zur Haustür.

ENDE

Ostfrieslandkrimi-Empfehlungen des Klarant Verlages

Kennen Sie schon die anderen Bände der Ostfrieslandkrimi-Serie **»Faber und Waatstedt ermitteln«** von Elke Nansen?

»Tödliche Krummhörn«, Band 1
Taschenbuch-ISBN: 978-3-95573-707-8
eBook-ISBN: 978-3-95573-708-5

Ein mörderischer Schleier liegt über der ostfriesischen Urlaubsregion Krummhörn. Bei Bauarbeiten wird die mumifizierte Leiche einer jungen Frau entdeckt, mehrere Jahrzehnte lag sie im Fundament des Hotels Deichrose begraben. Hauptkommissar Richard Faber und seine Kollegin Rike Waatstedt von der Kripo Emden werden mit dem Fall betraut. Wer ist die tote Frau, wurde sie ermordet? Eine Identifizierung ist nicht möglich, dennoch ergibt sich schnell ein Verdacht: Silvester 1985 verschwand die Frau des Bauunternehmers Enno Dahlke unter mysteriösen Umständen. Die Ehe war unglücklich, und genau zu dieser Zeit war die Baufirma Dahlke mit der Errichtung des Hotels Deichrose in Ostfriesland beschäftigt … Je tiefer die Kommissare in der Vergangenheit graben, desto düstere Zusammenhänge kommen ans Licht. Sie stoßen auf ein Netz aus Verzweiflung, Korruption und Gier. Die Liste der Verdächtigen wird immer länger, und der Fall mehr und mehr zum Rätsel …

»Tödliche Leyhörn«, Band 2
Taschenbuch-ISBN: 978-3-95573-784-9
eBook-ISBN: 978-3-95573-785-6

»Tödliches Ostfriesland«, Band 3
Taschenbuch-ISBN: 978-3-95573-842-6
eBook-ISBN: 978-3-95573-8-433

»Tödliches Pilsum«, Band 4
Taschenbuch-ISBN: 978-3-95573-900-3
eBook-ISBN: 978-3-95573-901-0

»Tödliches Rysum«, Band 5
Taschenbuch-ISBN: 978-3-95573-931-7
eBook-ISBN: 978-3-95573-932-4

»Tödliches Campen«, Band 6
Taschenbuch-ISBN: 978-3-96586-016-2
eBook-ISBN: 978-3-96586-017-9

»Tödliches Wangerooge«, Band 7
Taschenbuch-ISBN: 978-3-96586-077-3
eBook-ISBN: 978-3-96586-078-0

»Tödliches Fehnland«, Band 8
Taschenbuch-ISBN: 978-3-96586-149-7
eBook-ISBN: 978-3-96586-150-3

»Tödliches Wattenmeer«, Band 9
Taschenbuch-ISBN: 978-3-96586-251-7
eBook-ISBN: 978-3-96586-252-4

»Tödliches Marschland«, Band 10
Taschenbuch-ISBN: 978-3-96586-314-9
eBook-ISBN: 978-3-96586-315-6

»Tödliches Rheiderland«, Band 11
Taschenbuch-ISBN: 978-3-96586-423-8
eBook-ISBN: 978-3-96586-424-5

»Tödliches To Huus«, Band 12
Taschenbuch-ISBN: 978-3-96586-500-6
eBook-ISBN: 978-3-96586-501-3

»Tödliches Ostfriesenherz«, Band 13
Taschenbuch-ISBN: 978-3-96586-600-3
eBook-ISBN: 978-3-96586-601-0

»Tödlicher Ostfriesenschwindel«, Band 14
Taschenbuch-ISBN: 978-3-96586-747-5
eBook-ISBN: 978-3-96586-748-2

»Tödliches Ostfriesengold«, Band 15
Taschenbuch-ISBN: 978-3-96586-821-2
eBook-ISBN: 978-3-96586-822-9

»Tödliche Ostfriesengeister«, Band 16
Taschenbuch-ISBN: 978-3-96586-894-6
eBook-ISBN: 978-3-96586-895-3